毛姆异域小说系列

马尾树

六篇小说

The Casuarina Tree

Six Stories

[英]威廉·萨默塞特·毛姆————著

叶尊————译

浙江文艺出版社
Zhejiang Literature & Art Publishing House

目录

001　作者序

001　赴宴之前
035　远东航船
075　海外分署
116　环境的力量
150　胆怯
186　信
231　跋

234　译后记

作者序

提起马尾树,听人家说,若是你带一根它的树枝上船,无论那根树枝多么短小,也必然会招致顶头的逆风,阻碍你的旅程,或者引起暴风骤雨,给你的生命带来危险。人家还说,在浑圆的明月高照的时候,要是你站在它的暗影中,就会听到它用阴险歹毒的言辞,神秘地低声说出未来的秘密。从来没有人对这些事实提出异议。但人家也说,每经过一段时间,潮水退却,海榄雌①在宽阔的河口开拓出松软潮湿的泥土,那会儿马尾树就会自行生长,并且逐渐使土地变得坚实、牢固、肥沃,直到那片土地最终适合生长更多品种、更加丰富的植物。随后,在完成了自己的工作后,马尾树就会逐渐消失,最后被丛林中无数外来的植物完全吞没。我想到,对于一本描写居住在马来半岛和婆罗洲②的英国人的小说集来说,

---

① 海榄雌,一种马鞭草属植物,多生长于海边及盐沼地带,为组成海岸红树林的主要树种之一。
② 婆罗洲,东南亚加里曼丹岛的旧称,包括印度尼西亚的加里曼丹,马来西亚的沙巴州和沙捞越州,以及文莱。

"马尾树"会是一个相当不错的书名。我原来以为,这些英国人是在他们的先驱让这片土地门户开放、接受西方文明后来到这儿的,既然他们的工作已经完成了,这个国家已经进入和平、有序和成熟的阶段,他们就注定会以上面所说的方式,让位给更多姿多彩,同样也不太愿意猎奇探险的一代。经过深入调查,我发现别人告诉我的一切都不是实情,心里感到极为窘迫。给一本短篇小说集取名是一件很费心思的事儿。要想避开这个难题,可以用第一篇小说的篇名作为书名,但那样会欺骗买书的人,让他以为买去阅读的会是一本长篇小说。一个好的书名应当与书中汇集的所有篇目存在关联,不管那是多么隐约的关联。世上最好的书名都给用完了。我无法拿定主意。可是我深思后觉得,一个符号(正如弗朗索瓦·拉伯雷①大师在一个妙趣横生的章节中所指出的那样)可以象征任何事物。我回想起马尾树耸立在海岸边,枝干瘦削,饱经摧折,但仍然守护着这片土地不受狂风的侵袭,这很容易让人联想到那些种植园主和行政官员。尽管他们身上有各种各样的缺点,但他们仍然为生活在自己周围的各个种族带来了安宁、正义和幸福。因而我认为,当他们望着马尾树,看到它那灰暗、粗犷、忧伤的样子,与草木茂盛的热带地区显得有点格格不入的时候,很可能也会思念自己的故土,一时间回想起约克郡荒野上的石南花②或者苏塞克斯郡公共用地上的金雀花③,他们发现这种在艰苦的环境中

---

① 弗朗索瓦·拉伯雷(1494—1553),法国作家,作品风趣幽默,反映了文艺复兴时期新兴资产阶级的思想要求,代表作为《巨人传》。
② 石南花,常绿灌木,高七八尺,初夏开紫色铃形花。
③ 金雀花,豆科金雀儿属植物,常绿灌木,高四五尺,枝条细长,开黄花。

仍然竭力恪尽职守的顽强的树木,正是他们自己漂泊异乡的生活象征。总之,我可以找到许多理由来保留现在这个书名,当然最主要的一点就是,我想不出什么更好的书名了。

赴宴之前

斯金纳太太做事喜欢准时。她已经穿上黑绸衣衫,那身装束既与她的年龄相称,又适合对她新近去世的女婿的悼念。这会儿,她还要戴一顶帽子,对于这件事,她有点拿不定主意,因为帽子上装饰的白鹭羽毛很可能会引起一些朋友尖刻的批评,而她在宴会上又必然会遇到那些朋友。为了取得羽毛,就要杀死那些美丽的白鸟,而且得在它们交配的季节,这当然令人震惊;但是话说回来,这些羽毛如此漂亮和时髦,拒绝不要,又显得相当愚蠢,况且还会伤害她女婿的感情。他从婆罗洲那么大老远地把羽毛带回来,就是为了让他岳母心里充满喜悦。凯瑟琳当时见到这几根羽毛就不大高兴,如今出了那桩意外以后,她一定后悔自己当初不该那样,不过凯瑟琳压根儿就没有真心喜欢过哈罗德。斯金纳太太站在梳妆台跟前,最终戴上了那顶帽子,用一枚顶端有着一颗乌黑的大圆珠子的发夹把它固定住,这毕竟是她手里仅有的一顶好看的帽子。如果有人向她谈起那几根羽毛,她也想好了怎样对答。

"我知道这种事怪吓人的,"她会说,"我自己是绝对想不到要买这些羽毛的,但那是我可怜的女婿最后一次回国休假时带回来的。"

这样就可以把她拥有这几根羽毛的理由解释清楚,也为她用作装饰找到了借口。大家对她一向都很友好。斯金纳太太从抽屉里拿出一块干净的手帕,在上面洒了几滴古龙水①。她从来不用香水,总觉得用了香水显得有些放浪,但古龙水却让人身心舒爽。她差不多穿戴好了,目光越过面前的镜子,朝窗外张望了一下。卡农·海伍德今天举办的花园宴会遇上了晴好的日子。气候温暖,天空碧蓝,树上还没有失去早春的一片嫩绿。小外孙女正在屋后狭长的花园里忙着把自己的花坛耙得松软一些。斯金纳太太看到眼前的这幅情景,脸上不禁露出了笑容。她真希望琼的脸色不是那么苍白,以前把孩子留在热带地区那么久,真是失策。她小小年纪,成天板着脸儿,从没见她四处奔跑的样子。她安安静静地玩着自己发明的游戏,给自己的花圃浇水。斯金纳太太轻轻地拍了拍自己衣衫的前襟,随后拿起手套,走下楼来。

凯瑟琳坐在窗前的书桌旁,正忙着整理几张自己开列的名单,因为她是女子高尔夫俱乐部的义务秘书,遇到有比赛的时候,就会有一大堆事情要做。可是她也已准备好了,要去参加宴会。

"你终究还是穿上了这件针织套衫。"斯金纳太太说。

吃午饭的时候,她们就为凯瑟琳究竟应该穿这件套衫还是那件黑绸衫讨论了一阵子。这件套衫黑白相间,凯瑟琳觉得相当漂亮,但穿在身上就几乎显不出服丧的意思了。然而米莉森特却赞成穿

---

① 古龙水,一种含有龙涎香与百分之二到三精油含量的清淡香水,这种香水最早在一七〇九年由意大利人乔瓦尼·玛丽亚·法里纳在德国的科隆推出。

这一件。

"我们没有理由都要穿得好像刚从葬礼上回来似的,"她说,"哈罗德都死了八个月啦。"

斯金纳太太觉得这种语调真有点儿冷漠无情。米莉森特从婆罗洲回来后,行为举止就有些异常。

"你不打算现在就脱掉丧服吧,亲爱的?"她问道。

米莉森特没有直截了当地回答。

"如今人们不用从前那种方式服丧了。"她说。她停顿了一下,接着往下说。斯金纳太太觉得她说话的语气相当古怪。凯瑟琳显然也注意到了这一点,因为她用好奇的目光瞅了她姐姐一眼。"我肯定哈罗德也不会希望我永无休止地为他服丧。"

"我早早地穿好衣服,因为我有事想跟米莉森特说。"凯瑟琳说,以便对母亲那种注意察看的样子做出回应。

"哦?"

凯瑟琳没有解释。她把手里的名单放在一旁,皱着眉头,把一位女士寄来的信又看了一遍。那位女士在信里诉说委员会办事实在太不公平,竟把她应得的让杆数目从二十四减到十八①。担任女子高尔夫俱乐部的义务秘书,真是需要极为机敏老练的手腕。斯金纳太太戴上她的崭新的手套。百叶窗使屋子里显得昏暗而阴凉。她望着哈罗德生前托她妥善保管的那只硕大的、涂得色彩鲜艳的木

---

① 根据高尔夫球赛规则,在用球杆将球击入九洞或十八洞时,以击杆次数最少打完一轮或数轮的比赛者为胜者。但业余球员与正式球员比赛,可根据水平,享受让杆权利。例如业余球员打完一局,击杆数为八十四下,减去让杆数十下,实为七十四下,则正式球员的击杆数必须少于七十四下方算胜出。

犀鸟,觉得这个标本显得有点奇特和粗野,但是哈罗德却对它十分珍视。它带有一点宗教意味,连卡农·海伍德也对它极为赞赏。沙发后面的墙上挂着几件马来人的武器,但她忘了它们的名称。在几张临时放置的小桌子上,四处摆放着哈罗德在不同时期送给他们的银器和铜器。她以前一直喜欢哈罗德,目光不由自主地转向钢琴上面,那儿原来摆放着他的照片,旁边还有她的两个女儿、外孙女、姐姐和外甥的几张照片。

"嗨,凯瑟琳,哈罗德的照片到哪儿去了?"她问道。

凯瑟琳朝四周看了看,照片已经不在原来的地方。

"哪个人把它拿走了。"凯瑟琳说。

她惊讶而困惑地站起身来,朝钢琴那边走过去。几张照片的位置给重新安排过了,中间看不出有什么空缺。

"也许米莉森特想把它拿到自己的卧室里去。"斯金纳太太说。

"我本该有所察觉的。再说,米莉森特已经有好几张哈罗德的照片,只是都给她锁起来了。"

斯金纳太太对女儿没有在自己的卧室里放一张哈罗德的照片,感到十分奇怪。她有次还提起过这件事儿,但米莉森特没有搭腔。自打米莉森特从婆罗洲回来以后,她就变得异常沉静。斯金纳太太原来极想对她表示同情,但她不愿接受这番好意。她好像不大愿意谈起自己遭受的重大损失。哀伤在不同的人身上,会有不同的表现方式。斯金纳先生就曾说过,对待米莉森特的最好方法,就是让她一个人独处。一想到自己的丈夫,斯金纳太太的思绪就又转到他们就要去参加的那个宴会上。

"你爸问我,我是不是觉得他应该戴一顶大礼帽,"她说,"我说为了稳妥起见,还是戴上的好。"

那场宴会的场面会相当盛大。他们会尝到宝滴糖果店的草莓香草双色冰激凌,而冰咖啡则由海伍德家里自制。社会名流都会到场。宴会主人要把他们介绍给香港主教。那位主教目前就住在海伍德的家里,他是卡农昔日大学时的同学。他要跟大家谈谈他在中国的传教活动。斯金纳太太的一个女儿也曾经在东方生活过八年,她的女婿又曾经是婆罗洲一个地区的驻地长官,因此她对这方面特别感兴趣。与那些跟殖民地之类的事毫无关系的人相比,主教的讲话自然对她更有意义。

正如斯金纳先生所说的那样:"那些只了解英国的人,又能对英国有多少了解呢?"

这时候,斯金纳先生走进房来。他跟他的父亲一样,也是一个律师,在林肯法学会广场①开设了事务所。每天早上,他前往伦敦市区上班,晚上才回来。他能陪妻子和女儿去参加卡农家里的宴会,仅仅是因为卡农明智地把举行宴会的日子选定在星期六。斯金纳先生穿着燕尾服和夹花条纹裤子,显得十分神气。他并不刻意讲究穿着,却也干净利落,看上去像一个体面的家庭诉讼律师②,而他确实也是这样的律师。他的事务所从来都不办理任何见不得人的业务。如果有人上门,请他解决什么不大光彩的麻烦事儿,斯金纳先生就会摆出一副严肃的神情。

---

① 林肯法学会广场,伦敦最大的公共广场。
② 家庭诉讼律师,原文是 family solicitor,在英国,诉讼律师(solicitor)与有资格出席高等法庭进行辩护的高院律师(barrister)不同,其职责为处理财产转让、拟定遗嘱、向客户提供咨询、通知高院律师,以及在初级法院出庭辩护等。

"我想,本事务所不太有意承办这类案件,"他说,"您最好还是到别处去看看吧。"

他把便条簿拿过来,在上面潦潦草草地写下一个名称和地址,撕下来递给来客。

"换了我是你的话,大概就会去拜访这几个人。只要你提到我的名字,我相信他们就会尽力给你提供帮助。"

斯金纳先生的胡子刮得干干净净,脑袋也光秃秃的。两片苍白的嘴唇薄薄的,老是紧抿着,但蓝色的眼睛里却露出羞怯的神情。他的两颊毫无血色,脸上满是皱纹。

"我看到你穿上新裤子了。"斯金纳太太说。

"我觉得这是把它展示一下的好机会,"他答道,"我正琢磨着要不要在翻领上戴朵花。"

"要是我就不戴,爸,"凯瑟琳说,"我觉得那实在不合礼仪。"

"许多人都会戴的。"斯金纳太太说。

"只有办事员那样的人才会戴,"凯瑟琳说,"要知道,海伍德夫妇什么人都得请。再说,咱们还在服丧呢。"

"不知道主教讲完话以后,会不会要大家捐款。"斯金纳先生说。

"我想不大会吧。"斯金纳太太说。

"我觉得那样做得有点难看。"凯瑟琳附和道。

"为了稳妥起见,还是准备一下,"斯金纳先生说,"到时候,我就代表咱们一家捐钱。不知道十个先令究竟够不够,还是非得捐一个英镑。"

"我觉得要捐就应该捐一个英镑,爸。"凯瑟琳说。

"到时候见机行事吧。我不想比别人捐得少,但也没有理由捐得超出我需要捐的数目。"

凯瑟琳把文件放到书桌的抽屉里,站起身来,看了看手表。

"米莉森特准备好了吗?"斯金纳太太问道。

"还有充足的时间。他们请咱们四点钟去。我想咱们用不着早早地在四点半前到场。我吩咐戴维斯四点一刻把车开过来。"

平常出门都由凯瑟琳开车,但像今天这样的重大场合,就由花匠戴维斯穿上制服,充当司机。这样汽车开到门口,会显得气派一点。再说,凯瑟琳穿上崭新的针织套衫,自然也不大愿意亲自开车。她看到母亲把手指一根根地朝新手套里伸,不禁想起自己也该戴一副手套。她闻了闻自己的手套有没有清洗后的肥皂味儿,果然轻微地有一点儿。她相信谁也不会察觉。

房门终于打开了,米莉森特走了进来。她穿着寡妇的丧服。斯金纳太太很看不惯她的这身装束,但她知道一年之内,米莉森特必须这样打扮。可惜的是,这套衣服跟她并不相配,而要是穿在有些人的身上倒很合适。有一次,她自己就试戴过米莉森特的帽子,再加上那根白带子和长面纱,觉得自己倒怪合适的。当然,她希望自己亲爱的艾尔弗雷德活得比她长,但要是他先走一步,那她就会永远穿着丧服,不再脱下。维多利亚女王①就一直没有把丧服脱下。但米莉森特的情形就不一样了。她还十分年轻,只有三十六岁。三十六岁就成为寡妇,真是太惨了,况且,她也不太可能再婚。凯瑟琳如今也不见得会出嫁,她已三十五岁了。米莉森特和哈罗德上次回国的时候,斯金纳太太曾

---

① 维多利亚女王(1819—1901),英国女王(1837—1901),在位时她积极关注政务,但一八六一年她的丈夫艾伯特亲王去世后,她几乎退出公众生活。

建议他们把凯瑟琳接到他们那儿去住一阵子,哈罗德看上去相当愿意,但米莉森特却表示那样不行。斯金纳太太也不清楚为什么不行。那原来可以给凯瑟琳一个机会。当然,他们并不想把凯瑟琳推出家门,但女孩子总应该出嫁嘛,不知怎么,他们在国内认识的男人都已经结婚了。米莉森特说那边的气候让人难以忍受。她本人的脸色也确实不好。如今谁也无法想象,当初米莉森特竟是两个姐妹当中更为漂亮的一个。随着年岁的增长,凯瑟琳变得越来越身段苗条,当然也有人说她太瘦了。现在她剪短了头发,再加上风雨无阻地打高尔夫球,脸蛋变得红喷喷的,斯金纳太太觉得她相当俊美。谁也不会对可怜的米莉森特做出这样的评论。她的身材完全失去了原来的样子,她的个子本来就不高,如今又发胖了,简直就成了一个矮胖子。她确实也太胖了。斯金纳太太猜想,这也许是因为热带气候太热,她无法外出运动。她的皮肤灰暗发黄,两只蓝眼睛本来是她脸上最动人的地方,如今也变得黯淡无光了。

"她的脖子真该找人看一下,"斯金纳太太心里暗想,"皮肉松弛下垂得如此厉害。"

这件事儿她跟自己丈夫谈过一两次。斯金纳先生说米莉森特已经不再像当初那么年轻了。情况可能也是这样,但她也没有必要听其自然,什么都不管了。斯金纳太太打定主意要跟女儿好好谈一下,当然她也必须顾及女儿的哀伤情绪,等她服完一年丧再说。她也很高兴凭借这个理由朝后延缓,一想到这场谈话,她心里就有点儿紧张,因为米莉森特已经完全变了。她老是脸色阴沉,使母亲跟她在一起的时候,总感到不大自在。斯金纳太太喜爱大声嚷嚷,心里想到什么就说什么。可是如果你跟米莉森特说句话儿(你也知道,就是随便闲聊),

她却习以为常地不搭腔儿,让你觉得相当尴尬,也不知道她究竟听到没有。有时候,斯金纳太太觉得万分恼火,不得不提醒自己,可怜的哈罗德才死了八个月,只有这样才没有对她严厉责骂。

寡妇默默地朝前走来,窗外的阳光照在她阴沉的脸上,凯瑟琳却背对窗户站在那儿,她留神地看了看姐姐。

"米莉森特,有件事我想跟你说一下,"她说,"今儿早晨,我跟格拉笛丝·海伍德打了一场高尔夫。"

"你打败她了吗?"米莉森特问道。

格拉笛丝·海伍德是卡农家唯一没有出嫁的女儿。

"她跟我说了一些有关你的事儿,我觉得你应该知道一下。"

米莉森特的目光越过妹妹,落到那个正在花园里浇花的小姑娘身上。

"妈妈,你有没有吩咐安妮,让琼在厨房里喝茶?"她问道。

"说了,待会儿仆人们喝茶的时候,让她一起喝吧。"

凯瑟琳冷静地望着她姐姐。

"主教这次回国途中,在新加坡停留了两三天,"她接着说,"他非常喜欢旅行,到过婆罗洲,许多你认识的人他也认识。"

"他一定很乐意见到你,亲爱的,"斯金纳太太说,"他认识可怜的哈罗德吗?"

"认识,他在瓜拉索洛见过哈罗德。他清清楚楚地记得哈罗德。他说听到哈罗德去世了,感到十分震惊。"

米莉森特坐下来,开始戴上她的黑手套。斯金纳太太看到女儿听到这番话竟然一语不发,觉得相当奇怪。

"哦,米莉森特,"她说,"哈罗德的照片不见了。是你拿走了吗?"

"是的,我把它收起来了。"

"我还以为你愿意把它放在外面呢。"

米莉森特又不说话了。这个习惯实在令人恼火。

凯瑟琳微微地转过身子,好面对着她姐姐。

"米莉森特,为什么你对我们说哈罗德是得热病死的?"

寡妇一动不动,她定定地看着凯瑟琳,灰黄的脸上泛起一阵红晕。她没有回答。

"你这是什么意思,凯瑟琳?"斯金纳先生吃惊地问道。

"主教说哈罗德是自杀死的。"

斯金纳太太惊叫起来,但她的丈夫不以为然地摆手让她保持安静。

"真是这样吗,米莉森特?"

"确实如此。"

"那你干吗不告诉我们?"

米莉森特停顿了一会儿,用手指懒洋洋地抚摸着身旁桌子上的一件文莱铜器。那也是哈罗德送的礼物。

"我觉得让琼以为她爸是得热病死的,对她会好一些。我不想让她知道一点儿真实的情况。"

"你让我们陷入了十分难堪的境地,"凯瑟琳微微皱了皱眉头说,"格拉笛丝·海伍德说我没有把真情实况告诉她,实在不够交情。我费了好大的劲儿,才让她相信,我也一点儿不了解情况。她说她爸也很不高兴。他老人家说,凭着咱们两家这么多年的交情,而且他还是你们的证婚人,平时两家的关系又很密切等等这类话儿,他确实认为我们完全可以信任他。不管怎么说,就算我们不想把真相告诉他,也用不着对他撒谎呀。"

"在这一点上,我得说我同意他的观点。"斯金纳先生口气尖刻地说。

"当然,我对格拉笛丝说,这件事不应该责怪我们。我们只是把你跟我们说的情况转告他们而已。"

"我希望这件事没有妨碍你的竞技状态。"米莉森特说。

"真是的,亲爱的,我觉得你这话说得太不合适了。"她父亲大声说。

他从椅子上站起来,朝空荡荡的壁炉走去,依照习惯的样子,叉开燕尾服,站在壁炉前面。

"这是我的事儿,"米莉森特说,"如果我不愿意把这件事告诉别人,我不明白为什么我不可以那样做。"

"你连你妈都不肯告诉,看来你对你妈也没有一点儿感情。"斯金纳太太说。

米莉森特耸了耸肩膀。

"你应该知道,这件事早晚会败露的。"凯瑟琳说。

"为什么?我可没有想到两个爱嚼舌头的老牧师除了议论我以外,就没有什么别的事儿可谈了。"

"主教说他去过婆罗洲,海伍德家的人自然就会问起他认不认识你和哈罗德。"

"说了半天,都不着边际,"斯金纳先生说,"我认为你本应该把真实的情况告诉我们,那样我们就可以决定最为妥善的应对方式。身为律师,我可以告诉你,从长远来看,如果你想隐瞒真相,只会把事情弄得更糟。"

"可怜的哈罗德。"斯金纳太太说。眼泪开始从她那涂满胭脂的脸蛋上流下来。"这看起来实在可怕。我觉得他始终是一个很好的女婿。究竟是什么事儿让他做出这样可怕的行为?"

"气候。"

"我看你最好把所有的实情都告诉我们,米莉森特。"她的父亲说。

"凯瑟琳会告诉你们的。"

凯瑟琳犹豫了一下。她要讲的事情确实相当吓人。在他们这样的家庭里竟然发生这种事儿,看来实在可怕。

"主教说他是抹脖子死的。"

斯金纳太太倒抽了一口冷气,一时冲动,竟然走到她那失去丈夫的女儿身边,想要把她搂在怀里。

"我可怜的孩子。"她哽咽着说。

但米莉森特却把身子朝后一缩。

"请不要来烦我,妈。这样搂搂抱抱的,我实在受不了。"

"真是的,米莉森特。"斯金纳先生皱着眉头说。

他觉得她的举止显得不太有教养。

斯金纳太太用手帕小心地揩了揩眼睛,叹了口气,微微摇了摇头,回到原来的座位上去。凯瑟琳心神不安地摆弄着自己脖子上的那根长项链。

"姐夫死亡的详细情况要由一个朋友来告诉我,看来实在荒唐可笑。这让我们大家在别人的眼中都像傻瓜一样。主教很想见你,米莉森特;他想告诉你,他是多么同情你的遭遇。"她停顿了一下,但米莉森特没有开口说话。"他说米莉森特当时带着琼出门在外,回来的时候,发现可怜的哈罗德躺在床上死了。"

"那一定叫人大为震惊。"斯金纳先生说。

斯金纳太太又开始哭起来,但是凯瑟琳轻轻地把手搭在她的肩膀上。

"别哭了,妈,"她说道,"把眼睛哭红了,会让人家笑话的。"

大家都默不作声,斯金纳太太擦干了眼泪,总算成功地控制住自己的情绪。在这种时刻,她竟然仍在帽子上插着可怜的哈罗德送给她的白鹭羽毛,真是相当奇特。

"还有一件事我也应该告诉你们。"凯瑟琳说。

米莉森特又不紧不慢地瞅着她妹妹,目光镇定,保持戒备,她的那副神气,就像正在等着听到一个生怕自己错过的声响。

"我不想说什么话伤害你的感情,亲爱的,"凯瑟琳接着说,"但另外还有一件事我觉得你们应当知道。主教说哈罗德好酒贪杯。"

"哦,天哪,多可怕啊!"斯金纳太太大声说道,"真是骇人听闻。是格拉笛丝·海伍德告诉你的吗?你是怎么回答的?"

"我说这完全是瞎说八道。"

"这就是隐瞒事实真相的后果,"斯金纳先生烦躁地说,"情况总归是这样的。如果你想掩盖内情,各种谣言就会四下流传,弄得比真相还要糟糕十倍。"

"主教在新加坡的时候听人家说,哈罗德是在患了酒狂症[①]的情

---

① 酒狂症,即震颤性谵妄,因摄入大量酒精引起的意识障碍,经常伴有幻觉、呓语、震颤等症状。

况下自杀的。我觉得为了咱们全家的名誉,米莉森特,你应该否认这种说法。"

"用这样的话去谈论一个已经去世的人,真是太不应该了,"斯金纳太太说,"况且,等琼长大了,对她也很不好。"

"可是这种说法的根据呢,米莉森特?"她父亲问道,"哈罗德在饮食方面素来很有节制。"

"这方面嘛。"寡妇说。

"他喝酒吗?"

"活像一个酒鬼。"

这个回答完全出乎大家的预料,而且语气充满嘲讽,他们三个人都大吃一惊。

"米莉森特,你怎么能用这种口气谈论你那死去的丈夫,"她的母亲大声说,一边把整齐地戴着手套的两只手紧紧地握在一起。"我实在不明白你的意思。你回家以后,就一直显得非常古怪。我永远也无法相信,我的女儿竟会用这种方式对待自己丈夫的死亡。"

"先别谈这个,孩子妈,"斯金纳先生说,"咱们以后可以再详细谈论这件事。"

他走到窗前,朝着外面洒满阳光的小花园看了片刻,随后又回到房间当中。他从口袋里掏出夹鼻眼镜,用手帕擦拭了一下,不过他并不打算戴上眼镜。米莉森特望着他,眼睛里明显地露出挖苦嘲讽的神情。斯金纳先生心里十分恼火。他干完了一个星期的工作,原本在星期一早晨上班前,可以清闲自在一下。他曾经跟自己的妻子说,这个花园宴会实在叫人讨厌,倒不如在自己家的花园里安安静静地喝茶来得舒畅。话虽如此,但他仍然期望前去参加。他对中国的传教活动并不太感兴趣,但认识一下主教,倒也很有意思。可是眼下竟出了这样的事儿!他可不想卷入这种事儿。突然有人对他说,他的女婿是个酒鬼,自杀身亡,这实在太叫他烦心了。米莉森特带着沉思的神情把自己的白色袖口抚平,那副冷静的样子也叫他恼火,但他并没有朝她发作,却对小女儿开口说:

"你干吗不坐下,凯瑟琳?房间里有的是椅子。"

凯瑟琳拉过一把椅子,一言不发地坐下。斯金纳先生走到米莉森特面前站住脚,面对着她。

"当然,我明白你为什么对我们说哈罗德是得热病死的。我觉得这是一个错误,因为这种事情早晚会被人发现的。我不清楚主教跟海伍德一家人所说的话究竟有多少与事实相符;但是如果你听我的建议,就应该尽量详尽地把你知道的所有情况都告诉我们,接下去我们就可以考虑如何应对。既然这件事已经让卡农·海伍德和格拉笛丝知道了,我们就无法指望不传到别人的耳朵里去。像我们这种地方,人们都爱说长道短。不管怎样,要是我们清楚地知道了事实真相,那对我们大家都更有利。"

斯金纳太太和凯瑟琳觉得他说得很有道理,她们都等着米莉森特的答复。她却面无表情地听着,脸上突然泛起的红晕早已消失,又恢复了往常的灰白泛黄的脸色。

"要是我把真情实况都说出来,我想你们会不大乐意听的。"她说。

"你想必知道,我们会对你表示同情和理解的。"凯瑟琳神情严肃地说。

米莉森特朝她瞥了一眼,她那紧闭的嘴唇边掠过一丝微笑。她慢条斯理地望着他们三个人。斯金纳太太感到心神不安,觉得米莉森特望着他们的那副神气,就像他们三个人都是服装店里的人体模型。她似乎生活在另一个世界上,跟他们三个人没有一点儿关系。

"你们也知道,当初我嫁给哈罗德的时候,并不爱她。"她沉思着说。

斯金纳太太险些惊叫起来,她的丈夫飞快地做了一个手势拦住她,这个手势别人几乎没有察觉,但多年的夫妻生活足以让他们心领神会。米莉森特继续往下说,声调平稳而缓慢,语气也没有什么变化。

"那时我二十七岁,好像也没有别的人想要娶我。不错,他当时已经四十四岁,年龄似乎有点儿大,但他有个怪不错的职位,是吧?而我也不见得会有比这更好的机会了。"

斯金纳太太又想要哭出来,但她想起来自己还要去赴宴。

"我现在明白你为什么把他的照片拿开了。"她忧伤地说。

"妈,别这样子。"凯瑟琳喊道。

那张照片是哈罗德跟米莉森特订婚时拍的,哈罗德的样子很神气。斯金纳太太一直认为他是一个相当体面的男人,他身材魁梧,个头很高,也许略微胖了点儿,但举止得体,气派不凡。那会儿他已经开始脱发,但如今男人们的头确实都秃得很早。况且,他说那种硬壳遮阳帽对头发的害处很大。他嘴唇上留着短短的黑胡子,脸晒得黑黢黢的。他脸上最出众的地方当然是他的两只眼睛,跟琼的眼睛一样,也是棕色的,大大的。他的谈吐也怪有意思。凯瑟琳说他喜爱浮夸,但斯金纳太太却并不这么认为。如果男人有些喜欢发号施令,她倒并不在意。特别是一旦她发现(那实在用不了多久)米莉森特把哈罗德迷住了,她就开始十分喜欢哈罗德。哈罗德对她也一直显得很殷勤。哈罗德对她谈起自己管理的地区,告诉她自己所捕杀的大型猎物,她都留神倾听,好像真的很感兴趣。凯瑟琳说哈罗德相当自负,而斯金纳太太属于的那代人对男人们的自负都毫无疑问地加以接受。米莉森特不久就看出事情发展的趋势。尽管她什么也没对母亲说,但做娘的心里清楚,要是哈罗德向她求婚,她就会加以接受。

哈罗德跟一些曾在婆罗洲待了三十多年的人住在一起,他们都说那个地方不错。根本没有理由认为一个女人不能在那儿舒舒服服地过日子。当然,小孩子到了七岁就必须回国,但斯金纳太太觉得眼下用不着为此操心。她请哈罗德到家里来吃饭,并对他说喝下午茶的时候,他们一家人总在家。他似乎十分空闲。当他在老朋友家里做客的时间快要终止的时候,斯金纳太太对他说欢迎他到他们家来盘桓两个星期。也就是在这次盘桓临近结束的时候,哈罗德跟米莉森特订了婚。他们举行了十分盛大的婚礼,接着去威尼斯①度蜜月,随后动身前往东方。轮船每抵达一个港口,米莉森特都要给家里写一封信。看上去她很幸福。

"瓜拉索洛的人待我都很好。"她说。瓜拉索洛是森布卢州的主要城镇。"我们跟驻地长官住在一起,大伙儿轮流请我们吃饭。有一两次,我听到有人请哈罗德去喝酒,被他拒绝了。他说自己现在成家了,得改过自新了。他们都大笑起来,我不知道究竟是什么原因。驻地长官的妻子格雷太太对我说,看到哈罗德结婚了,大家都

---

① 威尼斯,意大利东北部港口城市。

很高兴。她说,一个单身汉在一个海外分署工作是十分寂寞的。我们离开瓜拉索洛的时候,格雷太太怪里怪气地跟我道别,我觉得相当诧异,那种样子就好像郑重其事地把哈罗德交给我照顾似的。"

他们默不作声地听着。凯瑟琳的目光始终没有离开她姐姐那张神情淡漠的脸,而斯金纳先生却一个劲儿地盯着他老婆坐的那张沙发后面、墙上挂着的曲刃短剑①和帕兰刀②等马来人的土制武器。

"一年半以后,我重新回到瓜拉索洛的时候,才明白他们原先的态度为什么显得那么古怪。"米莉森特低低发出一种古怪的声音,好像轻蔑的笑声之后的回音。"那会儿,我才知道许多以前一直不清楚的事儿。哈罗德那次回国,原来就是为了结婚。跟谁结婚,其实他倒并不怎么在乎。妈妈,你还记得当时咱们怎样千方百计地去笼络他吗?其实根本用不着费那么大的力气。"

"我不明白你这话是什么意思,米莉森特。"斯金纳太太说,语气带着点儿苦涩的意味。因为对当时所做的谋划如此含沙射影,她听了很不高兴。"我当时以为你把他迷住了。"

米莉森特耸了耸她那厚实的肩膀。

"他是一个实实在在的酒鬼。他每天晚上都要抱一瓶威士忌酒上床,天亮前把酒喝光。布政司③对他说,如果他再不戒酒就必须辞职。布政司表示会再给他一个机会。他可以先回英国休假。布政司还建议他娶个老婆,那样回来以后,就可以有人照管他。哈罗德娶我,只是因为他想要一个看护。瓜拉索洛的那些人打赌,看我能

---

① 曲刃短剑,马来人使用的锋刃如波浪形的短剑。
② 帕兰刀,马来人使用的带鞘砍刀。
③ 布政司,英国殖民地政府中仅次于总督的官员。

让哈罗德保持清醒多久。"

"可是他爱你呀,"斯金纳太太插嘴说,"你不知道他是怎样跟我说起你的,而且就在你谈到的那段期间,你去瓜拉索洛生琼的时候,他给我写了那样一封动人的信谈到你。"

米莉森特又望着她母亲,灰黄色的脸庞上泛起了红晕,她那两只放在膝盖上的手,开始微微颤抖。她想起自己婚后头几个月的情形。官方的汽艇把他们送到河口。他们俩在哈罗德戏称为他们的海滨大宅的那所平房里过了一夜。次日他们俩乘一条马来帆船①逆流而上。从她读过的小说里猜想,婆罗洲的河流都是黑乎乎的,特别凶险,想不到天空竟那么蓝,点缀着几朵白云。海榄雌和聂帕榈的青枝绿叶,经过流水冲刷后,在阳光下闪闪发亮。河的两岸都是没有路径的莽莽丛林。远处,在天空的映衬下,轮廓鲜明地现出一座怪石嶙峋的高山。清晨的空气清新而提神。她好像踏入了一片友好而肥沃的土地,感到无限的自由。他们观看着两岸坐在盘绕在一起的树木枝干上的猴子。有一次,哈罗德指着一段好像树木一样的东西,说那是一条鳄鱼。副长官穿着帆布衣服,戴着遮阳帽,站在码头上迎接他们,还有十来个身材修长的小兵排成一行向他们致意。她被介绍给副长官,那个人叫辛普森。

"天哪,长官,"他对哈罗德说,"很高兴见到你回来。你不在,可真寂寞透了。"

长官住的那所平房,坐落在一个小山顶上,四周是一片花园,里

---

① 马来帆船,马来亚或印度尼西亚的一种帆船,其特点为装有一个大三角风帆和舷外托座。

面杂乱地长满各种色彩鲜艳的花儿。房屋有点儿破旧,家具也不充足,但房间里倒也宽敞而凉快。

"小村庄就在那儿。"哈罗德指着前方说。

她顺着哈罗德的手势朝前望去,听到椰子树丛中响起一阵锣声,心里不禁微微产生一种奇特的感觉。

尽管她没有多少事可做,但日子过得倒还顺畅。每天破晓时分,男仆会给他们把茶端来。他们俩在游廊上闲荡,享受着清晨的芬芳气息(哈罗德只穿一件汗衫和一条纱笼①,而她穿着晨衣),直到吃早饭的时候才穿好衣服。随后哈罗德到他的办公室去,她则用一两个小时学习马来语。午饭以后,哈罗德又去办公室工作,她就睡个午觉。用完下午茶,他们振作精神,就出门散步,或者打打高尔夫。哈罗德已经在平房下面清除了丛林的一片平地上修建了一个九洞高尔夫球场。下午六点光景,夜色降临。辛普森先生会过来喝一杯。他们一直闲聊到吃得很晚的晚饭时分。有时,哈罗德和辛普森先生也会一起下棋。温暖的夜晚着实迷人。萤火虫把游廊下边的灌木丛变成了点点闪烁着颤动的冷光的灯火。空气里充满了开花的树木发出的甜美的香气。晚饭以后,他们阅读六个星期前的伦敦报纸,然后上床就寝。米莉森特对婚后的生活感到相当愉快,她有自己的房屋,对那些土著仆人也很满意,他们穿着色彩鲜艳的纱笼,光着脚在房子里走来走去,静默无声,态度却很友好。她身为一位驻地长官的太太,得意地感到自己的重要地位。哈罗德会说一口

---

① 纱笼,马来人的民族服装,常用鲜艳的印花料子裁制,男女皆穿,穿时裹住身子,在腰围处或腋窝处收拢打结。

流利的马来语,他那副发号施令的架势,那种庄严的气派,都给她留下深刻的印象。她有时还到法院去,听哈罗德审理案件。哈罗德的职责种类繁多,但他完成得都相当出色,这也激起了她对丈夫的敬意。辛普森先生告诉她,哈罗德对当地土著的了解程度,一点也不亚于这个国家的任何官员。他意志坚定,处事乖巧,心情愉快,这些特点综合起来,正是对付那种样子羞怯、爱好报复、生性多疑的土著所必不可少的。米莉森特不禁有点儿钦佩自己的丈夫。

他们结婚快满一年的时候,有两个英国博物学家在深入内陆的途中,到他们家来住了几天。这两个英国博物学家拿出总督的一封措辞恳切的介绍信,哈罗德表示要对他们盛情款待。他们的到来给生活带来了可喜的变化。米莉森特请辛普森先生前来吃晚饭(他住在寨子里,平时只有在星期天晚上才到他们家来吃饭)。饭后,四个男人坐下来打桥牌。米莉森特陪了一会儿,就去睡觉,但他们闹哄哄的,吵得她好久都无法安眠。也不知道究竟到了几点,哈罗德跌跌撞撞地走进房来,把她吵醒了。她没有出声。哈罗德决定在上床睡觉前先洗个澡。浴室就在他们的卧室底下,他顺着台阶朝下走。忽然听见外面扑通一声,显然他滑了一跤,于是破口大骂。接着他狂吐不已。她听见他把一桶桶的凉水浇灌到自己的身上,过了一会儿,他步子蹒跚地踏上台阶(这一次走得特别小心),悄悄上了床。米莉森特假装睡着了,她十分气愤。哈罗德喝醉了。她决定明早跟他谈谈。那两个博物学家对他会有怎样的印象呢?可是第二天早晨,哈罗德显得气派十足,她倒踌躇起来,不知究竟该不该再提到这件事。到了八点钟,哈罗德和她,还有那两位客人,坐下来吃早饭。哈罗德环顾了一下餐桌。

"麦片粥，"他说，"米莉森特，倒不如在客人吃早点的时候给他们喝点儿辣酱油，我想他们大概也不想吃什么别的东西。至于我嘛，就来一杯加苏打水的威士忌。"

那两个博物学家笑起来，但脸上显得有些羞愧。

"你的丈夫真是一个不好对付的家伙。"其中一个说道。

"如果在你们前来做客的头一天夜晚，不让你们喝得醉醺醺的上床睡觉，我就觉得自己没有尽到地主之谊。"哈罗德用他那种直率的、富有气派的表达方式说。

米莉森特讥讽地笑了笑，想到两个客人昨晚也跟他的丈夫一样喝得烂醉，心里略微感到宽慰了一点。第二天晚上，她始终陪着他们，时间并没有弄到很晚，大家就散了。可是两个客人继续上路后，她仍然很高兴。他们的生活又恢复了平静。几个月以后，哈罗德去他所管辖的地区巡回视察，结果染上了很重的疟疾回来。这是她头一次亲眼见到她老是听人谈起的病症。哈罗德病愈后，身体虚弱，在她看来，这也并不怎么奇怪。她只是觉得他的举止反常。他下班回来，目光呆滞地定定地看着她。有时候，他会站在游廊上，身子微微摆动，但仍然气派十足，对英国的政治局势发表长篇大论。但说着说着，就失去了前后贯穿的脉络，于是他就现出一副跟他原来的堂皇气派不大相称的狡黠神情，望着她说：

"这该死的疟疾，真把人弄垮了。唉，太太，你不知道要当一名帝国的建设者会有多么紧张劳累。"

她觉得辛普森先生开始露出忧虑的神色，有一两次，他们俩单独在一块儿，他似乎要跟她说些什么，但话到嘴边，由于腼腆又缩了回去。这种感觉越来越强，弄得她心神不宁，终于有一天晚上，哈罗德不知什么原因,在办公室里待得比平时要久,于是她就盘问起辛普森来。

"辛普森先生,你有什么话要跟我说吗?"她冷不丁地问道。

他一下子脸红了,犹豫不决。

"没什么。你怎么会认为我有什么话要跟你说呢?"

辛普森先生是个身材瘦弱的小伙子,二十四岁,长着一头漂亮的蜷曲的头发,他费了好大劲儿才把头发梳得平整。他的手腕给蚊子咬得红肿起来,还留下不少疤痕。米莉森特定定地望着他。

"如果是跟哈罗德有关的事儿,你不觉得直率地告诉我更好吗?"

这时候,他满脸通红,局促不安地坐在藤椅上,晃来晃去。米莉森特执意要他说出来。

"我担心你会觉得我太放肆了,"他终于开口说,"背地里说自己上司的坏话,实在太不像话了。疟疾这种病真是讨厌,哪个人要是发作过一次,就彻底垮了。"

他又犹豫起来。嘴角往下垂挂,好像要哭出来似的,在米莉森特眼中,他就像一个小孩子。

"我会守口如瓶的,"米莉森特笑着说,竭力想要掩盖内心的不安,"务必告诉我吧。"

"我觉得很遗憾,你丈夫在办公室里放了一瓶威士忌,这样他就可以比平时多喝上几口。"

辛普森先生激动得声音都嘶哑了。米莉森特突然感到浑身冰凉,索索发抖。她竭力管住自己,因为她清楚如果想让这个孩子把知道的情况都说出来,就不能把他吓住。他不愿意再说什么。她又是逼他,又是哄他,表示他有责任说出来,最后还呜呜地哭起来。于是辛普森告诉她,哈罗德近两个星期一直纵饮无度,当地人都在谈论这件事儿,说他的情况很快就会像结婚之前那样糟不可言。那会儿他就有饮酒过量的习惯,但当时的详细情况,无论米莉森特怎样追问,辛普森先生都咬紧牙关,不肯透露。

"你觉得他现在就在喝酒吗?"她问道。

"我不知道。"

米莉森特羞愤交加,突然感到周身发烫。那个被称作寨子的官衙因为里面存放着枪支弹药而得名,其实也是法院的所在地。它就坐落在驻地长官的宅子的对面,周围有一片花园。太阳快要下山了,米莉森特用不着戴帽子,站起身来就朝对面走去。她发现哈罗德坐在审理案件的大厅后面的办公室里,面前放着一瓶威士忌。他一边抽烟,一边跟三四个马来人说话;他们站在他的面前听他说话,脸上带着谄媚而又轻蔑的笑容。哈罗德满面通红。

那几个当地人一下子都消失不见了。

"我过来看看你在干什么。"她说道。

哈罗德站起身来,因为他对待她一向礼貌周全,但打了个趔趄。他感到自己无法站稳,就装出一副堂皇庄严的气派。

"请坐,亲爱的,请坐。公务紧急,我耽搁了一会儿。"

米莉森特愤怒地望着他。

"你喝醉了。"她说。

哈罗德直愣愣地望着她,两个眼珠子稍稍鼓出来一点,肥大的脸庞上渐渐露出高傲的神情。

"我一点也不明白你在说什么。"他说。

米莉森特本来准备用一连串愤怒的言辞加以规劝,却忽然大哭起来。她一屁股坐进椅子,两只手捂着脸。哈罗德看了她一会儿,泪水也顺着他的脸颊流了下来。他朝米莉森特走了过去,张开双臂,扑通一声跪了下来。他一边抽泣,一边把她搂在怀里。

"原谅我吧,原谅我吧,"他说道,"我向你保证,这种事情永远不再发生。都是那该死的疟疾闹的。"

"实在太丢脸了。"她呜咽着说。

哈罗德哭得像个孩子似的。看到这样一个富有气派的大男人自我贬斥,确实很令人感动。过了一会儿,米莉森特抬起头来。他的双眼带着恳求和悔恨的神情,搜寻着她的目光。

"你能向我保证,永远不再沾酒了吗?"

"一定,一定。我恨透了这个东西。"

就在这时,她告诉哈罗德自己有了身孕。哈罗德真是喜出望外。

"这一直是我所想望的事儿,也会让我的行为规规矩矩。"

他们俩回到自己的宅子。哈罗德洗了个澡,然后小睡了片刻。晚饭以后,他们俩平心静气地谈了很长时间。他承认自己在结婚之前,有时喝酒喝过了量;生活在海外分署,很容易染上不好的习惯。米莉森特提出的各项要求,他都一一应允。米莉森特必须到瓜拉索洛去分娩,在那之前的几个月时间里,哈罗德一直是一个尽职的丈夫,表现得温柔、体贴、自豪而多情;他无可指责。一艘汽艇前来接她,她要离开哈罗德六个星期。哈罗德向她信誓旦旦地答应,在她不在的这段时间里滴酒不沾。哈罗德把两只手搭在她的肩膀上。

"我从来说话算数,"他气派十足地说,"即便没有这样的保证,你能想象在你经受痛苦的时候,我会做出什么给你增添烦恼的事吗?"

琼出生了。米莉森特住在驻地长官家里。他的夫人格雷太太是一个好心肠的中年女子,待她十分友好。两个女人长时间单独相处,除了闲谈,就没有什么别的事儿可做。随着时间的推移,凡是该知道的有关哈罗德过去酗酒的情况,她渐渐地都了解清楚了。让她感到最难接受的一点就是,上级曾向哈罗德发出警告,假如他想保住自己的职位,那就必须带一个老婆回来。这一点在她心里隐隐地激起一股怨恨之情。她发现哈罗德原来曾是一个积习难改的酒鬼,朦朦胧胧地感到有点儿不安。她提心吊胆,生怕在她不在的那段时间里,他可能会抵挡不住那种嗜好的诱惑。她带着婴儿和一个保姆动身回家。她在河口过了一晚,并打发一个信差先乘独木舟前去通报。汽艇快要靠岸的时候,她急切地朝码头上仔细察看。哈罗德和辛普森先生站在那儿。那些衣着整齐的士兵也列队前来迎接。哈罗德身子微微有点儿晃动,就像一个人在左右摇晃的船上想要站稳脚跟那样,她的心不禁往下一沉,她明白他又喝醉了。

那次归来并不怎么愉快。她几乎忘了自己的父母和妹妹都坐在那儿一声不响地听她讲述。这时,她振作起来,重新意识到他们的存在。她所讲述的一切,似乎都发生在遥远的过去。

"那时候,我知道自己恨他,"她说,"我本来可以把他杀了。"

"哦,米莉森特,别这么说,"她的母亲喊道,"别忘了,他已经去世了,可怜的人。"

米莉森特望着母亲,她那毫无表情的脸庞一时间又罩上了一层阴霾。斯金纳先生心神不安地挪动了一下身子。

"继续往下说吧。"凯瑟琳说。

"他发现我对他过去的情况都一清二楚后,就变得不再有所顾虑了。三个月后,他又有一次酒狂症的发作。"

"你干吗不离开他呢?"凯瑟琳说。

"那有什么好处呢?不出两个星期,他就会被解除职务。那样一来,谁来养活我和琼呢?我必须留在那儿。在他头脑清醒的时候,我没什么可抱怨的。他一点儿也不爱我,但是他喜欢我。我当初嫁给他也不是因为我爱他,而只是因为我想出嫁而已。我尽心竭力地不让他喝酒,设法让格雷先生禁止把威士忌从瓜拉索洛运来,但他从中国人那儿又买到了。我就像猫盯着老鼠那样盯着他。他太狡猾了,我根本对付不了他。没过多久,他又发作了一次酒狂症。他玩忽职守,我担心会引起种种不满的怨言。我们那儿离瓜拉索洛有两天的路程,这对我们是一种保护,但我想上面仍然听到了一些闲话,因为格雷先生私下给我写了一封信,要我严加注意。我把信给哈罗德看了,他怒气冲冲,大吼大叫,但我看出来他害怕了。有两三个月,他都相当清醒。随后他又陷入醉乡,到我们上次回国休假前一直如此。

"在我们回国小住前,我请求他、央求他千万注意一点。我不想让你们当中哪个人知道我嫁给了一个什么样的人。他在英国休假期间,一直表现得还不错。在我们回去前,我又对他加以警告。他变得十分疼爱琼,为她感到自豪,而琼也跟他很亲。在我们两人之间,她素来更喜欢爸爸。我问哈罗德,等孩子长大后,是否愿意让她知道爸爸是个酒鬼。我发现自己终于掌握了控制他的手段。这种想法把他吓了一跳。我对他说,我不会允许这种情况发生。只要他让琼看见自己的爸爸喝醉一次,我就立刻把孩子从他的身边带走。你们知道吗,我说这话的时候,他的脸色变得十分苍白。那天夜里,我跪在地上感谢上帝,因为我总算找到了一个拯救我丈夫的方法。

"他对我说,如果我支持他,他愿意再次戒酒。我们下定决心,一起来克服这种嗜好。他付出了很大的努力。每逢他觉得不得不喝上一口的时候,就来找我。你们知道,他经常喜欢摆出一副自高自大的样子,但在我面前,却总是那么恭顺,就像一个孩子。他根本离不了我。也许他在跟我结婚的时候并不爱我,但那时他爱我,爱我和琼。我曾经恨过他,因为那种丢脸的事,他喝得醉醺醺的,还要摆出一副神气十足的威严的样子,实在令人厌恶。可是那会儿,我心里却有一种奇特的感觉。那并不是爱情,而是一种古怪而羞怯的温情。他不仅是我的丈夫,而且像一个我得长期为之操心劳神的孩子。他为我在他身边而感到非常得意,而你们知道,我也一样。他发表的长篇大论也不再让我感到烦躁,我只觉得他那种庄严的架势显得相当可笑,也相当迷人。最后我们取得了胜利。整整两年,他滴酒不沾。他彻底戒掉了那种嗜好,甚至还拿这件事来开玩笑。

"辛普森先生那时已经不在我们那儿了,又来了一个名叫弗兰西斯的小伙子。

"'你要知道,我是一个改过自新的酒鬼,弗兰西斯,'哈罗德有一次对他说,'要不是我老婆管着,我早就被革职了。我娶到的是世上最好的老婆,弗兰西斯。'

"听到他的这些话,你们猜不出我心里感到多么受用。我感到自己以往经历的一切都没有白费。我实在太高兴了。"

她沉默下来,回想起那条宽阔、发黄而浑浊的河流,就在那条河的岸边,她住了那么长时间。许多白鹭在颤动的夕阳中闪闪发亮,成群结队地沿着河飞来,飞得又低又快,然后四下散开。它们宛如一串洁白的音符产生的起伏荡漾的曲调,那么清亮悦耳,好像春天一般充满生气,如同一组绝妙的琶音,在一把看不见的竖琴上,被一只看不见的手弹奏出来。白鹭拍动着翅膀,在苍翠的河岸间向前飞行,隐没在苍茫的暮色中,好比一个心满意足的人头脑中欢快的思绪。

"后来琼病倒了。整整三个星期,我们都焦虑万分。离得最近的医生也在瓜拉索洛。我们只好勉强让一个当地的药剂师来治病。孩子病好以后,我就把她带到河口,想让她去呼吸一下新鲜的海洋空气。我们在那儿待了一个星期。自从我上次出门去生琼以后,这还是我头一次离开哈罗德。河口有一个渔村,房子都搭建在木桩上,与我们住的地方不远,但我们实际上仍然相当冷清。我十分想念哈罗德,甚至充满柔情,突然我明白自己爱他。所以当马来帆船前来接我们回去时,我高兴极了,因为我要告诉他这一点。我觉得这件事对他也意义非凡。我简直无法形容当时我是多么开心。我们朝上游划去,船夫头儿告诉我,弗兰西斯不得不到内地去抓一个谋害亲夫的女人,已经走了有两三天了。

"我感到很惊讶,哈罗德竟然没有到码头来接我。他素来在这类事情上是很守礼节的。他经常说,夫妻应该相敬如宾。我想不出究竟是什么事儿让他无法前来。我朝小山上面走去,我们的宅子就坐落在山顶。保姆带着琼跟在我的后面。宅子里异常寂静,好像一个仆人都不在,我弄不清究竟是怎么回事。我不知道是不是哈罗德没有料到我会这么快回来,所以出去了。我走上台阶。琼说口渴,保姆就带她到下房去给她弄点喝的。哈罗德不在起居室里。我喊他,但也无人回应。我颇为失望,因为我真希望他在家。我走进卧室,哈罗德压根儿就没有出门,正躺在床上呼呼大睡。我实在觉得太好笑了,因为他一向声称自己从来不睡午觉。他说那是我们白种人养成的一种毫无必要的习惯。我轻手轻脚地走到床边,想跟他开个玩笑。我撩开蚊帐。他仰卧在床上,身上只穿着一条纱笼,旁边放着一个空的威士忌酒瓶。他喝醉了。

"又犯老毛病了。我多年来的努力都白费了。我的梦想也破灭了。一切都变得毫无希望。我一下子怒气冲天。"

米莉森特又变得脸色暗红,两只手紧紧握着她坐的那把椅子的扶手。

"我抓住他的肩膀,使出全身的力气摇他。'你这个畜生,'我嚷道,'你这个畜生。'我气得不知道干什么是好,说什么是好,只是不断地摇着他。你们不知道他的模样多么令人恶心,这个光着上半身的胖乎乎的家伙。他好几天都没有刮胡子,脸庞肿胀发紫。他鼻息沉重地呼吸着。我朝着他大喊大叫,但他毫不理会。我想把他从床上拖起来,但他身子实在太重了。他一动不动地躺在那儿。'睁开眼睛。'我喊道。我又摇了他一阵子。我恨他。我比以前更加恨他了,因为整整一个星期,我是那样全心全意地爱他。他辜负了我的期望,辜负了我的期望。我要告诉他,他是一个多么肮脏的畜生。但我根本无法让他知道。'给我睁开你的眼睛。'我嚷道。我决定要让他睁眼看着我。"

寡妇舔了舔她那干涩的嘴唇。她的呼吸似乎有点急促,不再说话了。

"要是他当时处于那种情况,我倒觉得最好还是让他继续睡着。"凯瑟琳说。

"床旁边的墙上挂着一把帕兰刀。你们知道,哈罗德多喜欢那些古玩。"

"什么叫帕兰刀?"斯金纳太太问道。

"别傻里傻气的,孩子他妈,"她丈夫不耐烦地说,"你背后的墙上就挂着一把呢。"

他指了指那把马来短刀,不知什么原因,他的目光始终不由自主地会盯在那把短刀上。斯金纳太太迅速缩到沙发的一角,做了一个遭到惊吓的手势,仿佛有人对她说她身旁盘着一条蛇。

"突然鲜血从哈罗德的喉咙里喷涌而出。他脖子上给横着割开一道又深又长的大红口子。"

"米莉森特,"凯瑟琳嚷道,霍地站起身来,几乎朝她姐姐扑了过去,"你这话究竟是什么意思?"

斯金纳太太站了起来,惊吓得张着嘴巴,瞪大了两只眼睛望着她。

"那把帕兰刀不再挂在墙上,而在床上。这时哈罗德才睁开眼睛。那双眼睛长得跟琼一模一样。"

"这我就搞不明白了,"斯金纳先生说,"要是他处于你所描述的那种状况,怎么可能自杀呢?"

凯瑟琳抓住她姐姐的胳膊,气冲冲地摇晃着。

"米莉森特,看在上帝的分上,解释一下。"

米莉森特从妹妹的手中挣脱出来。

"帕兰刀原来挂在墙上,我跟你们说过了。我也不知道怎么回事。到处都是血。哈罗德睁开了眼睛。他几乎当场就死了。他根本没有说话,只喘了口气。"

斯金纳先生最终才定下神来开口说话。

"你这个歹毒的女人,这是谋杀。"

米莉森特脸上泛起一块块红色,用轻蔑而充满敌意的眼神瞅了斯金纳先生一眼,使他吓得直往后退。斯金纳太太喊道:

"米莉森特,那不是你干的吧?"

这时候,米莉森特做出的举动让他们大家感到自己血管里的血好像凝成了冰。她咯咯地笑起来。

"我不知道还会是谁干的。"她说道。

"天哪。"斯金纳先生嘟囔道。

凯瑟琳直挺挺地站在那儿,两只手捂着胸口,好像经受不住心脏的跳动。

"后来怎么了?"她问道。

"我尖声喊叫。我跑到窗前,推开窗户,呼叫保姆。她带着琼从院子那边过来。'琼别过来,'我喊道,'别让琼过来。'她把厨师叫来,让他照顾孩子。我催她快点。等到她来了,我就把哈罗德指给她看。'老爷自杀啦!'我喊道。她尖叫了一声,就跑出房去。

"谁也不愿靠近。大家都吓得魂不附体。我给弗兰西斯先生写了一封信,告诉他发生了什么事,要他立刻回来。"

"你告诉他发生了什么事,你这话究竟是什么意思?"

"我说,我从河口回来,发现哈罗德的喉咙给割断了。你们知道,在热带地区,人死了就得迅速埋掉。我买了一口中国棺材,士兵们就在寨子后面给他挖了一个墓穴。弗兰西斯先生回来的时候,哈罗德已经给安葬了快两天了。弗兰西斯是个年轻小伙子。我可以对他随意摆布。我告诉他,我发现哈罗德手里握着那把帕兰刀,无疑他是在酒狂症发作时自杀的。我把空酒瓶拿给他看。仆人们也说,自从我离家到海边去以后,他一直喝酒喝得很厉害。我在瓜拉索洛也是这样说的。大伙儿都很同情我,政府还给我一笔抚恤金。"

有一会儿,谁都没有开口说话。最后斯金纳先生才打起精神。

"我是从事法律工作的,我是一个律师,担负着某些职责。我们的工作始终是最受人尊敬的。你让我陷入了狼狈不堪的境地。"

他苦思冥想,在混乱的头脑中搜寻那些躲躲闪闪的词语。米莉森特轻蔑地望着他。

"你打算怎么样?"

"这是谋杀,确凿无疑。你认为我能放任不管吗?"

"别胡说啦,爸,"凯瑟琳厉声说,"你可不能举报你的亲生女儿。"

"你让我陷入了狼狈不堪的境地。"他又说了一遍。

米莉森特又耸了耸肩膀。

"是你们硬要我说出来的。我把这件事儿在心里埋了这么久,现在也该让你们来一起承担了。"

这时候,女仆推开房门。

"老爷,戴维斯已经把车开来了。"她说。

凯瑟琳神色镇定地吩咐了几句,女仆退了出去。

"咱们该走了。"米莉森特说。

"我现在可无法前去赴宴,"斯金纳太太惊恐地大声嚷道,"我心里实在太乱了。咱们怎么去面对海伍德一家人呢?况且主教还想认识你。"

米莉森特做了一个满不在乎的手势。她的眼睛里仍然带着嘲讽的神情。

"咱们非去不可,妈,"凯瑟琳说,"要是咱们不到场露面,那就显得太古怪了。"她气冲冲地对米莉森特表示不满。"哦,我觉得整个这件事真是乱得一团糟。"

斯金纳太太神色茫然地望着她的丈夫。斯金纳先生走过去,把她从沙发上扶起来。

"恐怕咱们还是得去,孩子他妈。"他说。

"可我还戴着一顶帽子,上面装饰着哈罗德亲手送给我的白鹭羽毛呢。"她呜咽着说。

他搀着她走出客厅,凯瑟琳紧随其后,在后面隔开一两步的地方,则是米莉森特。

"要知道,这件事儿你们慢慢就会习惯的,"她平静地说,"一开始,我心里老琢磨着这件事儿,但现在会有两三天都想不到了。看来不会有什么危险。"

他们没有搭理她。一家人穿过门厅,走出前门。三位女士坐到汽车后座上,斯金纳先生坐在司机旁边。这是一辆旧汽车,车上没有自动启动器。戴维斯走到车前,用手摇动曲柄发动引擎。斯金纳先生转过身子,气呼呼地望着米莉森特。

"你压根儿不该讲给我听的,"他说,"我觉得你实在太自私了。"

戴维斯回到驾驶座上,他们就这样坐车去赴卡农家的花园宴会。

远东航船

哈姆林太太靠在长椅上，懒洋洋地瞧着旅客从舷梯上过来。船是在夜里抵达新加坡的，天一亮就开始装货。起货机吱吱嘎嘎地响了一天，不过如今她的耳朵已经习惯了这种持续不断的噪声。她在欧罗巴饭店吃过午饭以后，由于无事可做，就坐上洋车，在这个城市欢快的熙熙攘攘的街道上四处转悠。新加坡是个汇聚了许多不同种族的地方。有马来人，尽管他们是这儿的土著居民，但是住在城里却并不怎么自在，而且人口不多；有中国人，他们性格随和，头脑机灵，工作勤劳，成群地聚集在街头；有皮肤黝黑的泰米尔人，光着脚板，走路无声无息，好像只是这片陌生的土地上短暂旅居的客人；有圆滑、富足的孟加拉人，他们潇洒自在地应付周围的环境，而且充满自信；有狡诈、谄媚的日本人，他们似乎老是忙于一些紧急而机密的事务；有英国人，他们戴着遮阳帽，穿着白帆布衣服，不是坐着小汽车疾驶而过，就是坐着洋车缓缓而行，露出一副冷漠的、满不在乎的神气。这些各色人种的统治者，用微笑而淡漠的态度行使他们的权力。这会儿，哈姆林太太感到又热又累，等待着轮船再次起航，开始她那横渡印度洋的漫长旅程。

哈姆林太太是个身材高大的女人,看到那个医生和林赛尔太太走上船来,她张开大手,朝他们挥动着。自从离开横滨①以后,她就一直待在这条船上,带着敏锐的兴趣,观察着这两个人之间亲密关系的进展。林赛尔是个海军军官,曾给派驻到东京的英国大使馆工作。看到医生对自己的妻子大献殷勤,他却表现得满不在乎,这叫哈姆林太太感到相当诧异。另外两个男人也顺着舷梯上来了,他们是新来的旅客,她试图从他们的行为举止上弄清楚他们究竟是单身还是已婚,借此消闲解闷。在她附近,一群男人坐在藤椅上,从他们身上的卡其布衣服和头上的宽边双层毡帽来看,她猜他们是种植园主。他们不停地要这要那,让甲板上的乘务员忙得不可开交。他们高声说话,放声大笑,因为他们都喝得醉醺醺的,样子显得有些愚蠢地在那儿吵吵闹闹。他们显然在为其中的一个人送行。但是哈姆林太太看不出来究竟哪个人会是与她一样乘坐这条船的旅客。开船的时间越来越近。上船的旅客更多了。杰夫森先生也气派十足地缓步走上舷梯。他是个领事,打算回国度假。他是在上海登船的,一上船便开始想要引起哈姆林太太的好感。但那会儿,她不愿干出什么卖弄风情的事儿。一想到自己返回英国的原因,她就皱起眉头。她会在海上度过这个圣诞节,凡是对她稍微关心一点的人都远隔重洋。想到这儿,她一时间感到心头一紧。一个她打定主意竭力想要排斥的问题,总是违背她的心愿,不断闯入她的脑海,弄得她心烦意乱。

可是预告起航开船的钟声当当地响起来。坐在她旁边的那伙

---

① 横滨,日本本州岛东南岸港口城市。

人都忙乱起来。

"哎,要是不想让这条船把我们带走,最好还是下去吧。"其中一个人说。

他们站起身来,朝舷梯走去。大家纷纷握手告别,哈姆林太太看出来他们究竟是在为哪个人送行。她注视着的那个人并无什么特别的地方,只是因为她无事可做,才把目光在他身上多停留了一会儿。他身材魁梧,个子肯定超过六英尺,肩宽腰阔,体格健壮,穿着一套满是泥污的卡其斜纹布衣服,头上的帽子破旧不堪。朋友们都离开了,站在码头上跟他打趣。哈姆林太太发现他说话带有浓重的爱尔兰口音。他的嗓音既圆润又洪亮,饱含热情。

林赛尔太太已经走下船舱,医生过来坐在哈姆林太太身旁。他们彼此谈起白天遇到的一些琐碎的新鲜经历。钟声再次响起,不久船就徐徐地离开码头。那个爱尔兰人最后一次向他的朋友们挥手告别,接着就朝他搁着报纸和杂志的椅子缓缓走去。他朝医生点了点头。

"那个人你认识?"哈姆林太太问道。

"午饭前,有人在俱乐部给我介绍过。他叫加拉格尔,是个种植园主。"

港口上的喧嚣和出发时闹哄哄的景象都过去了,船上显得格外宁静,让人心里十分舒服。他们缓缓地驶过上面满是绿色草木的怪石嶙峋的悬崖,(铁航轮船公司[①]的停泊处是一个景色迷人的幽静的

[①] 铁航轮船公司,原文是 P&O,系半岛和东方轮船公司(Peninsular and Oriental Steam Navigation Company)的俗称,十九世纪三四十年代由英国人在伦敦设立,随后业务扩充至埃及、印度、新加坡、香港等地。二〇〇五年以铁行渣华(P&O Nedlloyd)的名义被 A·P·莫勒马士基集团收购。

小海湾),进入了主港口。所有国家的船只都停泊在这儿,数量众多,既有客船和拖船,也有驳船和航线不定的货船。在远处,防波堤的外面,你看到当地的帆船桅杆林立,好像一片树干笔直的光秃秃的树林。在柔和的暮色中,眼前繁忙的景象给奇特地蒙上了一层神秘色彩。你觉得所有那些船只的活动都暂时停顿下来,好像正等待着某种特别重大的事件发生。

哈姆林太太素来睡得不是很好,她习惯在天亮时就走上甲板。看着最后几颗暗淡的星星在徐徐降临的白昼前逐渐消失,她那苦恼的内心略微安定了一点。在大清早,波平如镜的海面往往静止不动,似乎让人间的所有忧伤都显得无足轻重了。晨光熹微,在空中有种令人愉快的颤动。可是次日清晨,她走到上层甲板的尾部,却发现有个人已经在她之前来到了甲板上。原来是加拉格尔先生。他正望着苏门答腊①的低平的海岸。初升的太阳好像魔术师一样施展神通,让海岸从黑暗的大海中显露出来。她吓了一跳,又有些恼火,但她还来不及转身离开,加拉格尔先生已经看见她了,朝她点了点头。

"起得早啊,"加拉格尔先生说,"要不要来支烟?"

加拉格尔先生穿着睡衣和拖鞋。他从衣袋里掏出烟盒递给她。她犹豫起来。她只穿了一件晨衣,蓬乱的头发上戴着一顶饰有花边的帽子。她知道自己的模样一定相当可笑,但她内心饱受煎熬,自有她的理由。

"我想一个四十岁的女人不应当再去留意她的外貌。"她笑着

---

① 苏门答腊,印度尼西亚西部大岛,位于马来半岛西南方,中间隔着马六甲海峡。

说,好像加拉格尔先生肯定知道什么爱面子的想法盘踞在她的头脑里。她拿了一支烟。"但你也起得很早。"

"我是个种植园主。我不得不每天清晨五点起床,已经持续了这么多年,真不知道该怎样改掉这个习惯。"

"你会发现,这个习惯在国内可不大受人欢迎。"

由于没有帽子遮蔽,如今他的脸庞,她看得更清楚了。那张脸并不俊美,但看着叫人舒服。当然,他实在太胖了。在他年轻的时候,他的相貌一定相当清秀,如今却变得粗犷了。他的皮肤发红,有点儿肿胀。两只黑眼睛却显得相当欢快。尽管他看上去不可能小于四十五岁,但头发却仍然乌黑浓密。他给人留下孔武有力的印象。他是一个粗俗、笨重、平凡的人。要不是船上的旅客如此混杂,哈姆林太太绝不会认为值得跟这样的人交谈。

"你是回国度假吗?"她试探着问道。

"不,我这次回国就不再回来了。"

他的黑眼睛闪闪发亮。他生性喜欢说话。到哈姆林太太该回下面舱房去洗澡的时候,他已经跟她谈了许多有关自己的情况。他在马来联邦①待了二十五年,过去十年,他在塞兰丹经营着一个橡胶种植园。那儿与一切可以被称作文明的事物都相距甚远,生活孤独寂寞。但他赚了些钱;在橡胶生意兴旺的时候,他干得很出色。这个表面显得那样无忧无虑的人,却凭着出乎意料的精明,把自己的积蓄投资到政府债券上。随着经济萧条,他也打算退休了。

---

① 马来联邦,十八世纪末,英国入侵马来半岛,实行逐步蚕食和分而治之的政策,一八九五年,将霹雳、雪兰莪、森美兰、彭亨四州组成"马来联邦"。华侨俗称"四州府"。

"你是爱尔兰什么地方的人?"哈姆林太太问道。

"戈尔韦①。"

哈姆林太太曾坐汽车经过爱尔兰,她模糊地记得那里有座凄凉阴沉的市镇,耸立着不少巨大的石头货栈,荒废破败,面向着令人忧郁的大海。她感受到那儿的青翠草木和蒙蒙细雨,那儿寂静的与世无争的气氛。难道加拉格尔先生就打算在那儿度过自己的余生吗?他谈起那个地方的时候露出孩子般的热切神情。在那个灰暗的充满鬼魂的天地里,他表现出的活力跟周围的环境完全格格不入,这种想法引起了哈姆林太太的兴趣。

"你家住在那儿吗?"她问道。

"我没有家。我的父母都去世了。就我所知,我在世上没有什么亲人了。"

他早制订好自己的全部计划。他用了二十五年去实现这些计划。这么多年来他只能把这些打算向自己诉说,如今他很高兴能对一个人讲述一下。他想购买一幢房子,再买一辆汽车。他还打算养马。他对打猎没有多大兴趣;到马来联邦的最初几年,他曾打到过不少大型猎物,但如今他失去了狩猎的兴趣。他不明白为什么要去猎杀丛林里的野兽。他在丛林里生活了那么久。但他会打猎。

"你是不是觉得我身子太重了?"他问道。

哈姆林太太面带笑容,用估量的目光朝他上下端详了一番。

"你的体重准有一吨吧。"她说。

他哈哈大笑。爱尔兰的马是世上最好的品种,而他也一向注意

---

① 戈尔韦,爱尔兰西海岸的一个市镇。

保持健康。在橡胶种植园里,你必须不停地到处走动,他平时也经常打网球。在爱尔兰,他很快就会瘦下来。接着他会结婚。哈姆林太太默默地望着大海,如今海面已被染上了朝霞柔和的色彩。她叹了口气。

"把你的根子完全从这儿拔除,这么做容易吗?就没有哪个给你丢下的人让你感到惋惜吗?我倒觉得,经过这么多年之后,无论你多么渴望回家,一旦那个时刻终于到来,你一定感到极为痛苦。"

"我很高兴离开那儿。我实在待腻了。我再也不想看到那个国家,或者那里的哪个人。"

一两个早起的旅客开始在甲板上走动。哈姆林太太想起自己衣衫单薄,就到下面舱房里去了。

接下来一两天,她几乎没有见到加拉格尔先生。加拉格尔先生把时光都消磨在吸烟室里。由于罢工,轮船没有在科伦坡①停靠。旅客们安心享受横渡印度洋的愉快旅程。他们玩起甲板游戏②,彼此说长道短,调情戏耍。圣诞节就要来临,这成了他们打发时间的题目。有人提议在圣诞节那天举行化装舞会。女士们动手制作舞会的服装。头等舱的旅客举行会议,决定是否邀请二等舱的旅客参加舞会。尽管天气炎热,但讨论得仍很热烈。女士们认为那只会让二等舱的旅客感到局促不安。可以预料,在圣诞节那天,他们肯定会喝酒过量,接着就可能发生不愉快的事情。每个发言的人都强调他们头脑里根本没有等级差别的观念。在这件事上,谁都不会势利

---

① 科伦坡,印度东南海海岸附近岛国斯里兰卡(旧称锡兰)的首都和主要港口。
② 甲板游戏,可能就指下文所说的甲板套环之类的游戏。

得竟然认为头等舱和二等舱的旅客之间有什么区别,但是不让二等舱的旅客陷入尴尬的境地,实际上对他们会更好一些。如果他们在二等舱里举办他们自己的舞会,也许会玩得更加尽兴。另一方面,谁也不想伤害他们的感情,当然了,当今任何人都得更为民主(这是针对一个在中国的传教士的妻子所做的回答,她说她搭乘铁行轮船公司的客轮旅行已经三十五年,从来没有听说二等舱的旅客受邀参加在头等舱的交谊厅里举行的舞会),即使他们不会体味到舞会的乐趣,但仍有可能愿意前来。加拉格尔先生很不情愿地被人从牌桌旁拖开,因为眼看着马上就要投票表决了。领事征求他的意见。二等舱里有一个他的橡胶种植园的雇工,这次他带着他一起回国。加拉格尔先生从长沙发上抬起他那笨重的身躯。

"就我而言,我只能这么说:我雇的那个人跟我一起照管我们的机器。他是一个顶呱呱的家伙。他跟我一样,完全适合参加你们的舞会。但他不会来的,因为圣诞节那天,我会把他灌得酩酊大醉,在六点钟前,他就什么也干不成了,只能给送上床去睡觉。"

领事杰夫森先生勉强地挤出一丝笑容。由于他所担任的官职,大家推举他主持会议,他希望大家认真地对待这件事。他这个人经常有句话挂在嘴边:凡是值得去做的事情就要把它做好。

"从你的话中可以看出,"他有些尖刻地说,"在你看来,开会讨论的这个问题似乎无关紧要。"

"我觉得一点也不重要。"加拉格尔先生眨着亮闪闪的眼睛说。

哈姆林太太笑起来。方案终于制定好了,决定邀请二等舱的旅客,但私下去找船长,向他指出,最好他不要同意那些人到头等舱的交谊室来。当天晚上,哈姆林太太穿好礼服去用晚餐,正好跟加拉格尔先生同时走上甲板。

"正赶上可以喝一杯鸡尾酒,哈姆林太太。"他愉快地说。

"我想喝一杯。说实在的,我正需要振作一下。"

"为什么?"他笑着说。

哈姆林太太觉得他笑得很迷人,但她不想回答他的问题。

"我前两天早晨告诉过你了,"她欢快地答道,"我四十岁了。"

"我从没见过一个如此强调自己年龄的女人。"

他们走进休息室,那个爱尔兰人给她要了一杯没有甜味的马提尼酒,给自己要了杯杜松子苦味酒。他在东方生活得实在太久了,已经喝不惯别的酒了。

"你在打嗝。"哈姆林太太说。

"是的,我整个下午都在打嗝,"他满不在乎地回答,"真是奇怪,陆地刚从眼前消失,我就打起嗝来。"

"吃过晚饭大概就会好的。"

他们喝了酒,响起了第二遍钟声,他们走进饭厅。

"你不打桥牌吗?"分手时他问道。

"不打。"

哈姆林太太没有注意到自己已经有两三天没见到加拉格尔先生了。她自己头脑里思绪纷乱。她缝衣服的时候,这些纷乱的思绪就蜂拥而来,她试图用看小说来摆脱它们的纠缠,但它们却总横亘在她和小说之间。她原来指望她所搭载的客轮离开让她伤心的地点越远,她内心的痛苦就会逐渐减轻。但是正好相反,随着客轮一天天地离英国越来越近,她的苦恼也与日俱增。她惶恐不安地期待着摆在她面前的那种凄凉、空虚的生活。接着,她不再绞尽脑汁地思考那让她畏缩不前的前景,转而细心琢磨她所逃脱的处境。对于这种处境,她以前已经琢磨过不知多少次了。

她结婚已经有二十年了。那是一段漫长的岁月,她当然不能指望丈夫仍然疯狂地爱她;而她也并不狂热地爱他。但他们是好朋友,彼此了解。他们的婚姻,就婚姻本身来说,很可能看上去相当成功。突然她发现他陷入了情网。要是光调调情,她也不会反对,以前也曾出现过这种情况。她甚至还拿这些事儿跟他打趣。他也毫不在意,反倒为此有点得意。他们往往还会一起嘲笑那种既不深刻也不当真的倾向。可是这一次却不同。他陷入情网,表现得像一个十八岁的小伙子那样热烈。他都五十二了。实在荒唐可笑,也很不得体。况且他的恋情一点也不慎重。等到这桩丑事传到她耳中的时候,在横滨的所有外国侨民已经无人不知。一开始她感到震惊和气愤,因为万万想不到他竟然会干出这种蠢事。她尽力劝说自己,如果他爱上的是一个姑娘,她还可以理解,并且加以原谅。中年男子经常被时髦的少女弄得出乖露丑。在远东待了二十年以后,她知道五十来岁是男人的危险年龄。但他没有这样的理由。他爱上的是一个比她还要大八岁的女人。真是离奇古怪,这使得她,也就是他的妻子,显得极为愚蠢可笑。多萝西·拉科姆快五十岁了。拉科姆跟她丈夫一样,也是横滨的丝绸商人,所以他们俩相识已经十八年了。一年又一年,他们每个星期见上三四次面,有一次,他们两家正好在英国相遇,还合住在海边的一幢房子里。但什么事都没有发生!甚至一年以前,他们俩也只保持着一种说笑打趣的友谊。真是叫人难以相信。当然,多萝西是一个容貌端庄的女子,她体态优美,也许略微丰满了一点,但仍然相当好看;她长着两只活跃的黑眼睛,一个鲜红的嘴唇,一头秀美的头发。但那一切都是她好几年前的样子。而今她已经四十八岁了,四十八岁啦!

哈姆林太太立刻与她丈夫谈起这个问题。最初,他赌咒发誓说他妻子对他的指责完全是不真实的,但哈姆林太太手里持有证据。于是他紧绷着脸儿,最后终于承认了他无法抵赖的事儿。接着,他说了一句令人惊讶的话。

"你干吗要在乎这事呢?"他问道。

这句话把她气疯了。她愤怒而轻蔑地做出回答。她口齿流利,从充满痛苦的内心中寻找各种伤人的话语,而他只是静静地听着。

"我们结婚二十年了,在你看来,我并不是一个很不尽职的丈夫。很长一段时间以来,我们只是朋友而已。我对你怀有深厚的感情。这件事一点也没有改变这种情况。我给多萝西的一切,没有分毫是从你这儿拿走的。"

"那你对我有什么不满的地方呢?"

"没有。谁也不能希望娶到比你更好的妻子。"

"你忍心对我这样冷酷,怎么还能说出这种话来?"

"我不想对你冷酷。我也是身不由己。"

"可究竟是什么使你爱上了她呢?"

"我怎么知道?你不见得认为我是有意要这样的吧?"

"你就无法克制一下?"

"我试过了。我想我们俩都试过了。"

"你这么说,好像你才二十岁似的。嗨,你们俩都是中年人了。她比我还大八岁呢。这件事让我显得无比愚蠢。"

他没有言语。她不知道自己心里究竟翻腾着什么样的情感。

是妒忌似乎扼住了她的咽喉,还是愤怒,或者只是受到伤害的自尊心?

"我不准备让这件事继续下去。要是问题只关系到你和她,我会跟你离婚。但是还有她的丈夫和孩子。天哪,你有没有想过,如果她的孩子是女孩而不是男孩,她现在说不定已经当上外婆了?"

"很可能是这样。"

"我们没有孩子,真是无比幸运!"

他表示关爱地伸出手来,好像要抚摸她,但她厌恶地朝后一缩。

"你让我成为我的所有朋友的笑柄。为了我们的体面,我宁愿保持沉默,但条件是一切都必须现在停止,马上停止,永远停止。"

他低下头来,沉思地把玩着桌上的一件日本摆设。

"我会把你说的话告诉多萝西。"最后他答道。

她默不作声,略微朝他欠了欠身,从他身旁走出房去。她气愤得没有察觉自己的举动显得有点做作。

她等着丈夫把同多萝西·拉科姆商谈的结果告诉她,但他没有再提到这件事。他神态平静,温文有礼,沉默不语。最后她只好开口询问。

"你忘了我前两天跟你说的事吗?"她冷冰冰地问道。

"没有。我跟多萝西谈过了。她希望我告诉你,她给你造成了这么大的痛苦,她为此感到十分抱歉。她本想来看看你,但又担心你会不愿意见她。"

"你们做出了什么决定?"

他犹豫起来,神情十分严肃,但声音有些发颤。

"对你作出一个我们两人无法遵守的诺言,恐怕没有什么用处。"

"那就没有什么可说的了。"她答道。

"我想我应当告诉你,如果你提起离婚诉讼,我们就不得不加以辩驳。你会发现你不可能找到必要的证据。你会输掉官司的。"

"我没想到要这么做。我会回英国去,找个律师请教一下。如今这种事情办起来相当容易,我会仰仗你的宽宏大量。我认为,用不着把多萝西·拉科姆拖进来,你也能让我得到自由。"

他叹了口气。

"这真是糟透了,对吧?我不想你跟我离婚,不过当然,我会竭尽全力地满足你的愿望。"

"你究竟想要我做什么?"她喊道,怒火又升了起来,"难道你希望我什么都不做,被人当作十足的傻瓜吗?"

"我让你陷入这种蒙受羞辱的境地,真是万分抱歉。"他用焦虑不安的目光望着她,"我确信,我跟她原来都不想爱上对方。我们都清楚意识到自己的年龄。正如你所说的,多萝西年纪大得都可以当外婆了,而我也是一个有点秃顶、身子略微发胖的五十二岁的男人。当你二十岁陷入情网的时候,你觉得你的爱情会是永恒的,但到了五十岁,对生活和爱情都了解得那么多,你明白它持续的时间十分短暂。"他的声音低微,充满悔恨。在他的想象中,眼前似乎出现了秋天的凄凉景色和纷纷的落叶。他神情严肃地望着她。"而在这个年纪,你觉得要错过变幻不定的命运赐给你的幸福的机会,也是你所经受不住的。五年之内,说不定不出六个月,这种恋情肯定就会过去。生活相当暗淡乏味,而幸福是如此稀罕。我们的死亡如此漫长。"

她的丈夫素来平淡无味,讲究实际,如今听到他用一种自己完全陌生的语调讲完这番话,哈姆林太太产生一阵伤心痛苦的感觉。她的丈夫突然显示出一种她完全不熟悉的忧伤而悲剧的性格。他们共同生活了二十年,这段岁月对他没有产生什么影响。因此面对他的决定,她无能为力。她没有别的办法,只好离开。如今,她充满怨恨地决定,要把她曾用来威胁丈夫的离婚付诸行动,她正在返回英国的途中。

平静的大海,在阳光的照射下,好似一片玻璃闪闪发亮,它显得空空荡荡,充满敌意,如同让她无处安身的生活一样。整整三天,没有别的船只来打断这片浩瀚的海面上的寂寥。有时飞鱼急急地游动,平滑的海面就会在一瞬间泛起波纹。天气酷热无比,就连那些精力最充足的旅客也放弃了甲板游戏,现在(午饭以后),那些没到舱房里去休息的人,就躺在四处的椅子上。林赛尔缓步走到她的身旁,坐了下来。

"林赛尔太太在哪儿?"哈姆林太太问道。

"哦,我不知道。就在附近哪个地方吧。"

他的冷漠样子叫她非常恼火。他真可能不知道他妻子和那个医生彼此相爱吗？然而,不久以前,他一定是在乎的。他们的婚姻富有浪漫色彩。林赛尔太太在上学念书的时候,他们就订婚了。那会儿,他实际上也比一个男孩子大不了多少。他们想必是一对富有魅力的漂亮的夫妇,他们的青春,彼此的爱情想必也很动人。如今,经过那么短的时间,他们就相互厌倦了。这真叫人心碎。她的丈夫又是怎么说的呢？

"我想回国后,你打算住在伦敦吧?"林赛尔想要找句话说,懒洋洋地问道。

"大概是这样。"哈姆林太太说。

其实她无处可去,而且她究竟住在哪儿,跟无论哪个活着的人都一点没有关系。对于这件事,哈姆林太太实在难以接受。脑海中涌现出的种种联想使她想到了加拉格尔。加拉格尔对于返回故土所抱有的热切心情叫她相当羡慕;记起加拉格尔在描述自己打算居住的房屋和迎娶的妻子时表现出的丰富想象,她深受感动,同时也觉得有趣。在她把自己要跟丈夫离婚的决定私下告诉横滨的朋友们以后,大家都对她说,她肯定会再次结婚。她不大愿意重蹈覆辙,再次陷入这种叫她大失所望的境地。况且,大多数男人在对一个四十岁的女人求婚前,都会慎重考虑。加拉格尔先生想娶的是一个丰满漂亮的年轻女子。

"加拉格尔先生在哪儿?"她向恭顺的林赛尔问道,"我这一两天没有见到他。"

"你不知道吗?他病了。"

"可怜的人。他怎么了?"

"他老是打嗝。"

哈姆林太太笑了。

"打嗝不会让人生病的,对吧?"

"医生也很发愁。他各种方法都试了,但怎么也止不住。"

"实在奇怪。"

她不再想这件事了,但第二天早晨,碰巧遇到医生,她就问起加拉格尔先生的情况。看到他那张稚气的欢快的脸庞阴沉下来,露出困惑的神情,她感到很惊讶。

"恐怕他的情况很糟,可怜的家伙。"

"就因为打嗝吗?"她诧异地大声说道。

这样一种毛病,确实谁也不会把它当回事儿。

"你知道,他什么食物都咽不下去,也无法安睡。他的体力衰竭得很厉害。凡是能想到的方法,我都试过了。"他踌躇了一会儿,"要是我不能马上把他的打嗝止住——我真不知道会出现什么后果。"

哈姆林太太吓了一跳。

"可是他身子多强壮呀,看上去充满活力。"

"我希望你现在能去看看他。"

"他愿意我去看他吗?"

"跟我来吧。"

加拉格尔先生已经给从舱房迁移到了船上的医疗室。他们刚走到医疗室跟前,就听到一阵很响的打嗝声。这种声音大概让人联想到饮酒过度,因而听起来有些滑稽可笑。可是,加拉格尔先生的样子却叫哈姆林太太大为震惊。他原来身上的肉都没有了,脖子周围的皮肤松松垮垮,露出褶皱。给太阳晒黑的脸庞上也毫无血色。两只原来充满欢乐和笑意的眼睛也显得狂乱痛苦。他那庞大的身躯给打嗝弄得不停地晃动。现在这种声音一点没有滑稽可笑的成分了。哈姆林太太不知什么原因,好像觉得这种声音特别可怕。她进来的时候,加拉格尔先生朝她笑了笑。

"看到你这副样子,我很难受。"她说。

"要知道,我不会死于这种病的,"他喘着气说,"我会平安地到达爱尔兰的绿色海岸。"

有个男人坐在他的旁边。他们进来时,他站了起来。

"这位是普赖斯先生,"医生说,"他曾负责管理加拉格尔先生种植园里的机器。"

哈姆林太太朝他点了点头。他就是那天大家讨论圣诞节举行舞会时,加拉格尔先生提到的那个住在二等舱的旅客。他身材十分矮小,但体格健壮,脸上露出快活放肆的神情,样子充满自信。

"你要回家了,高兴吗?"哈姆林太太问道。

"那还用说,女士。"他答道。

从这寥寥几个字的语调里,哈姆林太太听出他是伦敦东区的人,而且看出他属于那种欢快、明智、脾气柔和、无忧无虑的类型,心里对他产生了好感。

"你不是爱尔兰人吧?"她笑着问道。

"不是,小姐。我家住在伦敦,真的,我很乐意再看到伦敦。"

哈姆林太太从来不认为人家把她称作小姐是对她冒犯。

"好吧,先生,我要走了。"他对加拉格尔先生说,同时做了个动作,好像打算抬手去碰一下帽子,可他实际上并没戴帽子。

哈姆林太太问那个病人有什么事情自己可以为他效力,过了一两分钟也走了,留下他和医生待在一起。那个矮小的伦敦人正等在房门外面。

"我可以同你说一会儿话吗,小姐?"他问道。

"当然可以。"

医疗室所在的舱房位于船尾,他们靠着栏杆,低头看着下面的井型甲板,下了班的印度水手和乘务员正在甲板盖好的舱口上闲荡。

"我真不知道该从哪儿说起,"普赖斯口气犹豫地说,他那富有生气、满是皱纹的脸奇特地变得严肃起来,"我跟加拉格尔先生一起待了四年,他是一个难得遇到的好人。"

他又犹豫了一会儿。

"我并不喜欢,但这是实情。"

"你不喜欢什么?"

"唔,依我看,他一定凶多吉少。医生不知道这种情况。我跟他说过,但他根本不听我说的话。"

"你可不要太沮丧了,普赖斯。当然,医生年纪很轻,但我觉得他相当聪明。要知道,打嗝是不会让人送命的。我相信加拉格尔先生过一两天就会好的。"

"你知道他是什么时候开始打嗝的吗?就在我们看不见陆地的时候。她说了,他永远也见不到他的家乡。"

哈姆林太太转过身来,面对着他,她的个子足足比他要高三英寸。

"你这话什么意思?"

"我相信,这是人家对他施行的符咒,不知道你是不是明白我的意思。药物对他没有作用。你对那些马来女人,不像我那样了解。"

哈姆林太太一时间吓了一跳,她极为震惊,因而耸了耸肩膀,笑了起来。

"哦,普赖斯先生,这真是无稽之谈。"

"我告诉医生的时候,他也这么说。但你记住我的话,他会在我们再次看到陆地前就断气的。"

这个男人神情非常严肃,哈姆林太太隐隐约约地有些心神不安,尽管她不愿相信,但仍然深受震撼。

"为什么有人要对加拉格尔先生施行符咒呢?"她问道。

"噢,这件事对一位女士有点难以出口。"

"请告诉我吧。"

普赖斯样子十分困窘,要是换了别的时候,哈姆林太太就会禁不住笑出声来。

"加拉格尔先生在内地住了很长时间,不知你是否明白我的意思。当然,生活相当寂寞,你知道男人是怎么回事,小姐。"

"我结婚二十年了。"她笑吟吟地回答。

"请原谅,太太。实际情况是这样:他找了个马来姑娘跟他同居。我不知道他们究竟同居了多久,我想大概有十年或十二年吧。噢,当他决定回国不再回来的时候,她什么话也没说。她只是坐在那儿。他以为她会吵闹不休,但并没有。当然,他为她提供了生活所需的一切,给了她一所小房子,安排好每月应该付给她多少钱。说句公道话,他并不吝啬。她一直清楚他总有一天会离开的。她并没有哭闹什么的。他把自己的所有东西打包送走的时候,她就坐在那儿,看着那些东西给运走。他把家具卖给中国佬的时候,她一句话也不说。凡是她想要的东西,他都给了她。到了他要动身去赶轮船的时候,她继续坐着,你知道,坐在平房前面的台阶上,呆呆地望着,什么话也不说。他依照普通人的做法,想要跟她道别。你能相信吗?她竟然一动不动。'你不打算跟我道别吗?'他说。她脸上露出一种罕见的古怪神情。你知道她怎么说。'你走。'她;他们那些当地人,跟我们不一样,说起话来怪有意思,'你走,'她说,'但我告诉你,你绝对到不了你的国家。当陆地沉到海里去的时候,死神就会降临到你的身上。在跟你一路航行的人再次见到陆地前,死神就会把你带走。'这些话使我大吃一惊。"

"加拉格尔先生怎么说?"哈姆林太太问道。

"哦,你知道他是怎么个人。他只是发出一阵笑声。'愿你永远幸福、快乐。'说完他跳进汽车,我们就走了。"

哈姆林太太眼前出现了那条明亮的、充满阳光的道路,它穿过寂静的橡胶种植园,两边都是修剪整齐、间隔有序的绿树,接着从枝干缠绕的丛林中蜿蜒上山,再朝下伸展。这辆由一个鲁莽的马来汉子驾驶的汽车,载着两个白人乘客,飞速朝前行驶,经过马来人隐僻幽静、坐落在远离路旁的椰树林中的房屋,穿过繁忙的村庄,那儿的集市上满是皮肤黝黑、穿着鲜艳纱笼的矮小村民。随后靠近薄暮时分,他们来到了一座整洁现代的市镇,那儿有俱乐部和高尔夫球场,有秩序井然的客栈,有白种人和火车站。这两个男人可以从那儿搭火车前往新加坡。原来那所平房在新管理人搬进来之前显得空空荡荡,那个女人就坐在平房前的台阶上,望着汽车引擎曾在上面突突启动的那条路,望着汽车加速前行,直到最终消失在夜色中。

"她长得什么样子?"哈姆林太太问道。

"哦,你知道,在我看来,那些马来女人长得几乎都是一个样子,"普赖斯答道,"当然,她也不那么年轻了。你知道她们这些当地女子是什么样子。一旦发胖,样子实在吓人。"

"发胖?"

说来可笑,这个想法竟然使哈姆林太太十分沮丧。

"加拉格尔先生一直是个生活条件优裕的人,不知你是否明白我的意思。"

想到身体发福,哈姆林太太立刻恢复了清醒的认识。她对自己有些气恼,因为一时间,她好像理解了那个矮个儿伦敦人的言外之意。

"这实在荒唐,普赖斯先生。胖女人不可能把符咒施加在远隔千里的人身上。实际上,对一个胖女人来说,生活本身已经十分艰难。"

"你尽管笑吧,小姐,但请你记住我的话,如果不采取什么措施,老板就会凶多吉少。况且药救不了他的性命,白人的药根本没用。"

"振作起来,普赖斯先生。那个胖女人对加拉格尔先生并没有什么怨恨不满的地方。依照在东方的这类事情的处理方式,他看来对她很不错了。她又为什么想伤害他呢?"

"我们不知道她们是怎么看问题的。嗨,一个男人可以在那儿跟一个当地女子过上二十年,你以为他知道那个女人阴暗的心里究竟在想些什么吗?他一点也不知道!"

对他这种耸人听闻的言辞,她无法一笑置之,因为他那副言辞激烈的样子极为感人。男人的心都是无法捉摸的,不管他们的皮肤是黄色的、白色的,还是棕色的,如果真有哪个人知道这一点,她就是其中之一。

"但就算她生他的气,就算她痛恨他,想要把他杀了,她能怎么做呢?"说也奇怪,哈姆林太太现在下意识地想用所提的问题来消除自己的疑虑。"世上并没有六七天后才生效的毒药。"

"我可没有说是毒药。"

"对不起,普赖斯先生,"她笑着说,"但你知道,我不相信具有魔力的符咒。"

"你在东方生活过吧。"

"断断续续地有二十年了。"

"噢,如果你说得出来他们会做什么,不会做什么,你可比我高明。"他握紧拳头,突然气冲冲地敲着栏杆。"这个该死的国家让我厌烦透了。它叫我心神不定,就是这么回事。我们可不是他们的对手,我们白人,这是事实。请原谅,我想去喝点儿酒。我总有些心惊肉跳。"

他突然朝她点了点头,走开了。哈姆林太太注视着他,这个身穿破旧的卡其布衣服、拖着脚步、矮小健壮的男人,摇摇晃晃地走下升降口的扶梯,来到上甲板中部,低着头穿过甲板,消失在二等舱的交谊室里。她不知道为什么,这个人让她隐隐约约地有了一种不安的感觉。她头脑里怎么也无法摆脱这幅场景:一个肥胖的女人,年岁已经不轻,系着纱笼,穿着色彩鲜艳的短上衣,戴着金首饰,坐在平房前的台阶上,望着空荡荡的大路。她那阴沉的脸上搽着脂粉,但她两只没有泪水的大眼睛却毫无表情。驾车离去的男人们活像回家度假的学生。加拉格尔宽慰地舒了口气。清早,在晴朗的天空下,他兴致勃勃。未来就像一条蜿蜒穿过林木茂盛的广阔平原的充满阳光的道路。

那天黄昏,哈姆林太太向医生问起病人的情况。医生摇了摇头。

"我无能为力,再也想不出什么法子了。"他不高兴地皱起眉头,"真倒霉,竟然遇到这样一个病例。这种病在国内就够糟的了,何况是在船上……"

他是爱丁堡人,新近才取得行医的资格。他把这次航行看作在他开业前的一个假期。他感到相当委屈。他本来想开心地玩上一番,但面对这种神秘的病症,他愁烦得要命。当然他缺乏经验,但却采用了所能采用的各种措施来医治这个病人,他疑心别的旅客会认为他是一个毫无学识的傻瓜,心里十分恼火。

"你听到普赖斯先生的想法了吗?"哈姆林太太问道。

"我从来不听那种蠢话。我跟船长说了,他也感到十分生气。他不希望大家谈论这件事,认为这会让旅客感到心绪不宁。"

"我会守口如瓶的。"

医生用锐利的目光望着她。

"你当然不相信这种胡言乱语有什么根据吧?"他问道。

"当然不会。"她朝闪闪发亮的海面望去,四周的大海一片湛蓝,既光滑又平静。"我在东方生活了很长一段时间,"她补充说,"那儿会发生不少稀奇古怪的事儿。"

"这件事真叫我心烦意乱。"医生说。

附近,两个身材矮小的日本男子在玩甲板套环游戏。他们穿着网球衫、白色长裤和硬布鞋,显得干净整洁。他们看上去很像欧洲人,甚至用英语在相互报分。但不知怎的,哈姆林太太此刻望着他们,内心却充满了模糊不清的忧虑。他们似乎不费什么力气就能改变自己的装扮,因而身上有种邪恶的意味。她也十分紧张不安。

不久,加拉格尔先生中了妖术的说法就在船上传开了,谁也不知道怎么会出现这种情况。女士们懒洋洋地坐在帆布躺椅上,一边为圣诞节的化装舞会缝制服装,一边低声聊着这件事儿。在吸烟室里,男人们也一边喝着鸡尾酒,一边谈论着这件事儿。许多旅客在东方生活过很长时间,他们谈起从自己的记忆深处挖掘出的一个个难以解释的奇怪故事。当然,如果当真以为加拉格尔中了恶毒的符咒,不免荒唐。这样的事是不可能发生的。然而各种事实摆在面前,谁也无法加以解释。医生不得不承认他提不出加拉格尔的病因,他只能做出生理上的解释,但加拉格尔为什么突然受到这种可怕的痉挛的阵阵侵袭,他却说不上来。他隐隐地感到自己该受到责备,因而竭力为自己辩护。

"嗨,在一个人开业行医的整个生涯中,可能都不大会遇到这种病例,"他说,"实在倒霉。"

他和过往的船只进行无线通讯,收到各方提供的医疗建议。

"凡是他们提出的方法,我都试过了,"他气恼地说,"日本轮船上的医生建议注射肾上腺素。我们正航行在印度洋的当中,他究竟要我到哪儿去弄肾上腺素啊?"

想到这条轮船正穿行在荒凉的大海上,而许多看不见的信息却从四面八方给它传送过来,着实令人感动。在那一刻,它似乎显得异常孤单,同时又好像是世界的中心。在隔离舱里,那个病人拼命地喘气,身体因痛苦的痉挛而不住晃动。后来,旅客发现轮船改变了航线,他们听说船长决定要在亚丁①停靠。加拉格尔会在那儿给送上岸去,再送往医院,让他得到船上所不可能具备的护理治疗。总轮机手接到全速行驶的命令。这条轮船上了年岁,费力地不住震动着朝前行驶。旅客们早已习惯了发动机的声音和震动。如今震动加剧,给他们的神经带来新的刺激。尽管这种震动不会进入他们的潜意识,但却给他们的感官带来冲击,使每个人都产生一种切身的忧虑。广阔的海面上仍然看不到其他往来的船只,他们好像在穿

---

① 亚丁,也门港口城市,在红海的南端,亚丁湾的北岸。

越一个空荡荡的世界。一种不安的情绪早已降临到船上,但却无人愿意承认。如今这种情绪变成了明显的忧虑。旅客们变得焦躁不安,为了一些平时显得无足轻重的小事而发生争吵。杰夫森先生仍在讲述他那些缺乏新意的笑话,但是再也没有人报以微笑。林赛尔夫妇吵了一架,当天深夜,人们听到林赛尔太太和她丈夫在甲板上四处走动,林赛尔太太用低沉紧张的声音,言辞激烈地对林赛尔先生发出一连串责备。有天夜晚,为了一局桥牌在吸烟室里发生了争斗,随后的和解又使得大伙儿都沉入醉乡。人们几乎不再谈起加拉格尔,但是他总出现在他们的思绪当中。他们查看航线图。医生表示,现在加拉格尔顶多只能活上三四天了,于是他们口气激烈地谈论着最早什么时间可以抵达亚丁。至于加拉格尔上岸后会发生什么,那跟他们就没有什么关系了;他们不希望他死在船上。

哈姆林太太每天都去看望加拉格尔。正如你在热带春天,一场阵雨过后,似乎意外看到青草就在你的眼前生长那样,哈姆林太太也猛然发现他的身体完全垮了。他的皮肤已经松松地垂挂在骨头上,他的双下巴就像火鸡的满是皱褶的肉垂。他脸颊凹陷。现在可以看出他的骨架究竟有多大,透过盖在他身上的被单望去,他的骨骼结构就像一个史前巨人的骨架。大部分时间,他都双目紧闭地躺着,因为注射了吗啡而显得麻木呆钝,但身子仍然随着可怕的痉挛而不住晃动。有时他会睁开眼睛,两只眼睛看上去大得出奇。它们从那骨头突出的眼窝深处朦朦胧胧地望着你,流露出困惑不安的眼神。但是一旦他从昏迷中醒过来,认出了哈姆林太太,就在嘴角上勉强露出一丝殷勤的笑容。

"你好吗,加拉格尔先生?"哈姆林太太说。

"好点儿了。好点儿了。等到摆脱了这种该死的高温,我就会安然无事的。天哪,我多么渴望能到大西洋里去泡一下。只要能畅快地游泳,无论付出什么代价都行。戈尔韦那冰凉、灰色的海水拍打胸膛的感觉,我真想再次感受一下。"

接着,打嗝又让他整个身子从头到脚都不住颤动。普赖斯先生和女乘务员轮流照看他。那个身材矮小的伦敦人的脸上再也没有原来那种放肆的欢快神色,反而露出闷闷不乐的样子。

"昨天船长把我找去了,"当他跟哈姆林太太单独在一起的时候,他对她说道,"他罕见地责备了我一顿。"

"有关什么?"

"他说他不想听到所有这种有关巫术的说法。他说这会让旅客心里恐慌。我最好管住自己的舌头,否则他就要对我不客气。那不是我说的。除了你和医生,我从没对哪个人说过一个字儿。"

"这事儿已传遍了整条船。"

"我知道。你以为就我一个人在这么说吗?所有的印度水手和中国人,他们都清楚他是怎么回事。你不见得以为他们有不少东西需要你来教导吧?他们知道这不是正常的疾病。"

哈姆林太太默然无语。从有些旅客的老妈子那儿,她了解到在这条船上除了白人,已经没有人再怀疑这样的事实,即那个被加拉格尔丢弃在遥远的塞兰丹的女人正在用巫术杀死他。大伙儿都确信,一旦他们看到阿拉伯半岛上光秃秃的岩石,他的灵魂就会脱离他的躯体。

"船长说如果他听说我设法要什么鬼花招,他就会在余下的航程中把我关在舱房里。"普赖斯说,突然,他那皱巴巴的脸上眉头紧锁,神色阴沉。

"你说鬼花招是什么意思?"

他恶狠狠地看了她一会儿,好像她跟船长一样也成了他发泄怒气的目标。

"医生把他知道的每种该死的法子都试过了,还用无线电报跟各处联系,但他采取的措施有什么用呢?你给我说说看。难道他看不出这个人就要死了吗?如今只有一个法子可以救他的性命。"

"你这话什么意思?"

"要把他杀死的是巫术,能救他性命的也只有巫术。哦,你可不要说这办不到。这种事我亲眼见过。"他提高了嗓音,语调急躁而刺耳,"我曾看到一个男人给拉出了鬼门关,按人们的说法,他们请来一位巴旺,我们称作巫医,他施展了一点小小的法术。我的确亲眼见到的。"

哈姆林太太没有出声。普赖斯用锐利的目光看了她一眼。

"在船上的那些印度水手当中,有一个是巫医,就跟我们在马来联邦的巴旺一样。他说他愿意干,只是需要一只活物。公鸡就行。"

"你要一只活物干什么?"哈姆林太太问道,微微皱起了眉头。

那个伦敦人迅速用怀疑的目光瞅了她一眼。

"如果你听我的劝告,最好什么都不要知道。不过你听我说,我会采用不论什么手段来挽救我的老板。要是船长听说了这件事,把我关进舱房,那就随他便吧。"

正在这时,林赛尔太太走了过来,普赖斯做了一个古怪的致敬的手势离开了。林赛尔太太想让哈姆林太太试试她为化装舞会制作的衣衫合不合身。在她们朝下走向舱房的路上,她忧心忡忡地对哈姆林太太谈起加拉格尔先生可能会死在圣诞节那天。要是他当真如此,他们就不可能举行舞会了。她已经对医生说了,如果发生这样的事,她就永远不再理他。医生信誓旦旦地向她保证,不管怎样他要让病人活过圣诞节。

"这样对他也好。"林赛尔太太说。

"对谁?"哈姆林太太问道。

"对可怜的加拉格尔先生呀。自然,谁也不愿意在圣诞节死去,对吧?"

"我可不知道。"哈姆林太太说。

那天夜里,她睡着了一会儿就哭醒了。她竟然在睡梦中啼哭,心里感到惶恐不安。当时她好像受到软弱的肉体的控制,她的意志也被击垮了,面对自然产生的忧伤,她根本无力抵抗。同以前老是出现的情况一样,她心里反复琢磨着那场给她带来深刻影响的灾祸的详情细节。她回想起跟丈夫的几次谈话,真希望当时她说的是这句话,又责怪自己当时竟然说了另一句话。她真心希望自己对丈夫的恋情仍然一无所知,心情平静。她反躬自问,如果当时她压下胸中的傲气,对那种令人不快的实情视而不见,是否反而更为明智。她是一个老于世故的女人,她十分清楚地知道,自己跟丈夫分居而失掉的东西远比失去丈夫的爱要多。她会失去稳固的家庭和确定的地位,失去富足的财产和公认的社会背景的支持。她认识许多与丈夫分居的妻子,她们靠着微薄的收入过着飘摇不定的生活。她也知道她们很快就会让她们的朋友感到乏味无趣。如今她形单影只,就像这条匆匆穿过渺无人烟的海面的轮船一样孤寂,就像那个无依无靠、躺在隔离舱里垂死的男人一样孤寂。哈姆林太太知道眼下既然这种思绪在她的身上占了上风,她很难再重新入睡。舱房里十分闷热。她看了看时间,那时正是四点到四点半之间。在令人安心的白昼降临前,她还得度过漫长的两个小时。

她匆匆穿上和服式晨衣,走上甲板。夜色昏沉,尽管天空无云,却看不见星星。这条旧船不断喘息、晃动,费劲地穿过夜色,全速朝前行驶。周围的寂静不同寻常。哈姆林太太光着脚,沿着空寂无人的甲板慢慢摸索前行。四周一片漆黑,她什么也看不见。她来到上层甲板的尽头,倚靠在护栏上。突然她吓了一跳,集中起全部的心神,因为她看见下层甲板上有一团忽明忽暗的红光。她小心地朝前探出身子。原来那是一小堆火。她只看见红光,因为有几个男人蹲在火堆周围,他们光着的脊背把火苗挡住了。在这圈人的边上,她看到,更确切地说是猜到有一个穿睡衣的粗壮身影。其余的人都是土著,唯有他是欧洲人。那一定是普赖斯。她立刻猜到正在进行某种神秘的驱魔仪式。她竖起耳朵,听到一个低沉的嗓音正念着一串神秘的话语。她开始索索发抖。她意识到他们一心专注于面前的事儿,不会想到有人正注视着他们,但她仍然不敢移动。突然传来一声鸡叫,好像一块丝绸被猛然撕成两片,划破了这闷热寂静的夜晚。哈姆林太太几乎尖叫起来。普赖斯先生正向陌生的东方神明供奉祭品,试图用这种方法来挽救他的朋友和主人的性命。那个声音仍在继续,音色低沉,绵延不断。随后,那黑暗的圈子中起了一阵骚动,发生了什么事儿,但究竟是什么,她也不清楚。公鸡发出一阵愤怒而惊恐的咯咯声,接着又是一阵奇怪的、无法形容的声音。巫师正在割断公鸡的脖子。随后又是一片寂静。她不清楚他们模模糊糊地在做些什么。过了一会儿,看上去好像有人在踩灭火堆。她隐隐约约地看到那些身影消失在黑暗中,一切重新又恢复了平静。她又听到了引擎有规律的震动声。

哈姆林太太静静地站了一会儿,不同寻常地深受震撼,随后缓缓地沿着甲板走去。她找到一把椅子,就躺了下来。她的身体仍然抖个不停。她只能猜测先前发生的事儿。她不知道自己在那儿躺了多久,但最终感到天快要亮了。白天仍然没有到来,但已经不是黑夜了。在黑茫茫的天空衬托下,她可以看到船的护栏。随后她看到一个身影朝他走来,原来是个穿着睡衣的男人。

"是谁啊?"她紧张不安地喊道。

"是医生。"传来一个亲切友好的声音。

"哦!夜里这种时候,你在这儿干吗?"

"我一直跟加拉格尔在一起。"他在她身旁坐下,点起一支香烟,"我给他进行了高效的皮下注射。现在他总算安静下来了。"

"他病得很重吗?"

"我觉得他就要不行了。我一直守护着他,突然他从床上跳起来,说起马来语。当然,我一点都听不懂。他嘴里翻来覆去地老是说着一个词。"

"也许是一个名字,一个女人的名字。"

"他想要下床。就连到了这个时候,他的力气仍然很大。天哪,我跟他争斗了一番。我担心他会跳下海去。他好像觉得有人在叫他。"

"那是什么时候的事儿?"哈姆林太太慢悠悠地问道。

"四点到四点半之间。怎么啦?"

"没什么。"

她打了个寒噤。

天完全放亮了,船上又开始了每天的日常活动。哈姆林太太在甲板上与普赖斯擦肩而过,但他只短暂地打了个招呼,就迅速移开视线,朝前走去。他显得疲惫不堪,极为紧张。哈姆林太太又想起了那个胖女人。她那浓密的黑头发上戴着黄金首饰,坐在空寂无人的平房的台阶上,望着那条穿行在排列整齐的橡胶树林中的道路。

天气热得要命。她现在明白为什么夜晚那么黑漆漆的。天空不再是蓝色的,而是一片死一样的惨白。天空的表面均匀得看不出一丝儿云。炎热如同垂挂在空中的一件枢衣。四周没有一点儿风,跟天空一样色彩惨淡的大海波平浪静,闪闪发亮,看上去就像染缸里的染料。旅客们都无精打采。他们在甲板上四处走动,气喘吁吁,额头上冒出一颗颗汗珠。他们都低声说话。船上笼罩着一种神秘不安的气氛。谁也笑不出来,他们心中涌起一种怨恨的感觉。他们身体健康,富有活力。但就在附近,有个人就要死去,这个事实(这个完全与他们无关的事实)给他们带来了如此神秘的影响,这让他们心里十分恼火。在吸烟室里,一个种植园主一边喝着甜味杜松子混调酒,一边冷酷无情地把他们大多数人的感受说了出来,尽管这种感受谁也不愿意承认。

"哎,如果他要蹬腿咽气的话,"他说道,"我倒希望他抓紧一点,了结完事。这种情况叫我心里发毛。"

白天似乎漫无尽头。晚饭的时间总算到了,哈姆林太太感到无比欣慰。无论如何,这么长的时间终于过去了。她在医生的桌子前坐下。

"我们什么时候到亚丁?"她问道。

"总归是在明天。船长说我们会在清晨五六点看到陆地。"

她目光敏锐地看了医生一眼。医生也定睛看了她一会儿,随后垂下双眼,脸变红了。他想起了那个女人,那个坐在平房台阶上的胖女人曾经说过,加拉格尔再也不会见到陆地。哈姆林太太暗自纳闷,不知道这个不信巫术、实事求是的年轻医生是否最终也变得摇摆不定。他皱了皱眉头,随后好像试图重新保持镇定似的,又抬起眼睛望着她。

"说实在的,把病人转交给亚丁那边的医护人员,我不会感到有什么遗憾。"他说。

次日是圣诞节的前夕。哈姆林太太夜里睡得很不安稳,当她醒来的时候,天已破晓。她从舷窗朝外望去,只见天空清朗,泛出银色的光泽。雾气已经在夜里散去,眼前会是一个阳光灿烂的早晨。她走上甲板,心情相当轻松。她竭尽全力地朝前走去。在天际靠近地平线的地方,一颗晨星发出微弱的闪光。海面上波光闪闪,宛如一阵游荡的微风伸出它那顽皮的手指掠过海面。光线极其柔和,纤弱得就像春天刚刚抽芽的树木,又是那样晶莹透明,不禁使人想起山间小溪里的潺潺流水。她回头望着从东方冉冉升起的粉红色的太阳,接着看见医生朝她走来。医生穿着制服;他整夜没有上床安歇,头发乱蓬蓬的,走路时身子佝偻着,看样子完全累垮了。她立刻明白加拉格尔死了。医生走到她的跟前,她看到他在哭泣。他显得那么年轻,她不禁心里对他充满同情。她抓住他的手。

"可怜的人,"她说道,"你累坏了。"

"凡是能做的,我都做了,"他说道,"我真想把他救活。"

他声音颤抖,她看出他几乎要歇斯底里了。

"他什么时候死的?"她问道。

他闭上眼睛,竭力控制住自己,嘴唇不住颤动。

"几分钟前。"

哈姆林太太叹了口气。她不知道该说什么是好。她的目光掠过平静、冷漠、毫无岁月痕迹的大海。它朝四周延伸出去,就像人类的忧伤一样无边无际。突然,她的目光受到什么东西的吸引,因为在那边,在他们前面水天相接的地方,出现了一样东西,看上去就像一大片样子险峻的浓云。可是它的轮廓鲜明清晰得又不像是云的轮廓。哈姆林太太碰了碰医生的胳膊。

"那是什么?"

医生察看了一会儿,她发现他那晒黑的脸庞也渐渐变白了。

"陆地。"

哈姆林太太又一次想到那个身体肥胖的马来女人,那个静静地坐在加拉格尔的平房台阶上的马来女人。她知道这一切吗?

当太阳升到天顶的时候,大家为他举行了葬礼。他们都站在下甲板和舱口上,其中包括头等舱和二等舱的旅客、白人乘务员和欧洲船员。传教士在葬礼仪式上诵读了礼文:

> 凡人皆为女子所生育,生命短促,充满痛苦,他来到人世,又中途萎谢,就像花朵一样。他像影子一般消逝,不再停留。①

普赖斯低头望着甲板,双眉紧锁。他的牙齿咬得紧紧的。他并

---

① 见《公祷书》。

不感到悲伤,因为他心里充满怒火。医生和领事并肩站在那儿。领事恰如其分地露出一个官员的哀悼神情,但是医生,脸刮得干干净净,穿着整洁的新制服,戴着金色穗带,却脸色苍白,神色疲惫。哈姆林太太的目光从他身上移到林赛尔太太身上。她紧靠着她的丈夫哭泣,而她丈夫则温柔地握着她的手。眼前这幕情景叫哈姆林太太特别感动,她也不知道是什么原因。在这悲伤的时刻,这个身材矮小的女人心神烦乱,出于本能地去寻求丈夫的保护和支持。可是接着哈姆林太太不禁感到浑身发抖,她的眼睛紧盯着甲板上的缝隙,因为她不想看到即将发生的事儿。诵读礼文的声音中断了片刻。人群中起了一阵骚动。一个船员发了一声口令。传教士的诵读声又响了起来。

  鉴于充满仁慈的全能的上帝,愿意将在此亡故的我们亲爱的兄弟的灵魂召去:因此,我们把他的躯体交付给大海,使其腐坏,并期待这一躯体在大海献出它的死者时得以复活。

哈姆林太太感到热泪顺着脸颊流了下来。接着传来一个重物落水的沉闷的声音。传教士的诵读声仍在继续。

  葬礼仪式结束后,旅客们都散开了;二等舱的旅客回到他们的住处。接着钟声响起,召集大家前去吃午饭。可是头等舱的旅客仍然漫无目的地在上层甲板上四处溜达。大部分男人朝吸烟室走去,想要喝些威士忌加苏打水和甜味杜松子混调酒来提提神。可是领事在餐厅外的布告栏上贴出一张通知,召集所有的旅客开会。大多数旅客都略微知道召开这次会议的目的,到了约定的时间,大家都聚在一起。一个星期以来,他们从来没有这样心情愉快,他们高兴地闲聊起来,那种兴高采烈的劲头只是因为礼仪的约束才有所节制。领事戴着单片眼镜,说他把大家召集到一起是为了讨论第二天举办化装舞会的事宜。他知道大家都深切地同情加拉格尔先生。他本想提议大家联名给死者的亲属发一份措辞得体的唁电,但事务长已经检查了他的证件,没有发现可以联系到他的哪个亲属和朋友的一点线索。已故的加拉格尔先生看来在世上相当孤单。与此同时,他(领事)冒昧地向医生表示诚挚的慰问,他完全相信,医生已经做了在当时的情况下所能做的一切。

"说得对,说得对。"旅客们说。

大家都经历了一段难熬的日子,领事继续说,有些人可能认为,如果把化装舞会延迟到新年前夕举行,那样更能充满敬意地表示对死者的怀念。可是,他坦率地告诉他们,这不是他的观点。他相信,加拉格尔先生本人也不希望如此,当然,这个问题需要大多数人来决定。医生站起身来,对领事和旅客称赞的言辞表示感谢。这当然是一个极为艰难的时期,但是他也由船长授权表示,船长明确希望所有的庆祝活动都在圣诞节举行,就像什么事也没有发生一样。他(医生)私下向他们透露说,船长觉得旅客们前一阵子都沉浸在忐忑不安的气氛中,如果在圣诞节当天大家能开心地玩玩,对他们都有好处。接着,传教士的妻子站起身来,说他们不应该只考虑自己。根据娱乐委员会的安排,在头等舱的旅客吃完晚饭后,就立刻为孩子们把圣诞树准备好。孩子们一直盼望见到大家都穿起化装舞会的服装。让孩子们失望,那可实在太糟了。说到对死者的尊重,她一点也不比哪个人差。她对那些沉浸在哀伤之中而不愿跳舞的人也充满同情,她自己的心情也很沉重,但她感到一味沉浸在对任何人都没有好处的感情中,只能说是自私。他们得为孩子们着想。她的这番话深深打动了船上的旅客。他们想忘掉这么多天来始终笼罩着全船的那种阴森的恐怖气氛,他们活着,他们要过得愉快,但他们也有一种不安的想法,认为应当表现出某种程度的哀伤才合乎礼仪。如果出于利他的动机,他们可以依照自己希望的去做,那就完全是另一回事儿。当领事要求大家举手表决时,除了哈姆林太太和一位患有风湿病的老太太之外,他们都急切地举手赞同。

"赞成的占多数,"领事说,"我冒昧地为会议所做的十分明智的决定表示祝贺。"

就在会议快要结束的时候,一个种植园主站起来说,他希望提一个建议。在这种情况下,大家是不是认为最好也邀请二等舱的旅客参加舞会?他们上午都参加了葬礼仪式。传教士跳起身来,立刻对这个提议表示赞成。他表示,最近几天发生的事件已经使大伙儿都团结在一起,在死亡面前,人人都是平等的。领事再次发表讲话。实际上这桩事上次会议已经讨论过了,得出的结论是让二等舱的旅客自行举办舞会,会使他们感到更加自在,但如今情况由于环境的变化而有所改变,他明确地认为,他们应当撤销以前的决定。

"说得对,说得对。"旅客们纷纷说道。

在旅客中间突然掀起了一股民主的情感,这个提议经口头表决的方式而获得通过。他们散会的时候心里轻松愉快,觉得自己宽厚仁慈。各人都在吸烟室里请别人喝酒。

于是,第二天晚上,哈姆林太太也穿上化装舞会的服装。她根本没有心思参加眼前的娱乐活动,有一刹那曾想装病不来,但她知道谁也不会相信,又害怕人家会觉得她装腔作势。她扮成卡尔曼①的样子,她尽量把自己打扮得娇艳迷人,她无法抵御这种虚荣心。她把自己的睫毛染黑,在自己的脸蛋上抹上胭脂。服装相当合身。当她在号角声中走进交谊室的时候,赢得了大家的惊讶和恭维。领事(他总是那么诙谐)扮成一个跳芭蕾舞的女郎,引起了一片欢笑声。传教士跟他的妻子露出忸怩而又沾沾自喜的样子,一身满族人的装束,显得气派十足。林赛尔太太扮成科伦巴茵②,尽情展示她那两条漂亮的腿。她的丈夫扮成阿拉伯酋长,而医生则扮成马来苏丹③。

大家曾筹款为晚餐准备香槟酒,因而用餐时气氛热闹。轮船公司提供了彩包爆竹④,从里面爆出来的是各种形状的纸帽子。旅客们把这些帽子都戴到头上。另外有人们互相投掷的彩色纸带和可以从房间这头丢到另一头的小气球。他们又是欢笑,又是喊叫,十分快活。谁也不会说他们玩得不开心。晚餐刚结束,大家就走进交谊厅,那儿圣诞树已经准备停当,上面插着点亮的蜡烛。孩子们给带了进来,他们高兴得尖声喊叫,领取各种礼物。接着舞会开始了。二等舱的旅客怯生生地站在用作舞池的那部分甲板周围,偶尔也彼此结伴跳上一场。

"我很高兴有他们参加,"领事一边跟哈姆林太太跳舞,一边说,"我完全赞成民主。我觉得他们不跟头等舱的旅客混在一起,相当

---

① 卡尔曼,法国作家梅里美的中篇小说《卡尔曼》中的同名女主人公。
② 科伦巴茵,意大利传统喜剧及哑剧中丑角阿勒甘的情人。
③ 苏丹,殖民时期对马来亚各州统治者的称谓。
④ 彩包爆竹,联欢会、宴会上装有糖果、纸帽子、小饰物、箴言等的小礼包,抽开时作噼啪声。

知趣。"

但她注意到普赖斯不在他们中间,她找了一个机会,向一个二等舱的旅客打听他在哪儿。

"他醉得神志不清,"对方回答,"我们下午就把他送到床上,锁在舱房里。"

领事要求她再跟他跳一个舞。他爱乱开玩笑。哈姆林太太突然感到自己再也受不了那支业余乐队的演奏、领事的玩笑和那些跳舞的人的欢乐了。她也不知道什么原因,只是那些人在船上通宵行乐的景象,那片孤寂的大海,突然让她产生了一种恐怖的感觉。领事放开她以后,她就悄悄溜走了,回头看了一眼,发现并没有人注意她,就沿着升降扶梯登上摆放救生艇的上层甲板。那儿一片漆黑。她轻手轻脚地朝一个地方走去,知道那里不会受到别人打搅。可是她却听到低微的笑声,看到科伦巴茵和马来苏丹待在一个隐秘的角落里。看来林赛尔太太跟医生已经恢复了被加拉格尔的死所打断的风流恋情。

那个孤独、可怜的人在他们中间十分离奇地死去了,但现在所有那些人已经用残忍的方式把这种想法置之脑后。他们对他毫无同情之心,反而有些怨恨,因为正是由于他,大家才感到局促不安。他们贪婪地抓住生活。他们开开玩笑,说说闲话,撩拨戏耍一番。哈姆林太太想起了领事所说的话,在加拉格尔的身份证件中没有发现任何信件,也找不到一个朋友的姓名,可以把加拉格尔的死讯向其通报。她不知为什么会觉得这件事悲惨得简直让她无法忍受。一个人能够如此孤独地度过一生,身上总有一些神秘的色彩。她想起他在新加坡的时候来到甲板上的情景,那到现在不过很短的一段时间,当时他身体那么健壮,充满活力,还有他对未来的那个傲气十足的计划,她不禁感到十分惶恐。葬礼仪式上的那段礼文使她内心充满肃然敬畏的感觉:凡人皆为女子所生育,生命短促,充满痛苦。他来到人世,又中途萎谢,就像花朵一样……年复一年,他为未来制定了计划。他那么想要活下去,而且有那么多活下去的理由。可正当他伸出手去的时候——哦,真是可怜。这使世上所有别的痛苦都变得微不足道。死亡和它的奥秘才是唯一真正重要的事情。哈姆林太太凭倚着护栏,遥望星空。为什么人们要自寻烦恼呢?让他们为自己所爱的人的死去而哭泣吧,死亡总是可怕的。至于别的事物,有什么值得为之苦恼哀伤、心怀怨恨,为之爱好面子、毫不容情的呢?她又想到自己和她丈夫,想到丈夫莫名其妙地爱上的那个女人。他也说过,我们快乐地生活的时间如此短暂,而我们死去的时间却那样漫长。她凝神思索了好久,突然,正如夏天的闪电掠过黑暗的夜空一样,她有了一项发现,内心无比兴奋和惊讶;她发觉自己不再对丈夫满腔怒火了,也不再妒忌她的情敌了。一个想法开始出现在他意识的遥远的地平线上,好像早晨的太阳,让她的心灵里充满了柔和喜悦的光辉。从那陌生的爱尔兰人死亡的悲剧中,她欣然鼓起勇气,做出破釜沉舟的决定。她的心突突直跳,她迫不及待地要把这个决定付诸实行。她突然产生了一种自我牺牲的激情。

音乐早已停止,舞会结束了;大多数旅客这时可能已经上床睡觉了,别的旅客则待在吸烟室里。她走进自己的舱房,一路上没有遇到任何人。她拿出拍纸簿,给她的丈夫写信。

亲爱的,今天是圣诞节,我想对你说,我心里充满对你们俩的亲切思念。我既愚蠢又不够理智。我认为我们应该允许我们关心的人以他们的方式去享受幸福。我们对他们的关心程度不应使我们自己感到不愉快。我想让你知道,你在生活中不可思议地得到了欢乐,我并不为此而怀恨在心。我不再嫉妒,不再伤心,也不想报复。不要认为我会感到不幸或寂寞。只要你感到需要我,就来找我好了,我会高高兴兴地欢迎你的到来,没有责备,也没有敌意。我十分感激你这么多年来给予我的幸福和关切,作为回报,我希望把我的爱奉献给你,这份情意并不对你有任何要求,而且我希望它也是完全无私的。想着我好的地方,并祝你幸福、幸福、幸福。

她签了名,把信装进信封。尽管只有到了塞得港①才能把信送出,但她仍然想要马上把信投进邮箱。做完这件事以后,她一边脱衣服,一边在镜子里看着自己。她的眼睛亮闪闪的,抹了脂粉的脸上容光焕发。未来不再变得孤独凄凉,而是光辉灿烂,充满美好的希望。她钻进被子,马上就沉入无梦的酣睡之中。

---

① 塞得港,埃及东北部港口城市,位于苏伊士运河北端地中海海岸边。

海外分署

新的助手下午到达。驻地长官沃伯顿先生接到报告说,已经可以看到马来帆船了,他就戴上遮阳帽,朝下面的码头走去。他经过的时候,他的警卫队,那八个身材矮小的达雅克士兵①,都立正站定。他满意地看到他们都姿态威武,身上的制服干净整洁,手里的枪也擦得锃亮。他们真给他的脸上增光。他站在码头上,察看着河道转弯的地方,不一会儿,小船就会从那儿绕过来。他穿着洁白的帆布衣服,脚上穿着白皮鞋,样子显得十分潇洒。他胳膊下面夹着一根金头的马六甲白藤手杖,那是从前霹雳州②的苏丹送给他的。他等着新来的人,心里百感交集。这个地区的事务繁多,超出了一个人所能妥善处理的程度。他定期要到他管辖的各个区域去巡视,每次出巡的时候,就得把海外分署交给当地办事员来管理,那样总是不大方便,但长久以来,他一直是这儿唯一的白人,如今面对另一个白

---

① 达雅克士兵,加里曼丹或沙捞越当地的土著士兵。
② 霹雳州,马来亚地区州名,位于马来半岛西部。

人的到来,他心里不可能没有疑虑。他已经习惯了孤寂的生活。大战①期间,连续三年他都没有见过一张英国人的脸。有一次,他在奉命接待一位造林官时,竟然感到惶恐不安。因此,当那个客人预计到来的时候,他早早地把各项接待工作安排停当,留了一封短信,说他不得不到河的上游去一次,就溜走了。直到送信的报告说他的客人已经离开,他才回来。

眼下,马来帆船出现在宽阔的河面上。驾船的都是被判了各种刑期的达雅克因犯。两三个看守都等在码头上,打算把犯人押回监狱。他们都是身强力壮的家伙,惯于河上生涯,动作有力地朝前划动。小船靠岸后,有个人就从聂帕桐叶做的船篷下钻了出来,一步跨到岸上。警卫队举枪敬礼。

"总算到了。老天在上,真把我给挤死了。我把你的邮件带来了。"

他说话的时候带着兴冲冲的快活劲儿。沃伯顿先生温文有礼地伸出手来。

"我想,你就是库珀先生吧?"

"不错。难道你在等待别的人吗?"

这个问题含有开玩笑的意味,但驻地长官却没有露出笑容。

"在下姓沃伯顿。我带你去看一下你的住处。他们随后会把你的行李送来的。"

他在库珀的前面,顺着狭窄的小路走进一个院子,里面有一幢小小的带游廊的平房。

---

① 指第一次世界大战(1914—1918)。

"我已经派人把房子尽量收拾得可以居住,当然了,已经好多年都没有人在里面居住了。"

房子修建在木桩上。有一个长长的起居室,门开向一个宽敞的游廊,房子后面,走道两旁各有一个卧室。

"这对我来说怪不错了。"库珀说。

"你大概想要洗个澡,换换衣服。要是今晚你能跟我共进晚餐,我会十分高兴。你觉得八点钟行吗?"

"随便什么时候都行。"

驻地长官礼貌但略显窘迫地笑了笑,走开了。他回到寨子里面他自己的住处。艾伦·库珀给他的印象并不是很好,但他是一个秉公办事的人,知道只凭如此短暂的见面就形成对一个人的看法,未免有失公正。库珀看上去大约三十来岁,身材又高又瘦,灰黄色的脸上没有一点血色。那是一张平板乏味的脸,长着一个大的鹰钩鼻子和两只蓝眼睛。他走进平房,就摘下遮阳帽,扔给一个在旁伺候的男仆。那会儿,沃伯顿先生发现他的大脑袋,上面覆盖着一层短短的棕色头发,与他那单薄瘦小的下巴形成奇特的对照。他穿着卡其布短裤和卡其布衬衫,但显得破旧肮脏;那顶磨损严重的遮阳帽也有好久没洗了。沃伯顿想到,这个年轻人在沿海航行的汽船上待了一个星期,过去四十八小时又一直躺在马来帆船的船底。

"等到他来吃晚饭的时候,再看看他是什么样子。"

他走进自己的房间,里面的东西都摆放得井然有序,好像他有一个英国贴身男仆似的。他脱了衣服,走下台阶来到浴室,冲了个冷水澡。他对当地气候所做的唯一让步,就是换上一件白色的无尾礼服。除此之外,前胸上浆的衬衫、高领、丝袜和漆皮鞋一样不缺,他的穿着正式得就像在伦敦蓓尔梅尔街①上的俱乐部用餐一样。他身为一个细心的主人，走进饭厅去看看餐桌是不是都布置好了。那儿兰花盛开，餐具闪闪发亮。餐巾叠成精巧的形状。银烛台里的带罩蜡烛发出柔和的光芒。沃伯顿先生微笑着表示赞许，回到起居室去等候客人。不久库珀出现了。他仍然穿着自己上岸时的卡其布短裤、卡其布衬衫和破烂不堪的短上衣。沃伯顿先生表示欢迎的笑容在脸上一下子僵住了。

"嗨，你穿得整整齐齐，"库珀说，"我不知道你会打扮成这样，我差点儿穿条纱笼就过来了。"

"一点没关系。你的仆人大概太忙了。"

"要知道，你用不着费事为我穿得这么正式。"

"没有。我总是穿戴整齐来就餐的。"

"就连你一个人的时候？"

"特别在我一个人的时候。"沃伯顿先生冷冰冰地盯着他，回答说。

他发现库珀的眼睛里露出一丝觉得好笑的神情，不禁气得脸都红了。沃伯顿先生是一个性情暴躁的人。这一点，从他那好勇斗狠的红红的脸膛上，从他渐渐变白的红头发上就可以看出来。他那双蓝眼睛通常冷漠无情，却目光犀利，会突然冒出怒火。但他也饱经世事，希望做事公正。他一定要尽力与自己的助手和睦相处。

"我住在伦敦的时候，在我交往的圈子里，如果每天晚上不穿戴

---

① 蓓尔梅尔街，伦敦一条大街，以有众多的绅士俱乐部而著称。街名源自十六、十七世纪流行的铁圈球运动（pall-mall），街道就修建在一个铁圈球场遗址上。

整齐就去用餐,那就好像每天早上不洗澡一样古怪。来到婆罗洲以后,我觉得没有理由不把这个良好的习惯保持下去。战争期间,整整三年,我没有见到过一个白人。只要我身体健康得能来用餐,我从来不放过穿正装的机会。你到这个国家的时间并不长,我敢保证,再也没有什么比这更好的方法来维护你对自己应有的自豪。一个白人,只要对他周围环境的影响略微有点屈服,马上就会失去自尊。一旦丧失了自尊,那么可以肯定,当地人很快也就会不再尊重他了。"

"噢,如果你希望我在这种炎热的天气穿桨过的衬衫和硬领,恐怕会让你失望的。"

"如果你在自己的住所用餐,当然可以穿你自己觉得合适的服装。但如果你肯赏光与我共进晚餐,也许你会认定,只有穿上文明社会通常在这种场合所穿的服装,才是礼貌的表现。"

两个马来男仆走了进来,他们都腰间围着纱笼,头上戴着椭圆形无边帽子,身上穿着带有铜纽扣的漂亮白上衣。一个端着杜松子苦味酒,另一个端着一只里面放着橄榄和鳀鱼的托盘。随后沃伯顿和库珀走进去用餐。沃伯顿先生夸口说,他的厨师是个中国人,是整个婆罗洲最好的厨师。他不辞辛劳,在困难的条件下,也尽量做出可口的饭菜。他心灵手巧地对原材料充分加以利用。

"你要不要看一下菜单?"他一边说一边把菜单递给库珀。

菜单是用法语写的,各种菜肴都有响亮的名称。那两个男仆则在一旁伺候。房间另一头的角落里,还有两个男仆,他们挥动着巨大的扇子,好让闷热的空气流动起来。饭菜十分讲究,香槟也是上等的。

"你每天都像这样吃饭吗?"库珀问道。

沃伯顿先生漫不经心地朝菜单瞥了一眼。

"我看不出这顿饭跟平时有什么不同,"他说,"我自己吃得很少,但我必须每天晚上要有一顿像样的饭菜。这可以让厨师不荒废他的厨艺,对仆人们也是很好的训练。"

谈话进行得相当艰难。沃伯顿先生特别殷勤有礼,也许是由于他的同伴为此而感到窘迫,他从中得到一丝略带恶意的乐趣。库珀在森布卢待了不过几个月。沃伯顿先生向他打听自己在瓜拉索洛的朋友的情况,这个话题很快也就无法持续下去。

"顺便问一下,"过了一会儿,他说道,"你见过一个叫亨内利的小伙子吗?我想他最近刚刚离开英国。"

"噢,见过,他在警察机关工作,是个粗俗的暴发户。"

"我很难想象他会是那种人。他的叔叔巴勒克拉夫勋爵是我的朋友。前两天,我还收到巴勒克拉夫夫人的来信,要我照看他。"

"听说他跟什么人有亲戚关系。大概这就是他弄到这份差事的原因。他在伊顿①和牛津念过书,总不忘记要让人知道这段经历。"

"你真叫我吃惊,"沃伯顿先生说,"几百年来,他的家族所有的人都曾在伊顿和牛津念书。我倒认为他会把这看作理所当然的事。"

"我觉得他是个讨厌的道学先生。"

"你是在哪儿上学念书的呢?"

---

① 伊顿,即伊顿公学,位于伦敦西面,是英国著名贵族中学,只收男生,毕业生多升入牛津或剑桥等著名大学。

"我出生在巴巴多斯①,是在那儿受的教育。"

"哦,我明白了。"

沃伯顿先生设法在他简短的回答中流露出极为轻蔑的意味,库珀不禁涨红了脸,沉默了好一会儿。

"我曾接到从瓜拉索洛来的两三封信,"沃伯顿先生继续说,"我的印象是,年轻的亨内利是一个十分成功的人。听说他是一流的运动好手。"

"哦,是啊,他很受欢迎。他就是瓜拉索洛的人所喜欢的那种家伙。我实际上不大喜欢一流的运动好手。说到底,高尔夫和网球打得比别人好,又有什么意义呢?谁在乎他在台球桌上,是否能连续打出七十五分来呢?在英国,人们把这种事儿实在看得太重了。"

"你这么想吗?我倒认为一流的运动好手在战争中的表现,肯定不比别的人差。"

"哦,谈到战争,我可不是纸上谈兵。我跟亨内利曾待在同一个团里。我敢说,那儿的人根本受不了他。"

"你怎么知道?"

"因为我也是其中的一员。"

"哦,你没有得到军衔。"

"我可没有什么机会得到军衔。我是所谓的殖民地居民。我没有上过公学,也没有势力。在整个那段该死的日子里,我一直是士兵。"

库珀皱起眉头。他似乎很难控制自己,不让嘴里发出激烈的咒

---

① 巴巴多斯,拉丁美洲岛国,位于加勒比海的最东面,原为英国殖民地,一九六六年赢得独立,成为英联邦成员国之一。

骂。沃伯顿先生端详着他,两只蓝色的小眼睛眯起来,他端详着他,心里有了自己的看法。他改变话题,开始跟库珀谈起规定要他去做的工作。钟敲十点的时候,他站起身来。

"好吧,我不再留你了。你经过这段旅程,大概也累了。"

他们握了握手。

"哦,对了,听我说,"库珀说,"不知你能不能给我找个男仆。我原来的那个男仆,在我从瓜拉索洛动身时就没有再露面。他把我的行李等诸如此类的东西拿到船上后就失去了踪影。直到我们的船到了海上,我才知道他没有上船。"

"我要问一下我的仆役头儿。他肯定可以给你物色到一个。"

"好吧,吩咐他叫那个仆人来一趟。要是他的样子让我看了中意,就会把他留下。"

天上有月亮,并不需要灯笼。库珀从寨子回到自己的住处。

"真不知道他们为什么给我派这样一个人来,"沃伯顿先生心里暗想,"如果现在他们打算派来的就是这种人,我真看不上眼。"

他在自己的花园里漫步。寨子修建在小山的顶上,花园一直延伸到河边,河岸上有座凉亭。他习惯在晚饭后到这儿来抽一支方头雪茄。河水在下面潺潺流过,往往可以听到河面上说话的声音,原来是那些战战兢兢地不敢在光天化日之下露面的马来人的说话声,一两声抱怨或非难会轻轻地飘到他的耳中,一则消息或有用的暗示也会在轻声细语中传递给他。要不是他坐在那儿,所有这些情况都绝不会被官方了解。他一屁股坐到一把长藤椅上。库珀!一个心怀嫉妒、缺乏教养的家伙,傲慢自大,独断专行,自命不凡。可是沃伯顿先生的怒火抵挡不住那宁静优美的夜色。凉亭入口处的一棵树上开满了花,空气中弥漫着甜美的芳香。萤火虫隐隐约约地闪烁着,露出银白色的光泽,缓慢地四下飞舞。在宽阔的河面上,月光为湿婆①的新娘那步态轻盈的双脚铺出一条通道。在远处的河岸上,一排棕榈树在天空的衬托下展现出它们柔美的姿态。宁静悄悄地渗入沃伯顿先生的内心。

　　沃伯顿先生是一个古怪的人,曾有过一段奇特的经历。在二十一岁时,他继承了一份相当可观的财产,十万英镑。离开牛津后,他就投身到当时的世家子弟(如今沃伯顿先生已经五十四岁了)所能享受的放荡生活中。他在芒特街②上有自己的寓所,有私人马车,在沃里克郡有自己的狩猎小屋。他前往上流人士汇聚的各个场所。他相貌英俊,谈吐风趣,出手大方。九十年代③早期,他在伦敦社交界也算是个名人。当时的社交界尚不面向大众,也没有失去光彩。震撼社交界的布尔战争④是完全没有想到的事儿。摧毁社交界的第一次世界大战也只是悲观主义者的预言。在那个时代,一个富有的年轻人是相当愉快的。每逢到了社交季节,沃伯顿先生的壁炉台上就摆满了请他出席各种重大宴会的请柬。沃伯顿先生展示这些请柬,露出一副春风得意的样子。因为沃伯顿先生是一个势利鬼。他不是那种缺乏勇气的势利鬼,不会由于受到更为优越的人的影响而心生愧意,也不是那种想跟政界名人或艺术界名流密切交往的势利鬼,他不是那种见钱眼开的势利鬼。他是个地地道道、不折不扣的

---

① 湿婆,印度教中代表再生和毁灭力量的天神,其新娘指帕尔瓦娣,又称雪山女神,代表光明、美丽。
② 芒特街,属于伦敦高级住宅区的一条街道。
③ 指十九世纪九十年代。
④ 布尔战争,一八九九年到一九〇二年英国人在非洲南部与布尔人进行的两次战争。

普通势利鬼,打心底里喜爱贵族。他性情急躁,容易生气,但他宁愿遭到贵族人士的冷落,也不愿受到平民百姓的奉承。在伯克编的《贵族谱系录》①中,他的姓名显得无足轻重。他经常巧妙地提到他所从属的一个贵族世家,说他跟这个世家有一层远亲关系,但是绝口不提来自他母亲方面的那个老实的利物浦②工厂主,其实他正是通过母亲,一位出嫁前姓格宾斯的小姐,才得到了那份财产。每逢看到他这样做的时候表现出的机敏样子,真叫人惊叹不已。如果在考斯③或阿斯科特④这种地方,他正跟一位公爵夫人,甚至一位血统亲王交际时,那些亲戚当中的一个声称认识他,那对他的上流社会生活实在是一件讨厌的事儿。

　　他的弱点显而易见,因此不久就声名狼藉,不过他挥霍无度,倒使他的弱点并不完全受到鄙视。那些受他崇拜的贵族人士都嘲笑他,但在他们的内心深处,却感到他对他们的崇拜并不是虚假做作的。可怜的沃伯顿当然是一个不可救药的势利鬼,但他终究也是一个好人。他总是愿意给一个身无分文的贵族付账,而且要是你陷入困境,你肯定可以让他借给你一百英镑。他经常举行丰盛的宴会。他的惠斯特⑤打得很糟,但只要打牌的都是上流人士,他就根本不在

---

① 《贵族谱系录》,英国的贵族家世指南,最初由爱尔兰宗谱学和纹章学作家约翰·伯克(1787—1848)于一八二六年编成。
② 利物浦,英国英格兰西北部港口城市。
③ 考斯,英格兰南部怀特岛上的一个市镇,以举办世上历史悠久、规模巨大的帆船比赛而著称。
④ 阿斯科特,英格兰南部一个市镇,一年一度在此举办赛马大会。
⑤ 惠斯特,四人玩的一种牌戏。十七世纪流行于英格兰民间,十八世纪中叶盛行于英国上层社会,后逐步演变为现代桥牌,但惠斯特至二十世纪在英国和美国一些地方仍旧流行。

乎自己输掉多少钱。他不知不觉成了一个赌徒,并不怎么走运,但他是一个输得起的赌徒。看到他坐着一下子输掉五百英镑而仍然神色冷静,你不可能不对他的这种面不改色的样子感到钦佩。他对打牌的爱好,几乎跟他对贵族头衔的爱好一样强烈,而这就是他失败的原因。他过着奢华的生活,在赌博中输掉的钱数额巨大。他开始越赌越大,最初是在赛马上,接着把钱投在证券市场上。他的性格有点儿单纯,而那些无耻之徒觉得他是一个胸无城府的猎物。我不知道他是否意识到自己背后受到那些精明的朋友的嘲笑,但我认为他有一种朦胧的直觉,他只能装出对金钱满不在乎的样子。他落到了放债人的手里。三十四岁那年,他破产了。

他在那个阶层的精神气氛里沉浸的时间太久,因而面对下一步的选择时只好当机立断。像他那个阶层的人,一旦把钱财挥霍光了,就会跑到殖民地去。谁也没有听到沃伯顿先生发出怨言。他没有因为一个贵族朋友劝他做了一项彻底失败的投机买卖而抱怨诉苦,他没有逼迫任何一个欠他钱的人还钱,自己还清了债(可惜他不知道,那正是遭到鄙视的利物浦工厂主的血统在他身上的表现),他没有向任何人寻求帮助,尽管他一辈子从来没有干过一点活儿,但他仍然寻找谋生的方式。他仍然那样欢快,无忧无虑,充满风趣。他从不叙述自己的不幸,不希望为此而使哪个正好跟自己在一起的人感到不自在。沃伯顿先生是一个势利鬼,但他也是一个绅士。

唯一一次,他向多年以来曾经每天陪在他左右的一个上流社会的朋友请求帮忙,那就是请这个朋友写一封推荐信。当时担任森布卢苏丹的那个精明强干的人就给了他这个职位。出航之前的那个晚上,他最后一次在俱乐部里用餐。

"听说你就要走了,沃伯顿。"赫里福德老公爵对他说。

"是呀,我要去婆罗洲。"

"天哪,你去那儿干什么?"

"哦,我破产了。"

"是吗?我很遗憾。好吧,要是你回来了,务必通知我们。希望你过得愉快。"

"哦,好的。要知道,那儿有许多打猎的机会。"

公爵点了点头,走开了。几个小时以后,沃伯顿先生注视着英国的海岸渐渐隐没在雾霭之中,把一切在他看来值得为之生活的事物都丢在后面。

自那以后,已经过去了二十年。他跟许多贵妇人始终保持着频繁的书信往来,他的信总写得相当有趣,笔调亲切。他一直没有失去对贵族人士的仰慕,密切注意着《泰晤士报》上有关他们行踪的通告(报纸出版六个星期后,才能送到他的手里)。他总是仔细阅读报上记录出生、死亡和婚姻的专栏,随时准备发出表示祝贺或吊唁的信函。那些附有图片的报纸让他了解了那些人的模样,在他定期返回英国时,就能继续以前的联系,好像这些联系从来未曾中断。他对那些可能会在社交界显露头角的新人的情况一清二楚。他对上流社会的兴趣跟他当年身在其中的时候一样强烈。在他看来,这仍然是世上唯一重要的事儿。

可是,另一种兴趣在不知不觉中闯入了他的生活。他身处的职位满足了他的虚荣心。他不再是渴望博得大人物一笑的谄媚之徒,而是说出来的话就是法律的主人。达雅克士兵警卫队在他经过时举枪致敬,让他十分满意。他喜欢替那些与他生活在一起的人们评定是非。为那些敌对的酋长之间的争执加以调停,让他感到愉快。从前,每逢猎头部落的土人骚扰生事时,他就动身去对他们加以严惩,并为自己的行为而洋洋得意。他虚荣心太强,因而勇气十足,什么都不怕。他曾孤身一人冒险闯进一个四周围着栅栏的村庄,要求一个嗜血成性的海盗投降,他的那种神色镇定的样子,一时传为佳话。他成了一个办事干练的行政长官,既严格,又公正,又诚实。

渐渐地,他对马来人产生深厚的爱意,对他们的风俗习惯很感兴趣。听他们的谈话,他从不感到厌倦。他赞赏他们的美德,而对他们的恶行则面带微笑,耸耸肩膀,表示谅解。

"在我当初年轻的时候,"他总说,"我曾跟英国一些身份最高贵的绅士密切往来,但我从来没有见过像某些出身名门的马来人那样风度优雅的绅士。把他们称作我的朋友,我感到很荣幸。"

他喜欢他们周到的礼貌和高雅的举止,他们温和的神态和突然爆发的激情。他凭直觉完全清楚应该怎样对待他们。他对他们怀有发自内心的柔情,但他从不忘记自己是个英国绅士,无法容忍那些屈从于当地风俗的白人。他从不屈服迁就。他也没有仿效众多白人的做法,娶个当地女子做老婆。这样的同居虽然完全被当地习俗认可,但在他看来,不仅令人震惊,而且也有失体统。一个曾经被威尔士亲王艾伯特·爱德华[①]称作乔治[②]的人,几乎不可能会跟一个土著人有什么关联。如今每逢他结束在英国的盘桓,返回婆罗洲

[①] 艾伯特·爱德华,即后来的英国国王爱德华七世(1841—1910)。他讲究穿着,性喜交际,常到欧洲各国旅游。
[②] 根据西方习俗,只有彼此熟悉、亲近的人方可用名字来称呼对方。乔治是沃伯顿的名字,威尔士亲王跟沃伯顿以名相称,表示他们关系亲近。

的时候,总有如释重负的感觉。他在英国的朋友跟他一样都不再年轻了。新一代人都把他看成一个讨厌的老头儿。在他看来,今天的英国已经失去了许多他年轻时在英国所喜爱的事物,但婆罗洲却仍旧是原来的样子。如今这儿成了他的家乡。他打算尽量延长他的任期,心里暗自希望,顶好在他最终不得不退休之前死去。他立下遗嘱说,无论他以后死在哪儿,希望他的遗体都给运回森布卢,埋葬在他深爱的人们中间,墓地旁可以听到潺潺流动的河水声。

可是他始终没有在别人的眼前流露出这种情感。看到这个打扮得整洁漂亮、身体粗壮、体形优美的人,看到他那刮得干干净净的有力的面庞和他那逐渐变白的头发,谁也不会想到他竟然怀有如此深厚的情感。

他知道海外分署的工作该怎样进行。接下来的几天,他充满疑虑地留神察看着他的助手。不久他就发现这个助手刻苦耐劳,相当称职。他在他身上发现的唯一缺点,就是他对待当地人态度粗暴。

"马来人都很腼腆,而且十分敏感,"他对助手说,"我想你会发现,如果你始终注意礼节,对他们耐心一点,和气一点,得到的结果就会好得多。"

库珀发出一阵短促而刺耳的笑声。

"我出生在巴巴多斯。整个战争期间,我都在非洲。我想我清楚该怎样跟黑鬼打交道。"

"我倒一点也不清楚,"沃伯顿先生口气尖刻地说,"但我们谈的不是黑鬼,而是马来人。"

"他们不是黑鬼吗?"

"你真无知。"沃伯顿先生回答说。

库珀不再言语了。

库珀到这儿后的头一个星期日,沃伯顿先生邀请他来吃晚饭。沃伯顿先生在各方面都按照正规的礼仪安排,尽管他们前一天还在办公室里见过面,后来六点钟,又在寨子里的游廊上一起喝了杜松子苦味酒,但沃伯顿先生仍然派一个男仆到库珀的住处送去一封合乎礼节的请柬。库珀虽然满心不愿意,但仍然穿着夜礼服到场。沃伯顿先生为自己的意愿得到尊重而心满意足,但也发现那个年轻人的服装裁剪得很差,衬衫也不合身,心里感到有点儿鄙夷。不过,沃伯顿先生那天晚上的心情很好。

"顺带说一下,"他握着库珀的手对他说,"有关给你找个仆人的事,我已经跟我的仆役头儿说过了。他举荐他的侄儿。我见过他,看上去是个聪明勤快的小伙子。你想见见他吗?"

"我无所谓。"

"他正等着呢。"

沃伯顿先生把他的男仆叫来,吩咐把他的侄儿带过来。不一会儿,就出现了一个又高又瘦、二十多岁的年轻人。他生着两只黑色的大眼睛,形象不错。他系着纱笼,穿着一件短小的白色上衣,戴着一顶上面没有帽穗的紫红色丝绒非斯帽①,显得十分整洁。他名叫阿巴斯。沃伯顿先生用赞许的目光看着他。当他用流利、地道的马来语跟这个年轻人说话时,他的态度在不知不觉中变得温和了。对待白人,他往往喜欢冷嘲热讽,但对马来人,他却摆出一副纡尊降贵却又和蔼可亲的样子,将两者巧妙地结合在一起。他的地位相当于

---

① 非斯帽,一些伊斯兰国家男子所戴的红色无边毡帽,形如圆筒,顶上饰有黑色流苏。

苏丹。他完全清楚怎样才能既保持自身的尊严,又不让当地土著感到局促不安。

"他行吗?"沃伯顿先生转身对着库珀说。

"可以,我想他跟他们其他人一样,也不过是一个无赖。"

沃伯顿先生告诉那个男仆他已被录用,就打发他走了。

"你得到这样一个男仆,真很幸运,"沃伯顿先生对库珀说,"他属于一个身份高贵的家族。他们是在近一百年前从马六甲①那边过来的。"

"我不大在乎给我擦鞋、端酒的人是不是有贵族血统。我所要求的只是我吩咐他做什么,他就做什么,而且要手脚麻利。"

沃伯顿先生噘起嘴来,没有搭腔。

他们走进饭厅去用餐。饭菜极为精美,酒也很好。这很快就对他们产生了作用;他们的交谈不仅没有尖刻嘲讽的言辞,甚至可以说是相当友好。沃伯顿先生平时就喜欢讲究饮食,而星期天晚上则习惯比平常吃得更好一点。他开始觉得自己对库珀不够公平。当然,他不是一个绅士,但那并不是他的过错。当你逐渐了解他以后,说不定就会发现他原来是个怪不错的小伙子。他的短处可能只是在举止方面。无疑他工作干得极为出色,既迅速认真,又仔细周到。当他们最后吃到甜点的时候,沃伯顿先生感到自己对全人类都有了好感。

"这是你到这儿的头一个星期天,我打算请你喝一杯十分特别的波尔图葡萄酒②。现在我只剩下大约二十多瓶了,这是我为特殊

---

① 马六甲,马来亚地区州名,位于马来半岛西南部。
② 波尔图葡萄酒,一种原产于葡萄牙的深红色甜葡萄酒,多作餐末甜酒饮用。

场合预备的。"

他对男仆吩咐了一番,不一会儿,酒就给拿来了。沃伯顿先生看着男仆把酒瓶打开。

"我是从一个老朋友查尔斯·霍林顿那儿弄到这种酒的。那时他已经藏了四十年,后来我又存放了好多年。霍林顿以拥有整个英国最好的酒窖而闻名。"

"他是个卖酒的商人吗?"

"并不是,"沃伯顿先生笑着说,"我说的是莱格城堡的霍林顿勋爵。他是英国最富有的贵族之一。一个跟我认识很久的老朋友。我和他的弟弟一起在伊顿念书。"

这是沃伯顿先生绝不会不加以利用的良机。他讲了一件小小的趣闻轶事,唯一的意图似乎就是想说他认识一个伯爵。波尔图葡萄酒确实很好;他喝了一杯,接着又喝了一杯。他完全消除了原来的戒备心理。他已经好几个月没有跟一个白人说话了。他开始讲故事,显示自己当初如何跟大人物交往。听他说话,你会以为曾经有个时期,政府部门的组成和政策的确定所依据的都是他对某位公爵夫人的耳朵里低声所说的提议,或是他在晚餐桌上抛出的方案,随后由君主的机要顾问满怀感激地据以执行。阿斯科特、古德伍德①和考斯往昔的时光又一次在他的心里复活了。再喝一杯波尔图葡萄酒。还有他每年都到约克郡和苏格兰去参加的盛大的庄园宴会②。

---

① 古德伍德,英国苏塞克斯郡的一个小镇,每年夏季在此举行赛马大会。
② 庄园宴会是指在乡村举行的招待客人住宿的宴会。

"那时我有一个叫作福尔曼的仆人,他是我用过的最好的贴身男仆。你猜猜为什么他辞职不干了?你知道,在'管家的餐室'里,贵妇人的侍女和贵族的侍从是按照他们各自主人的身份高低依次入座的。他对我说,他对不断地参加一个个宴会实在烦透了,我是那些宴会上唯一的平民。这就意味着他永远得坐在桌子的末端。等到碟子里的菜传到他面前的时候,好的部分就都给挑掉了。我把这件事儿告诉了赫里福德老公爵,他立刻哈哈大笑。'天哪,先生,'他说,'假如我是英国国王,就算为了给你的仆人一个机会,我也一定要把你封为子爵。''您把他留下吧,公爵,'我说,'他是我用过的最好的贴身男仆。''好吧,沃伯顿,'他说,'要是你觉得他不错,那我也一定会觉得不错。让他来吧。'"

接着,就是沃伯顿先生和费奥多尔大公有天晚上在蒙特卡洛①,一起搭档把庄家的钱都赢来的事儿。随后就是马林巴德②。沃伯顿先生曾和爱德华七世一起在马林巴德玩巴卡拉③。

"当然,那会儿他只是威尔士亲王。我记得他对我说,'乔治,要是你再投五英镑下去,你就会输得精光。'他说得对。我觉得他一生还没有说过比这句话更真实的话了。他是个了不起的人。我始终认为他是欧洲最伟大的外交家。但当时我是个少不更事的傻瓜,我头脑不够清醒,没有接受他的劝告。要是我听从了他的劝告,要是我没有投下那五英镑,大概我今天也就不会待在这儿了。"

---

① 蒙特卡洛,摩纳哥公国城市,位于地中海边,是世界著名赌城。
② 马林巴德,玛利亚温泉市的旧称,为捷克西部一个矿泉疗养城镇。
③ 巴卡拉,一种流行于欧洲赌场、通常由三人玩的纸牌赌博游戏。打牌人执两或三张牌,牌面总点数除以十后余数最大为胜。

库珀望着他。他那两只棕色的眼睛深陷在眼窝里,露出目光锐利、傲慢自大的神情,嘴唇上现出嘲讽的微笑。他在瓜拉索洛就曾听说过不少有关沃伯顿先生的情况。人家说沃伯顿先生并不是一个坏人,把他管辖的地区治理得井井有条。但天哪,他实在太势利了!他们都善意地嘲笑他,因为像他那样一个慷慨大方、和蔼可亲的人,你是不可能不喜欢他的,而且库珀也早就听说过有关威尔士亲王和巴卡拉牌戏的故事了。可是库珀在听的时候并没有宽容的意思。从一开始,他就对驻地长官的作风感到怨恨不满。他十分敏感,在沃伯顿先生那种温文有礼的嘲讽下,他痛苦万分。沃伯顿先生有种本领,遇到他不赞成别人的说法,就会表现出压倒一切的沉默。库珀几乎没有在英国住过,而且对英国人特别厌恶。他尤其对那些曾在公学念书的学生怨恨不满,因为他总是担心他们会对他摆出屈尊俯就的样子。他十分害怕别人会对他摆架子。因而在某种程度上为了先发制人,他先摆出神气活现的样子,让大家都觉得他自负得令人难以忍受。

　　"噢,不管怎么说,战争总算为我们做了一件好事,"他最后开口说,"它摧毁了贵族的权势。布尔战争开了个头,到一九一四年就完成了。"

　　"英国的贵族世家注定不行了。"沃伯顿像一个法国大革命时期流亡海外、仍然怀念着路易十五①宫廷的保王党人那样,用自满而忧伤的口气说。"他们再也住不起豪华的宅第了。他们那种气派阔绰

---

① 路易十五(1710—1774),法国国王(1715—1774),一七四三年起亲政,庸碌无能,朝政受其情妇左右,后因七年战争损失惨重,终至民穷财尽,使法国王权统治陷入危机。

的殷勤好客的作风也只会留在人们的记忆当中。"

"依我看,那倒是一件再好不过的事儿。"

"我可怜的库珀,你对'从前希腊的荣光和昔日罗马的盛况'①又了解多少呢?"

沃伯顿先生做了个豪放的动作。他的眼睛一时间变得朦朦胧胧,好像眼前浮现出往昔的景象。

"哎,说实在的,我们早对这些腐朽的玩意儿感到腻味了。我们需要的是由商人领导的商人政府。我出生在一个英国直辖的殖民地,我几乎一辈子都生活在殖民地。我压根儿没把贵族放在眼里。英国的问题就在于人们都很势利。要是说有什么人让我感到恼火,那就是势利鬼。"

势利鬼!沃伯顿先生一下子气得脸色发紫,眼睛里也闪射出怒火。那是一个跟随了他一辈子的字眼儿。他年轻时喜欢与贵妇人交往,她们虽然不见得把他对她们的赞赏看得毫无价值,但那些贵妇人有时也会发脾气,沃伯顿先生自己不止一次就被她们用这个可怕的字眼儿当面责骂。他知道,他相当无奈地知道有些讨厌的家伙把他称作势利鬼。实在太不公平了!嗨,他觉得世上没有比势利更可憎的恶行了。说到底,他喜爱跟自己阶层的人来往,只有跟他们在一起,他才感到安闲自在。看在上帝的分上,怎么可以说这就是势利呢?志趣相投的人总聚在一起。

"我完全同意你的看法,"他回答说,"所谓势利鬼,就是因为别人的社会地位高于自己而对别人表示仰慕或鄙夷的那种人。那是

---

① 这两句源自美国诗人爱伦·坡的诗《致海伦》。

我们英国中产阶级最庸俗的缺点。"

他看到库珀的眼睛里闪现出调皮的神情。库珀用手捂住嘴巴，掩盖他咧嘴大笑的样子，结果反而让他的笑容显得更加明显。沃伯顿先生的手有点儿颤抖。

可能库珀根本不知道他已经大大地得罪了他的上司。他自己是个敏感的人，但对别人的感受却出奇地麻木。

由于工作，他们彼此不得不在白天有时见上几分钟。下午六点，两个人在沃伯顿先生家的游廊上碰头，喝上一杯。这种在当地早就形成的习惯，沃伯顿先生无论如何也不愿破除。但他们各自用餐，库珀在他自己的平房里，而沃伯顿则在寨子里。每天办完公务后，两个人会散步直到暮色降临，但他们分头散步。这个地区只有很少几条小路，丛林就紧挨着村庄里的种植园，每当沃伯顿先生看到他的助手迈着松散的步子走过来时，他总是绕个圈子，免得遇到库珀。库珀粗鲁无礼，自以为是，行事偏执，已经惹得他心烦了。但是在库珀来到海外分署几个月后发生的一桩事，才使驻地长官对他的反感转变为刻骨的仇恨。

沃伯顿先生当时必须到内地去巡视一圈，就把海外分署交给库珀掌管，感到相当放心，因为他清楚地认定库珀是一个相当称职的家伙。唯一叫他不喜欢的地方，就是库珀不够宽容。库珀诚实、正直，而且不辞劳苦，但对当地人却毫无同情心。看到这个人既认为自己与别人的地位相等，同时又认为这么多人都不如他好，这叫沃伯顿先生感到十分好笑。库珀为人严厉，没有耐心去听取当地人的想法，而且相当霸道。沃伯顿先生很快就察觉马来人并不喜欢他，而且也怕他。对这一点，沃伯顿先生倒不是完全不满意。如果他的助手的声望可以与他的媲美,他倒不会感到怎么高兴。沃伯顿先生做了充分周详的准备,踏上旅程,三个星期以后,他回来了。在这段时间里,寄来一个邮包。他走进起居室,首先映入他的眼帘的是一大沓摊开的报纸。库珀曾去接他,他们一起走进房间。沃伯顿先生转向后面的一个仆人,严厉地责问那些打开的报纸究竟是什么意思。库珀赶紧解释。

"我想看一下有关沃尔弗汉普顿谋杀案的报道,就把你的《泰晤士报》借去看看。我又把它们放回来了。我知道你不会在意的。"

沃伯顿先生朝他发起火来,气得脸色发白。

"但我很在意,十分在意。"

"实在抱歉,"库珀神色镇定地说,"实际上,我只是等不及你回来再看了。"

"不知道你是否连我的信也拆开看了。"

库珀仍旧无动于衷,对上司的恼怒只是报以微笑。

"哦,那可不是一回事儿。不管怎么说,我没有想到看看你的报纸,你会如此在意。那里面又没有什么隐私。"

"我讨厌任何人在我之前阅读我的报纸。"他走到那沓报纸前面。那儿差不多有三十份报纸。"我觉得你这么做极端放肆无礼。报纸都给你翻得乱糟糟的。"

"很容易就能把它们按顺序理好。"库珀一边说,一边也凑到桌子跟前。

"别碰报纸。"沃伯顿先生嚷道。

"嗨,你为这么点小事就动气争吵,未免太幼稚了。"

"你怎么竟敢这样对我说话?"

"哦,见鬼去吧。"库珀说道,接着他冲出房间。

沃伯顿先生气得浑身发抖,留在房间里呆呆地望着他的报纸。他生活中的最大乐趣就这样被那双蛮横无情的手给破坏了。大多数身居海外偏远地区的人们在收到邮包时都会迫不及待地撕开包装,拿起最近几份报纸,首先看一下来自国内的最新消息。可是沃伯顿先生却不是这样。他指示他的报刊经销商在包装纸上注明每份报纸发送的日期。当大捆报纸寄到时,沃伯顿先生会看一下这些日期,随后用蓝色铅笔标上序号。每天早晨,他的仆役头儿会依照他的吩咐,把一份报纸和他的早茶一起放在游廊的桌子上。喝一口茶,同时拆开报纸的包封,阅读晨报,这给沃伯顿先生带来特殊的乐趣。这让他产生一种幻觉,好像自己仍然生活在国内。每个星期一早晨,他会阅读六个星期之前的星期一的《泰晤士报》,接下去的每天都依次类推。到了星期天,他会阅读《观察家报》①。正如他用晚餐时习惯穿戴整齐一样,这也是他与文明世界保持联系的纽带。让他引以为豪的是,无论新闻多么激动人心,他从来没有禁不住诱惑,在规定的时间前去翻开报纸。战争期间,那种悬念有时叫人难以忍受。有一天,当他读到军队开始展开攻势的时候,他就曾经受过那种悬念的煎熬,其实只消采用一个简单的应急方法,也就是打开架子上等待他阅读的下一份报纸,就可以让自己从那种煎熬中得到解脱。这是他所遭受过的最严峻的考验,但他成功地克服了那种折磨。而如今那个手脚笨拙的蠢货竟然拆开了报纸的完好密封的包

---

① 《观察家报》,创刊于一七九一年,是英国创刊最早的星期日报纸,以注重国际新闻报道而著名。

装,就为了想要知道某个可恶的女子是否谋杀了她那讨厌的丈夫。

沃伯顿先生把他的男仆叫来,吩咐他去拿一些包装纸。他把报纸尽量折叠整齐,把每份报纸包好,写上序号。但这是一件令人伤感的活儿。

"我绝不会原谅他。"他说,"绝不。"

当然,他的男仆在他出行的时候始终都跟随着他,他出门旅行总带着他的男仆,因为他的男仆清楚他的喜好,而沃伯顿先生也不是那种在丛林中旅行就打算放弃舒适条件的人。但是在他回来之后的一段时间里,他时常到仆人的住处去闲聊。他听说库珀跟他的男仆们起了纠纷。除了那个叫阿巴斯的年轻人,其余的人都离开了他。阿巴斯也想走,但当初是他叔叔依照驻地长官的命令把他安插在这儿,没有得到他叔叔的许可,他不敢离开。

"我跟他说他这样做很好,老爷,"男仆说,"但他不大开心。他说这户人家不好。他想知道他是不是可以走,因为其他人都已经走了。"

"不行,他必须留下来。老爷总得有仆人伺候。那些走掉的人,有人接替吗?"

"没有,老爷。谁也不愿意去。"

沃伯顿先生皱起眉头。库珀是个傲慢无礼的傻瓜,但他有个官职,就得相称地配备仆人。他的住所无人好好料理,那可显得不大体面。

"那些跑掉的男仆都到哪儿去了?"

"他们都在村子里,老爷。"

"今晚你去看看他们,对他们说,我希望他们明儿天一亮就回到库珀老爷的住处。"

"他们说他们不愿意去,老爷。"

"要是我命令他们去呢?"

这个男仆跟随沃伯顿先生已有十五年了,对他主人说话声音中的各种语调都很熟悉。他并不害怕他的主人,他们一起经历的事情太多了。有一次在丛林中,驻地长官救了他的命。另一次在急流中翻了船,要不是他,驻地长官就会淹死。但他很清楚什么时候必须对驻地长官的话毫无异议地表示服从。

"我这就到村子里去。"他说道。

沃伯顿先生期待他的助手会尽快为自己的无礼行为赔礼道歉,但库珀就跟那些缺乏教养的人一样,不会表示歉意。当他们第二天早晨在办公室相见时,库珀压根儿不提那桩事。由于沃伯顿先生离开了三个星期,他们不得不把会见的时间略微延长一点。会见一结束,沃伯顿先生就表示他可以走了。

"我想没有什么别的事了,谢谢你。"库珀转身就走,但沃伯顿先生叫住了他。"听说你跟你的男仆们起了纠纷。"

库珀发出一阵刺耳的笑声。

"他们想对我进行敲诈。他们都厚着脸皮逃跑了,除了那个无用的阿巴斯——他知道自己境况不错——但我按兵不动。现在他们又都乖乖地回来了。"

"你这话什么意思?"

"今儿早上,他们都回到了各自的岗位上,那个中国厨师,还有其他所有的人。他们待在那儿,样子泰然自若,让人觉得好像他们就是那儿的主人。大概他们断定,我好歹不像看上去那么傻吧。"

"根本不是那么回事儿。他们是在我明确的命令下才回来的。"库珀的脸微微有点发红。

"要是你不干涉我的私事,我会感激不尽。"

"他们可不是你的私事。如果你的仆人们逃跑了,那会让你显得愚蠢可笑。你完全有丢人现眼的自由,但我不能容许你被当成笑柄。要是你的住所不妥善地配备仆人,那就显得不成体统。因此当我听说你的仆人都走了以后,就马上派人叫他们今儿天一亮就回到自己的岗位上。行了。"

沃伯顿先生点了点头,表示会见结束了。库珀却没有加以理会。

"要不要告诉你,我究竟是怎么做的?我把他们叫过来,然后把那帮该死的家伙统统解雇了。我给他们十分钟滚出院子。"

沃伯顿先生耸了耸肩膀。

"你怎么知道还能雇到别人?"

"我已经叫我的办事员去找了。"

沃伯顿先生沉思了一会儿。

"我觉得你表现得十分愚蠢。你今后最好还是记住这一点,好的主人造就好的仆人。"

"你还有什么要指教的?"

"我倒想教你懂得一些礼貌规矩,但那项工作相当艰巨,我也没有那么多时间可以浪费。我要设法让你找到仆人。"

"请不要为了我的事儿操心。我完全能够给自己找到仆人。"

沃伯顿先生挖苦地笑了笑。他隐隐感觉到他对库珀有多讨厌,库珀对他同样也就有多讨厌,而且他也清楚,什么都不像被迫接受一个你所厌恶的人的帮助更叫人感到屈辱的了。

"请允许我告诉你,现在你在这儿想找马来仆人或中国仆人,就跟你想找一个英国管家或法国厨师一样机会渺茫。除非有我的命令,谁也不会到你这儿来。要不要我下道命令呢?"

"不。"

"那随你的便。再见。"

沃伯顿先生带着嘲讽的诙谐态度关注着事态的发展。库珀的办事员无法劝说任何一个马来人、达雅克人或中国人踏入这样一个主人的宅子。阿巴斯,那个仍然没有离他而去的男仆,只会做当地人吃的食物,而库珀,一个粗俗的食客,看到面前永远不变的米饭就想要呕吐。没有挑水的伙计,而天气十分炎热,他每天都要洗好几次澡。他咒骂阿巴斯,而阿巴斯则用愠怒的神色来加以抵抗,而且只做他愿意做的事儿。只是由于驻地长官执意坚持,这个小伙子才留在这儿。库珀知道这一点,心里相当恼火。这种情况持续了两个星期,接着一天早晨,他发现先前被他解雇的那些仆人又回到了他的住处。他一下子火冒三丈,但这一次他学得聪明了点儿,一声不响,让他们留了下来。他默默忍受着羞辱,但他对沃伯顿先生那些癖好本来怀有的无法忍受的轻蔑,却变成了郁积在心头的仇恨。因为驻地长官凭着这恶毒的一招,让他成了所有当地人的笑柄。

现在这两个人不再相互交往。从前,尽管彼此厌恶,但他们总在午后六点和来到海外分署的无论哪个白人一起喝酒,如今他们打破了这种由来已久的习惯。他们各自住在自己的宅子里,好像对方并不存在似的。既然库珀早已投入工作,他们彼此在办公室里自然就没有多少往来。沃伯顿先生派他的勤务兵把他不得不传递的消息通知他的助手，而他的指示则通过正式信函传达。虽然他们不断见面，那是无法避免的，但一个星期里面顶多也只交谈上五六句话。他们无法避免看到对方，这一事实让他们心烦意乱。他们闷闷不乐地琢磨着这种对立的局面。沃伯顿先生在每天散步的时候，根本无法思考别的事儿，心里只想着多么厌恶他的助手。

可怕的是，他们彼此这种不共戴天的敌对样子，十有八九会一直持续到沃伯顿先生休假的时候。那大概还有三年。他没有理由向总部诉苦抱怨，因为库珀的工作干得十分出色，而且那时也很难找到人手。不错，他听到一些含糊的抱怨和暗示，说当地人觉得库珀相当苛刻。当地人中间确实出现了不满的情绪。可是当沃伯顿先生查看一桩桩具体的案件时，他所能说的只是在原来态度温和不会显得不合时宜的地方，库珀表现得十分严厉；在换了自己会不无同情的地方，库珀表现得冷酷无情。库珀干的一切并没有可以受到责备的地方。但沃伯顿先生暗自观察着他。仇恨往往会使人目光锐利。他隐隐地觉得库珀在差遣当地人干活的时候毫不体恤，但又在法律许可的范围内，因为他觉得用这种方法可以激怒他的上司。也许有一天，他会失去分寸。谁也不像沃伯顿先生那样清楚，持续不断的炎热会使人变得多么急躁，而经过一个不眠之夜，要保持自制又是多么困难。他暗自轻声笑了笑。库珀早晚会自行掉到他的手心里。

机会终于出现了，沃伯顿先生放声大笑。库珀负责管理囚犯；他们铺路，搭建工棚，在必须把马来帆船送往上游或下游去的时候充当划手，他们也让小镇保持干净，还有其他一些可用他们去干的事儿。要是表现得好，他们有时也会担任男仆。库珀让他们拼命地工作。他喜欢看他们干活。他兴味盎然地想出一些活儿来让他们干。囚犯们很快就看出要他们干的活儿毫无意义，他们就拖拖沓沓。他用延长工作时间的方式来处罚他们。这是违反规定的。沃伯顿先生注意到这件事以后，并没有向他的助手了解情况，就立刻下令按原来的时间放工。库珀出去散步时，发现犯人们都走回牢房，十分惊讶。他曾命令他们干到天黑才能收工。他问牢房看守为什么他们歇工不干了，看守告诉他那是驻地长官的命令。

他气得脸色煞白，大步朝寨子走来。沃伯顿先生穿着洁白的帆布衣服，戴着干净的遮阳帽，手里拿着一根手杖，后面跟着几条狗，正打算开始午后散步。他早就看见库珀出门，也知道库珀走的是河边的那条路。库珀跳上台阶，径直走到驻地长官面前。

"我想知道你撤销了我要犯人干到六点钟的命令，究竟是什么意思？"他大声嚷道，显得怒不可遏。

沃伯顿先生把他那双神情冷漠的蓝眼睛睁得很大，装出十分惊讶的神色。

"你是不是疯了？你不该用这种方式和上级说话，难道你愚昧无知得连这一点也不懂吗？"

"哦，见你的鬼。犯人归我管理，你无权干涉。你管你的事儿，我管我的事儿。我想知道你让我丢人现眼，究竟是什么意思。这儿的每一个人都知道你撤销了我的命令。"

沃伯顿先生仍然十分冷静。

"你没有权力发布那样的命令。我撤销那道命令是因为它苛刻而残暴。说实在的，与其说我让你丢人现眼，倒不如说是你自己让自己丢人现眼。"

"从我来到这儿的那一刻起,你就不喜欢我。你千方百计地让我在这儿处境艰难,因为我不愿意对你溜须拍马。你对我恶意中伤,因为我不愿意对你奉承讨好。"

库珀充满愤恨,唾沫四溅地说着,已经接近危险的境地,而沃伯顿先生的眼睛突然变得更加神情冷漠,更加锐利逼人。

"你错了。尽管我觉得你是一个粗鄙的人,但我对你的工作方式仍然十分满意。"

"你这个势利鬼,该死的势利鬼。我没有上过伊顿公学,你就觉得我是一个粗鄙的人。哦,我在瓜拉斯洛的时候,人家就告诉我在这儿会遇到怎样的人。嗨,难道你不知道整个地区的人都在笑话你吗?当你告诉我有关威尔士亲王的那个著名故事时,我几乎忍不住要放声大笑。天哪,他们在俱乐部里讲这个故事的时候叫嚷得有多厉害呀!老天在上,我宁愿做我这样的粗人,也不愿做你那样的势利鬼。"

他触到了沃伯顿先生的痛处。

"要是你不立刻给我从房子里滚出去,我就把你打倒在地。"他大声喊道。

对方反倒凑得更近了一点,把脸对着他的脸。

"动手呀,动手呀,"他说,"老天在上,我倒想看看你怎么揍我。想不想听我再说一遍?势利鬼,势利鬼。"

库珀要比沃伯顿先生高出三英寸,是个身体强壮、肌肉发达的年轻人。沃伯顿先生体形肥胖,而且已经五十四岁了。他把攥紧的拳头打了出去。库珀一把抓住他的胳膊,把他朝后一推。

"别他妈的发傻了。记住,我可不是什么上流绅士。我知道怎样用手打人。"

他发出好像猫头鹰般的唬唬的叫声,棱角分明的苍白的脸上露出龇牙咧嘴的笑意,从游廊的台阶上一跃而下。沃伯顿先生气得心在胸腔里怦怦乱跳,筋疲力尽地倒在椅子上。他浑身刺痛,好像生了痱子一样。他有一刹那感到毛骨悚然,觉得自己就要哭出来了。可是突然他意识到他的仆役头儿就站在游廊上,于是本能地恢复了自制。男仆朝他走过来,给他倒了一杯加苏打水的威士忌。沃伯顿先生默不作声地接过杯子,一口气喝干了。

"你想对我说什么?"沃伯顿先生问道,竭力在紧绷绷的嘴唇上勉强露出一丝笑意。

"老爷,那个助手老爷是一个坏人。阿巴斯又希望离开他。"

"让他再等一等。我会给瓜拉索洛那儿写封信,要求把库珀老爷调到别的地方去。"

"库珀老爷对马来人不好。"

"退下去吧。"

男仆默默地退下去。剩下沃伯顿先生独自陷入了沉思,眼前朦朦胧胧现出了瓜拉索洛的俱乐部里的情景。黑夜降临,那些穿着法兰绒衣服的男人只好不再打高尔夫和网球了,回到室内,围坐在窗前的桌旁,喝着威士忌和杜松子苦味酒,一边说着威尔士亲王和他自己在马林巴德的那个著名的故事,一边放声大笑。他感到既羞愧又痛苦,脸上热辣辣的。势利鬼!他们都认为他是一个势利鬼,而他却一直把他们当成好人。即便他们的地位属于二流,他也始终像上流绅士那样温文有礼地对待他们,没有显出一点儿分别。现在他恨起他们来了。但他对他们的痛恨,与他对库珀的痛恨相比,压根儿算不上什么。要是他们当真动起手来,库珀可能就会把他痛打一顿。受辱蒙羞的泪水从他那又红又胖的脸上流了下来。他在那儿坐了两三个小时,一支接一支地抽着香烟,真恨不得自己死了。

最后,那个男仆回来了,问他是否要换身衣服去用晚餐。当然!他总是穿戴整齐去用餐的。他困乏无力地从椅子上站起来,穿上浆过的衬衫和高领。他在那张装饰漂亮的餐桌前坐下,像平时一样由两个男仆伺候着,另外两个男仆则摇动着手里的大扇子。而在两百码外,那一头的平房里,库珀只穿着纱笼和宽松的短上衣,正在吃一顿脏乎乎的晚饭。他光着两只脚,吃饭的时候,大概会看一本侦探小说。晚餐以后,沃伯顿先生坐下来写信。苏丹不在,他就以私人的身份给苏丹的代表写了一封密函。库珀的工作干得很好,他在信上说,但实际情况是他跟他无法和睦相处。他们彼此都弄得对方心神不宁。因此如果能把库珀调到别的地方去工作,他将不胜感激。

第二天早晨,他派专人把信送了出去。两个星期之后,回信和当月的邮包一起到了。那是一封私人的短信,内容如下:

亲爱的沃伯顿:

我不想用官方的身份回复你的来信,因此我亲自提笔,给你写上几句话。当然,如果你执意坚持,我可以把这件事上报给苏丹,但我觉得你还是就此罢手的好。我知道库珀是一个外粗内秀的人,他很有能力,在战争中也经受过困苦。我觉得应该尽量多给他一点机会。我认为你有点儿太看重一个人的社会地位了。你千万别忘了,如今时代变了。一个人要能成为一个上流绅士,当然是一件很好的事儿,但如果他既干练称职,又工作勤勉，那就更为可取。我想如果你略微宽容一点，就一定会和库珀和睦相处。

你最真诚的

理查德·坦普尔

信从沃伯顿先生的手中滑落了，字里行间的意思相当明显。狄克·坦普尔①，这个他认识了二十年的人，狄克·坦普尔，一个国内郡中的名门世家子弟，也认为他是一个势利鬼。由于这个原因，他没有耐心倾听他的请求。沃伯顿先生突然不再对生活抱有信心。他属于的那个世界已经消失了，而未来属于出身比较低下的一代。库珀就代表这一代，而他对库珀切齿痛恨。他伸出手去要把酒杯加满，那个仆役头儿看到这个动作，立刻走上前来。

"我不知道你在那儿。"

男仆捡起公函。噢，原来他就是为了这个才等在一旁。

"库珀老爷会走吗，老爷？"

"不会。"

"那么会出祸事的。"

一时间，由于身子疲倦，他没有听清楚这句话里的含义，但那只持续了一会儿。他在椅子上坐直了，望着那个仆人，显出一副全神贯注的样子。

"你这话什么意思？"

"库珀老爷对待阿巴斯的方式很不对头。"

---

① 狄克是理查德的昵称。

沃伯顿先生耸了耸肩膀。像库珀那样的人怎么知道该如何对待仆人呢？沃伯顿先生了解这种人：他在前一分钟还跟他们亲密无间，后一分钟就对他们粗暴无情。

"让阿巴斯回家去吧。"

"库珀老爷扣了他的工钱，那样他就无法逃跑。他已经三个月没有给他工钱了。我要他忍耐一点，但他很生气，不听劝解。如果老爷仍然这样虐待他，那会出祸事的。"

"你做得很对，让我知道这件事儿。"

这个傻瓜！难道他对马来人如此缺乏了解，以为他可以毫无风险地伤害他们吗？要是他背后给马来人用曲刃短剑捅了一下，那可真是活该！一把曲刃短剑。沃伯顿先生的心跳似乎突然停了一拍。他只消听凭事态发展下去，总有一天，他会摆脱库珀。静待其变，当这个短语掠过他心头的时候，他微微地笑了。这时他的心跳加快了一点儿，因为他看到他所痛恨的那个人正匍匐在丛林中的小路上，背上插着一把刀。这是那个粗鄙霸道的人应得的下场。沃伯顿先生叹了口气。对库珀提出警告是他的责任，当然他必须这么做。他给库珀写了一封简短正式的信函，让他马上到寨子来一次。

十分钟之后，库珀站在他的面前。自从那天沃伯顿先生差点儿动手打他之后，他们彼此就没有再说过话。眼下他也没有请他坐下。

"你想见我吗？"库珀问道。

他衣衫不整，样子一点也不干净。他的脸上和手上满是蚊子叮咬的小红疙瘩，而且都给他搔出了血。他那瘦削的长脸上露出阴郁的神情。

"听说你又跟你的仆人起了纠纷。阿巴斯,我的仆役头儿的侄子,抱怨说你克扣了他三个月的工钱。我认为这种做法太专断了。那个小伙子想要离开你,我当然不能责怪他。我必须坚持要求你把他应得的工钱付给他。"

"我不想让他离开。我扣发他的工钱,是为了保证他能行为规矩。"

"你不了解马来人的性格。马来人对于伤害和嘲弄十分敏感。他们容易冲动,报复心强。我有责任警告你,要是你把这个男仆逼到一定的范围以外,你会十分危险。"

库珀表示轻蔑地咯咯笑了一声。

"你认为他会怎么做?"

"我认为他会把你杀了。"

"这干吗要你操心呢?"

"哦,我才不想操心呢,"沃伯顿先生答道,淡淡地笑了一下,"我会以最大的毅力加以承受。但我感到自己有义务给你一个正式的警告。"

"你认为我会怕一个该死的黑鬼吗?"

"这件事对我来说毫无关系。"

"那么,让我告诉你吧,我知道怎样照顾我自己。那个男仆阿巴斯,是个肮脏的、偷鸡摸狗的无赖。如果他想对我耍什么鬼花招,老天在上,我就拧断他的狗脖子。"

"我想对你说的就是这些,"沃伯顿先生说,"再见。"

沃伯顿先生朝他微微点了点头,表示他好走了。库珀涨红了脸,一时间不知道该说什么,该做什么,他转过身子,跟跟跄跄地走出房去。沃伯顿先生看着他离开,嘴唇上露出一丝冷淡的笑意。他已经尽到了他的责任。可是,如果沃伯顿先生知道了下面这种情况,他又会怎么想呢?在库珀回到他那寂静无声、气氛凄凉的住处后,他就一头倒在床上,在令人难堪的孤寂中突然完全失去了自我控制的能力。他痛苦地抽泣起来,胸中饱受折磨,汹涌的泪水顺着他那瘦削的脸颊流下来。

在那以后,沃伯顿先生就难得见到库珀,也从不跟他说话。每天早晨,他阅读《泰晤士报》,在办公室里办公,锻炼身体,穿戴整齐地前去用餐,晚餐后坐在河边抽他的方头雪茄。要是他偶尔遇到库珀,他也装作不认识他。尽管他们各自无时无刻不感到对方近在咫尺,但行动起来却好像对方并不存在。时间一点也没有减轻两个人之间的仇恨。他们彼此观察着对方的行动,各人都知道对方在做些什么。虽然沃伯顿先生年轻时喜爱打猎,但随着年岁的增长,他不再喜欢猎杀丛林中的野生动物。而库珀呢,只要是星期天和假日,他就拿着枪出门打猎。如果他猎到什么东西,那就意味着占了沃伯顿先生的上风;如果没有猎到什么东西,沃伯顿先生就耸耸肩膀,暗自发笑。这班站柜台的伙计竟想成为上流社会的运动好手!圣诞节对他们两个人来说都很难熬:他们独自吃饭,各人待在自己的住处,而且有意喝得烂醉。在方圆两百英里以内,只有他们两个白人,他们的住处又靠得很近。在年初的时候,库珀患了热病,沃伯顿先生又见到他的时候,他那副瘦骨嶙峋的样子使沃伯顿先生大吃一惊。他看上去病病歪歪,神色憔悴。那种孤独,那种由于并无必要而显得越加反常的孤独,让他精神上饱受折磨。那种孤独也叫沃伯顿先生心神不安,他经常无法在夜里安眠。他躺在床上,思前想后,睡不着觉。库珀肆意狂饮,当然几乎到了无法收拾的地步。但在跟当地人打交道的时候,他却留神注意不做任何可能会被他的上司指责的事儿。他们彼此展开了一场无声的顽强的搏斗。这是一场耐力的考验。几个月过去了,双方都没有露出缓和的迹象。世上有些地区永久地处于黑夜之中,他们就像居住在那里的人一样,他们的心灵由于知道黎明永远不会降临而颇为压抑。他们的生活看来会在这种阴沉可怕、充满仇恨的不变气氛中永远持续下去。

于是,当那不可避免的事件最终发生时,沃伯顿先生仍然极为震惊,好像完全出乎意外。库珀指责那个男仆阿巴斯偷了他几件衣服,阿巴斯说他没偷,库珀就揪住他的后脖子,一脚把他踢下平房的台阶。阿巴斯向库珀索取工钱,库珀劈头盖脸地臭骂了他一顿。如果阿巴斯不在一个小时内滚出院子,他就要把他交给警方。第二天早上,库珀到办公室去的时候,阿巴斯在寨子外面拦住他,又向他索取工钱。库珀握紧拳头,朝着他的脸就是一拳。阿巴斯倒在地上,他爬起来的时候,鲜血从鼻子里流了出来。

库珀继续走到办公地点,着手工作,但他无法凝神专注。那一拳平息了他的怒火,他知道自己做得太过分了。他有些担心。他感到难受、苦恼和沮丧。在隔壁的办公室里就坐着沃伯顿先生,他一时心血来潮,真想走过去把自己干的事儿告诉沃伯顿先生。他在椅子上动了一下,但他知道沃伯顿先生会用怎样冷淡而轻蔑的态度来听他讲述这件事儿。他可以想象得到沃伯顿先生那种屈尊俯就的笑容。有一刹那,他有些心神不安,生怕阿巴斯会有什么行动。沃伯顿先生确实警告过他。他叹了口气。他是多么愚蠢啊!他不耐烦地耸了耸肩膀。他不在乎。实际上他并没有多大的生活目的。

这都是沃伯顿的错儿。要是他不惹得他生气,就根本不会发生这种事儿。从一开始,沃伯顿就使他过着地狱一般的生活。这个势利鬼。可是他们都是一路货。就因为他是殖民地的居民。在战争中,他始终没有被任命为军官,这真是奇耻大辱;他一点也不比别人差呀。他们都是一伙卑鄙龌龊的势利鬼。他绝不现在低头服输。当然沃伯顿会听说发生的事儿。这个老家伙什么都知道。他才不怕呢。他压根儿不怕婆罗洲的任何马来人。让沃伯顿见鬼去吧。

沃伯顿先生会知道发生的事儿,这一点他没有猜错。沃伯顿先生在进屋用午餐的时候,他的仆役头儿就把一切告诉了他。

"你的侄子现在到哪儿去了?"

"我不知道,老爷。他已经走了。"

沃伯顿先生沉默不语。午饭以后,他通常要睡上一会儿,但今天他发现自己毫无睡意。他的眼睛不由自主地朝库珀正在里面休息的那所平房看去。

这个白痴!沃伯顿先生心里迟疑了一下。这个家伙就不知道他的处境有多危险吗?他想应该派人去把库珀找来。可是每次他设法跟库珀讲道理,库珀总是出言不逊。沃伯顿先生的心头突然涌起一股怒火,一股旺盛的怒火,因而他攥紧拳头,额角青筋突起。他早警告过这个粗鄙的家伙了。现在就让他承担那即将出现的后果吧。那跟他毫无干系,即便出现什么意外,也不是他的过错。也许瓜拉索洛那边还会后悔当初没有听从他的劝告,把库珀调到别的分署去呢。

那天晚上,他特别焦躁不安。晚饭以后,他在游廊上踱来踱去。当男仆要回自己的住处去的时候,沃伯顿先生问他是否有什么关于阿巴斯的消息。

"没有,老爷,我想他大概到他舅舅住的村子里去了。"

沃伯顿先生目光锐利地瞅了他一眼,但男仆正好低头看着地上,两个人的目光没有相遇。沃伯顿先生朝下走到河边,坐在凉亭里面。可是他心里怎么都无法平静。河水不祥地静静流动,好像一条巨蟒缓缓地朝大海滑行。丛林中的树木伸展到河面上,森然茂密,来势汹汹,叫人屏住气息。四下里没有鸟的鸣声,也没有风拂动肉桂树上的叶子。周围的一切似乎都在等待着什么降临。

他穿过花园来到大路上,从那儿可以看到库珀那所平房的全景。起居室里点着灯,从路那边传来散拍乐曲①的声音。库珀正在放他的留声机。沃伯顿先生打了个寒噤;他始终无法克服对这种器具出自本能的厌恶。要不是这一点,他本来会走过去跟库珀说上几句话。他转身回到自己的屋子里。他看书一直看到深夜,最后睡着了。但他并没有睡上多久,就做起噩梦来了,一声喊叫似乎把他惊醒了。当然那也是一个梦,因为任何喊叫——比如从平房那边传来的喊叫——在他的房间里都无法听到。他躺在床上,直到天亮都没有睡着。接着,他听到一阵急促的脚步声和说话声,他的仆役头儿突然闯进他的房间,头上连非斯帽都没戴,沃伯顿先生的心一下子提到了嗓子眼儿。

"老爷,老爷。"

沃伯顿先生从床上跳下来。

---

① 散拍乐曲,一种大量采用黑人音乐做成的早期爵士乐,以采用鲜明的切分音节奏为特色,流行于十九世纪九十年代至二十世纪二十年代。

"我马上就来。"

他套上拖鞋,穿上纱笼和睡衣,穿过自己的院子,走进库珀的院子。库珀躺在床上,嘴巴张着,一把曲刃短剑刺入了他的心脏。他是在睡梦中被人刺死的。沃伯顿先生相当震惊,那倒不是因为眼前这种景象让他感到意外,而是因为他心里突然感到一阵狂喜。他终于卸下了肩上那副重担。

库珀浑身冰冷。沃伯顿先生要把曲刃短剑从伤口里拔出来。短剑刺进去的时候用力极猛,他不得不费了一番气力才把短剑拔出,拿着审视了一番。他认出来了。原来就是一个商贩几个星期前说要卖给他的那把曲刃短剑,他知道后来库珀买下了。

"阿巴斯在哪儿?"他厉声问道。

"阿巴斯在他舅舅的村子里。"

当地警署的警官那会儿正站在床脚边。

"带上两个人到村子里去,把他抓起来。"

沃伯顿先生立刻采取了必要的行动。他板着脸儿,发布命令。他的言辞简短,语气强硬。随后他回到寨子里面,刮好脸,洗了澡,穿戴整齐,走进饭厅。在他的餐盘旁边,放着装在包装套里等他拆封的《泰晤士报》。他吃了点儿水果。仆役头儿给他倒茶,另一个仆人给他端来一碟鸡蛋。沃伯顿先生吃得津津有味。仆役头儿等在一旁。

"有什么事儿吗?"沃伯顿先生问道。

"老爷,我的侄子阿巴斯整个晚上都在他舅舅家里。这一点有人可以证明。他舅舅可以发誓说他整晚都没有离开村子。"

沃伯顿先生皱起眉头转脸望着他。

"库珀老爷是阿巴斯杀死的。这一点你和我一样清楚。必须主持公道。"

"老爷,您不会把他绞死吧?"

沃伯顿先生犹豫了一会儿,尽管他的声音仍然坚定、严厉,但是眼神已经起了变化。马来人很快就察觉到他眼睛里闪现出的变化,自己的眼睛里就也闪现出会意的神情作为回应。

"这个乱子闹得很大。阿巴斯要被判处有期徒刑。"沃伯顿先生停顿了一下,尝了一点果酱。"等到他在狱中服了一段时间的刑以后,我会把他弄到我这儿来当仆人。你可以训练他怎样当差。我相信,他在库珀老爷的宅子里学了不少坏习惯。"

"要不要阿巴斯投案自首,老爷?"

"那会是他明智的做法。"

男仆退了下去。沃伯顿先生拿起《泰晤士报》,干净利索地撕开包装。他喜欢展开那厚重的、沙沙作响的报纸。早晨如此清新、凉爽,十分宜人,一时间他不禁把目光缓缓地移向花园外面,亲切地朝那儿瞥上一眼。他终于消除了心头的重负。他翻到报纸上通告出生、死亡和婚姻的专栏。那始终是他最先浏览的内容。有个他熟悉的姓名引起了他的注意。奥姆斯柯克夫人终于生了个儿子。天哪,这个岁数不小的贵妇人该有多高兴啊!他要通过下趟邮班给她寄上一封贺信。

阿巴斯会成为一个十分干练的仆人。

库珀这个蠢货。

环境的力量

她坐在游廊上,等着丈夫回来吃午饭。早晨的凉爽时分一过,马来男仆就把卷帘放了下来,但如今为了观赏河上的景色,她又把其中一幅卷帘拉起来一点。在正午那热得令人窒息的阳光照射下,河上泛起一层死灰色。有个当地人正划着一条独木舟从河上经过,那条独木舟小得几乎无法在水面上看见。白昼呈现出一片灰白的颜色,这种色彩只是表明炎热程度的深浅不同的色调(这有点像一支用小调演奏的东方乐曲,它那含糊单调的旋律,使人烦躁不安;听的人急切地期待着和谐的音调出现,却总是徒然)。蝉疯狂地发出刺耳的叫声,有如溪水从石头上流过所发出的那种连续不断、毫无变化的声响。突然蝉鸣被一阵嘹亮的鸟叫盖了下去,那种声音既甜美又圆润,霎时间触动了她的心弦,她想起了英格兰的画眉鸟儿。

接着,从平房后面的那条石子路上传来她丈夫的脚步声,那条小路通往法院,她丈夫就在那儿办公,她从椅子上站起来准备迎接。她丈夫跑上短短的那几级台阶,因为平房是修建在高出地面的木桩上。男仆正在门口恭候,打算接过他的遮阳帽。他走进那个兼做起居室和饭厅的房间,一眼见到她,眼睛里就闪现出喜悦的光芒。

"嗨,多丽丝,饿了吧?"

"都饿坏了。"

"我只消用一点时间去洗个澡,然后就可以吃饭了。"

"快一点吧。"她笑着说。

他走进更衣室。多丽丝听见他欢快地吹着口哨,接着迅速脱下衣服,随手扔在地板上,这种马虎随便的样子总是受到她的责备。尽管他二十九岁了,但仍然像个中学生那样,始终长不大。也许就因为这一点,她才爱上了他,因为无论她对他多么情深意厚,也不见得会认为他相貌俊美。他是一个体形圆滚滚的矮个子,长着一张圆如满月的红脸和两只蓝眼睛。他的脸上满是粉刺。她曾经对他仔细地加以察看,最后只好坦率地对他说,他的容貌中没有哪一点可以得到称赞。她经常对他说,他压根儿不是她喜欢的那种人。

"我从来没说过我是个美男子。"他笑着说。

"真想不出我看上了你哪一点。"

当然,她心里完全清楚。他是个性情欢快、个子十分矮小的男子,对什么事都不一本正经,总是嘻嘻哈哈。他也常把她逗得直乐。他觉得生活是一件饶有兴味的事儿,不必看得那么严肃。他的笑容相当迷人。她跟他在一起,就感到心欢意畅,脾气随和。看到他那双快乐的蓝眼睛里流露出的深厚情意,她极为感动。受到这样的爱让她心满意足。在他们欢度蜜月的期间,有一次,她坐在他的膝头,捧着他的脸儿对他说:

"你是个又矮又胖的丑家伙,盖伊,但你相当迷人。我没法子不爱你。"

她心头蓦然涌起一股情感的热流,眼睛里满是泪水。她发现盖伊的脸庞刹那间激动得抽搐起来,回答时的声音也有一点颤抖。

"我跟一个智力不健全的女人结了婚,真是糟透了。"他说。

她咯咯地笑起来。这正是她期望他做出的独特的回答。

想到九个月前,她还根本没有听说过他这个人,真是叫人难以置信。她是在海滨的一个小镇遇到他的,当时她正跟自己的母亲在那儿度假,为期一个月。多丽丝是一个议会议员的秘书。盖伊正好回国度假。他们住在同一家旅馆里。盖伊很快就把自己的身世告诉了多丽丝。他出生于森布卢,他父亲在第二任苏丹手下工作了三十年。他完成学业后,就到父亲所在的那个部门里工作。他把自己的一切都献给了国家。

"说到底,英国在我看来只是异国他乡,"他对她说,"森布卢才是我的家乡。"

现在,森布卢也成为她的家乡了。在那一个月的假期结束时,他就向她求婚。她早就知道他会这么做,而且打定主意要拒绝他。她的母亲守寡在家,而她是母亲的独生女,她不能与母亲离得那么远,但真到了那个时刻,她也不知道自己究竟怎么了,被一阵突发的感情弄得不知所措,就接受了他的求婚。如今,他们在他负责主管的那个小小的海外分署里已经住了四个月。她感到十分幸福。

有一次多丽丝告诉盖伊,当初她曾打定主意要拒绝他。

"可你是不是后悔当时你没有这样做呢?"他问道,两只闪闪发亮的蓝眼睛里露出欢乐的笑意。

"要是当时我拒绝了你,那才愚不可及呢。当初是命运或是机缘,或是无论别的什么出面干预,完全接手掌管了一切,实在太幸运了!"

这时,她听到盖伊啪嗒啪嗒地走下台阶进了浴室。他这个人声响很大,即便光着脚走路,也不能安静一点。突然他大叫一声。接着他用当地土话说了两三个词儿,多丽丝无法听懂他说些什么。接着她听到有人在跟盖伊说话,声音低微,好像在窃窃私语。在人家去洗澡的时候半路上拦住他,实在太不像话了。随后盖伊又说起话来,尽管声音低微,但可以听出他很恼火。这时候,另一个人的嗓门提高了,原来是个女人的声音。多丽丝以为是个前来诉苦告状的人。马来女人总是这样偷偷摸摸地前来。但那女人显然没有从盖伊那儿得到什么,因为她听见盖伊说道:滚出去。无论如何,这句话她是听得懂的。接着她听见盖伊闩上门。响起盖伊往自己身上浇水的哗啦啦的水声(那儿的沐浴安排方式仍然叫她感到有趣,浴室修建在卧室底下的地面上,里面放着一大盆水,洗澡时就用一个小白铁桶舀水往身上浇)。几分钟后,他又回到饭厅。他的头发仍然湿漉漉的。他们坐下吃午饭。

"幸好我不是一个多疑的爱吃醋的女人,"她笑着说,"但你洗澡的时候还跟别的女人热烈地交谈,我不知道对这件事是不是也该表示赞成。"

刚进屋时,他脸色阴沉,没有往日那种欢快的样子,但这会儿又变得喜笑颜开了。

"我实在不愿意见到她。"

"这一点,从你说话的语气里也听出来了。实际上,当时我觉得你对那个年轻女子相当粗暴。"

"那样拦住我的去路,真是死不要脸!"

"她想干什么?"

"哦,我也不清楚。是村子里的一个女人。大概她跟丈夫吵了一架吧。"

"不知是不是就是今儿早晨在附近闲荡的那个女人。"

他略微皱了皱眉头。

"有人在附近闲荡吗?"

"是啊。我先前去你的更衣室设法把一切都弄得干净整洁,随后就到下面的浴室去。我走下台阶,看到有个人溜出门去。我朝外望去,看到一个女人站在那儿。"

"你和她说话了吗?"

"我问她想干什么,她说了几句话,但是我听不懂。"

"我不打算让各种流浪人员在这儿转来转去,"他说,"他们没有权利到这儿来。"

他笑了,但多丽丝凭着沉浸在爱情中的女人所特有的敏锐洞察力,注意到他的笑只停留在嘴唇上,眼睛里却不像平时那样含有笑意。她暗自纳闷,不知究竟什么事让他感到苦恼。

"今儿上午,你一直在做什么?"他问道。

"哦,没做什么,就出去转悠了一会儿。"

"有没有经过村子?"

"经过的,我看见一个男人叫一只系着锁链的猴子上树去摘椰子,让我十分紧张。"

"但怪好玩的,是吧?"

"哦,盖伊,有两个小男孩在看猴子上树,他们的皮肤要比别的孩子白得多。我不知道他们是不是混血儿。我跟他们说话,但他们一句英语也听不懂。"

"村子里是有那么两三个混血儿。"他回答说。

"是谁的孩子呢?"

"他们的母亲是村里的一个姑娘。"

"那他们的父亲是谁呢?"

"哦,亲爱的,人们觉得,在这儿问这样的问题是有一点危险的。"他停顿了一下,"许多白人都有本地的老婆。随后到他们回国或结婚的时候,就会给她们一笔生活费,把她们打发回原来的村子里去。"

多丽丝不言语了。盖伊说话时那种满不在乎的样子,在她看来似乎有一点冷漠。她答话的时候,在她那张胸无城府、坦诚而漂亮的英国人的脸上,隐约地露出不满的神情。

"可那些孩子怎么办呢?"

"毫无疑问,他们的生活都得到保障。做父亲的一般都会在自己的财力范围内,设法拿出足够的钱,让他们受到良好的教育。你知道,他们会在政府机关里得到一个办事员的差事,日子过得不错。"

她略微带着凄苦的样子对盖伊笑了笑。

"你可别指望我会说这种做法很好。"

"你也不要太苛刻。"他也冲她笑了笑说。

"我并不苛刻。幸好你从来没有娶过马来女人,不然我会怨恨的。试想一下,要是那两个小家伙是你生的,该有多么可怕!"

男仆给他们换了餐盘。他们的饭菜品种一向不多。他们午餐的头一道菜,总是淡而无味的河鱼,因而需要添加许多番茄调味酱,才能使鱼变得可口。接着就是炖肉之类的食物。盖伊在上面浇了些辣酱油。

"从前老苏丹认为,这儿不适合白人女子居住,"盖伊不久说道,"他倒鼓励大家跟当地的姑娘——同居。当然,如今情况改变了。现在这个国家非常平静,我觉得我们也更懂得怎样应付这儿的气候了。"

"可是盖伊,那两个男孩大的不过七八岁,小的也只有五岁左右。"

"海外分署的生活是极为孤独的。嗨,你常常会一连六个月都见不到另一个白人。到海外这儿来的人刚到的时候,往往只是一个小伙子。"他朝多丽丝露出迷人的微笑,这种笑容给他那张平凡的圆脸增添了不少光彩,"要知道,那是情有可原的。"

她总是感到盖伊的微笑有种无法抗拒的力量。那是盖伊最有力的论据。她的眼神又变得亲切柔和起来。

"当然情有可原,"她隔着小餐桌伸出手去,按住他的手,"在你这么年轻的时候就抓到你,真是幸运。说实在的,要是有人告诉我,你也有过这样的生活,我会十分难受。"

盖伊抓住她的手,紧紧握了一下。

"亲爱的,你在这儿快乐吗?"

"快乐极了。"

她穿着亚麻布连衣裙,显得十分神气,充满青春活力。炎热的天气并没有让她感到苦恼。尽管她的褐色眼睛相当好看,但她实际上只是由于青春年少才显得俊俏动人,不过她神情坦率,讨人喜欢;她那黑色的短发梳得纹丝不乱,富有光泽。她给人精神饱满的感觉,而且让人确信,她在为那个议会议员做秘书的时候一定非常称职。

"我一到就爱上了这个地方,"她说,"虽然我经常独自一人,但我从来没有感到过寂寞。"

当然她早就看过不少有关马来群岛的小说,在她的印象中,那是一片阴森幽暗的土地,上面有环境险恶的大河,有寂静的无法穿越的丛林。当那条沿着海岸航行的小汽船把他们送到河口时(那儿停着一条由十来个达雅克人驾驶的大划船,打算把他们送到海外分署去),眼前的美景让她目瞪口呆,那种美景并不令人产生敬畏之心,相反给人亲切的感觉。那片美景充满欢乐的气氛,仿佛鸟儿在树丛中喜滋滋地歌唱,完全出乎她的预料。河的两岸布满了海榄雌和聂帕榈,后面是茂密的绿色森林。极目远眺,只见青色的群山层层叠叠,绵延不断。她一点也没有感到空间局促,心情阴郁,反而觉得天地开阔,四下空旷,可以听凭自己飞腾的想象欢快地四处漫游。青山绿野在阳光底下亮闪闪的,天空中也洋溢着欢乐和喜悦的气氛,仁慈的大地似乎面带笑容地欢迎她的到来。

他们紧贴着河岸,朝前划去,头顶上空高高地飞翔着一对鸽子。突然在他们前面行船的路线上划过了一道闪光,好像一颗有生命的宝石。原来是一只翠鸟。两只猴子摆动着下垂的尾巴,并排坐在树枝上。在地平线上,在这条宽阔、浑浊的大河对岸的丛林后面,飘动着一排细小的白云,那是天空中仅有的云彩,看去就像一排穿着白色衣裙的芭蕾舞女,正欢快而留神地在后台等着帷幕升起。多丽丝的心中充满了喜悦。如今回想起当时的所有情景,她不禁望着自己的丈夫,眼睛里流露出感激而又自得的柔情。

当时布置他们的起居室,又是多有趣啊!起居室十分宽敞。她刚到的时候,地上铺着又破又脏的草席;在没有涂漆的木板墙上,挂着(位置挂得太高)照相凹版印刷的皇家艺术学会的画作、达雅克盾牌和帕兰刀。桌上铺着颜色暗淡的达雅克桌布,上面摆着几件很久都没有擦拭过的文莱铜器,还有空的卷烟罐和几件马来银器。屋子里还有一个粗糙的木书架,上面放着一些廉价版的长篇小说和几本皮封面已经破烂的旧旅游书。另一个木架上堆满了空瓶子。那是个单身汉的房间,凌乱而不够自然。尽管这叫她感到好笑,但她又禁不住感到一阵怜悯。盖伊早先在这儿过的是一种沉闷乏味、毫无舒适设备的生活。想到这一点,她搂住盖伊的脖子,吻了他一下。

"你这个可怜的宝贝儿。"她笑着说。

她的手十分灵巧,很快就把屋子收拾得可以居住了。她整理这个,又整理那个,把不需要的东西都扔掉。她的结婚礼物给这个房间增色不少。如今这儿变得亲切而舒适,玻璃花瓶里插着可爱的兰花,大花盆里则是大丛的开花灌木。她感到得意非凡,因为这是她的宅子(从小到大,她只住过狭小的公寓套房),而且她为盖伊把房屋布置得十分迷人。

"你对我满意吗?"她收拾完之后,问道。

"相当满意。"他笑着说。

这种有意的轻描淡写的回答颇合她的心意。他们彼此了解得如此透彻,这多么令人高兴啊!他们两个人都不爱表露自己的感情。即便偶尔有所表露,他们也是采用彼此嘲讽打趣的方式。

他们吃完午饭,盖伊躺在长椅上想睡个午觉,她朝自己的房间走去。经过盖伊身边时,盖伊一把把她拉过去,让她弯下腰,吻了吻她的嘴唇。这让她感到有点儿吃惊。他们并没有在白天偶尔拥抱亲吻的习惯。

"你填饱了肚子就变得多情了,我的乖宝宝。"她开玩笑地说。

"走开,至少两个小时别让我再看到你。"

"别打呼噜啊。"

她走开了。那天他们天一亮就起床了,所以不出五分钟就都完全睡着了。

多丽丝被她丈夫在浴室里的哗哗的泼水声吵醒了。平房的墙壁就像一块传声板,他们俩无论谁在隔壁做什么,另一个都能听见。她懒洋洋的,不想动弹,但听到男仆把茶点端进来,她就一下子跳了起来,跑进自己的浴室。水不太冷,但凉丝丝的,让人感到神清气爽。洗完澡,她走进起居室,盖伊正把网球拍从球拍夹里取出来,因为他们总在黄昏那短暂的凉爽时分打一会儿网球。到六点,天就黑了。

网球场离他们的住处大概有两三百码。用过茶点后,他们就迫不及待地走到球场。

"哦,你看,"多丽丝说,"我今儿上午看到的那个姑娘就在那儿。"

盖伊连忙转过身去,眼睛盯着那个土著女子看了一会儿,没有开口说话。

"她的纱笼真漂亮,"多丽丝说,"不知道是打哪儿弄来的。"

他们从她的身旁走过。她身材瘦小,长着她那个种族所特有的两只乌黑明亮的大眼睛,还有一头乌油油的黑发。他们经过的时候,她一动不动,只是神情古怪地紧盯着他们看。这时候,多丽丝发现这个女子并不像她最初想象的那样年轻。她的眉眼有点不够细巧,而且肤色黝黑,但看上去十分漂亮。她怀里抱着一个婴儿。多丽丝看到那个小孩,脸上露出一丝微笑,但那个女子的嘴唇却没有绽开,露出什么笑意。她的脸上仍然毫无表情。她并没有看盖伊,只是盯着多丽丝。盖伊径直朝前走去,好像并没有看到那个女子。多丽丝朝他转过身去。

"那个小娃娃怪可爱的,对吧?"

"我没注意。"

看到盖伊脸上的神情,她感到困惑不解。他脸色惨白,原来就让她觉得刺眼的那些粉刺,如今更是红得不同寻常。

"你注意到她的手和脚了吗?简直像个公爵夫人。"

"出生在这儿的人,手脚都长得很好看。"他回答说,但语气不像平常那样兴冲冲的,好像他在强迫自己开口说话。

可是多丽丝却并没有被蒙哄过去。

"她是谁?你知道吗?"

"她就是村子里的一个姑娘。"

这时他们已经到了网球场。当盖伊走到球网前去检查球网是否拉紧的时候,他回头看了一眼。那个女子仍然站在原来的地方。两个人的目光相遇了。

"我来发球好吗?"多丽丝说。

"好的,球都在你那边。"

盖伊打得糟透了。平常盖伊总是让多丽丝一个球仍旧可以赢她,今天多丽丝却轻而易举地就战胜了他。而且他打球时始终默不作声。平时他总是吵吵闹闹,大喊大叫,没有击中一个球就骂自己愚蠢,而一旦把球打到多丽丝接不到的地方就取笑她。

"小伙子,你今儿的竞技状态不好。"她嚷道。

"没有的事。"他说。

盖伊开始用力击球,想打败她,但是球却一个接一个地落到网里。多丽丝从来没有见他像这样铁板着脸。莫不是他因为自己打得不好而有点气恼?天黑了,他们不再打下去了。他们来时经过的那个女子仍然站在原处,而且仍然面无表情地看着他们从她身旁走过去。

游廊上的卷帘已经拉起,两张长椅之间的餐桌上放着几瓶汽水。这是他们俩每天喝第一杯酒的时间,盖伊调配了两杯甜味杜松子混调酒。在他们眼前伸展着的是那条宽阔的河流,夜色逐渐降临,给对岸的那片丛林蒙上一层神秘的色彩。有个马来人站在小船船头,无声地划着两支桨,朝上游划去。

"我刚才球打得真是蠢笨无比,"盖伊打破了沉默,说,"我感到有点儿不舒服。"

"真糟糕,你不会是发烧了吧?"

"哦,没有。明儿我就会好的。"

黑暗笼罩在他们周围。青蛙呱呱地大声叫着,不时他们还能听到夜间鸣禽的短促的鸣叫。萤火虫闪着柔和的光,轻盈地飞过游廊,把四周的树木装点得好像点上小蜡烛的圣诞树。多丽丝觉得好像听到一声轻微的叹息。这让她隐隐地感到有些不安,因为盖伊平时总是那么兴高采烈的。

"怎么啦,当家的?"她温柔地说道,"告诉妈妈。"

"没什么,再喝一杯吧。"他轻松愉快地说。

第二天,盖伊又变得跟往常一样兴冲冲的,邮件也送到了。那条沿着海岸航行的汽船每月两次经过河口,一次是去煤田的途中,另一次是返航的途中。汽船外出的那一次会把邮件带来,盖伊总派小船到河口去领取。汽船的到达会让他们在平淡无奇的生活中感到相当兴奋。头一两天,他们会把汽船带来的所有邮件都迅速浏览一遍,包括信函、英国报纸、新加坡报纸、杂志和书籍,随后几个星期再仔细阅读。他们彼此争抢附有图片的报纸。要不是多丽丝只顾埋头看着这些邮件,她可能就会察觉盖伊身上所起的变化。她会觉得这种变化难以形容,更难以解释。盖伊的眼睛里显露出提防戒备的神色,嘴角也由于忧虑而微微下垂。

大概一个星期以后,有天早晨,多丽丝坐在放下护窗的房间里,正在读一本马来语的语法书(她正在勤奋地学习马来语),听到院子里传来一阵吵闹声。她听到男仆的说话声,他正怒气冲冲地说着什么,还有另外一个男人的声音,也许是那个挑水的伙计,还有一个女人尖利的叫骂声和拉拉扯扯的扭打声。她走到窗前,打开护窗,只见那个挑水的伙计正抓着一个女人的胳膊朝前拉,而那个男仆则用两只手在后面推她。多丽丝立刻认出来,这就是她看到的有天上午在院子里转悠,后来又站在网球场外的那个女子。她贴胸抱着一个婴儿。三个人都在愤怒地大声叫嚷。

"住手,"多丽丝嚷道,"你们这是干什么?"

挑水的伙计听到她的声音,猛然松开了手,那个女人仍然被人朝前直推,一下子摔倒在地。院子里突然静了下来。男仆脸色阴沉,茫然地望着前面。挑水的伙计犹豫了一会儿,悄悄地溜走了。那个女人慢慢地从地上爬起来,把孩子抱好,面无表情地站在那儿,盯着多丽丝看。男仆对那个女人说了几句话,声音低微,即便多丽丝听得懂,她也无法听见。那个女人脸上的神色没有一点儿变化,可以说明他的话没有对她产生作用,但她慢慢地走开了。男仆跟着她一直走到院子门口。男仆回来的时候,多丽丝叫他,但他装作没有听见。她心头火起,更加严厉地喝住了他。

"你给我马上过来。"她喊道。

突然,他避开多丽丝充满怒火的目光,朝平房走来。他走进屋子,站在门边,紧绷着脸望着她。

"你们刚才在跟那个女人干什么?"她语气粗暴地问道。

"老爷说不让她到这儿来。"

"不要这样对待女人。我受不了。我会把刚才看到的事儿如实地告诉老爷。"

男仆没有回答。他望着别处。但多丽丝感到他正透过他那长长的睫毛观察着她。多丽丝把他打发走了。

"好,行了。"

他一言不发地转身回到仆人的住处去了。她心里十分恼火,再也无法集中心思去做马来语的练习了。过了一会儿,那个男仆进来铺好桌布,准备吃午饭。突然他朝门口走去。

"怎么啦?"多丽丝问道。

"老爷回来了。"

他走出去接过盖伊手里的帽子。多丽丝还没有听到盖伊的脚步声,他那灵敏的耳朵就已经听到了。盖伊并没有像平时那样立刻走上台阶;他站住了脚。多丽丝马上猜到,那个男仆已经下去接他,好把早上发生的事儿告诉他。多丽丝耸了耸肩膀。男仆显然想要抢先把前后经过告诉他。可是盖伊进来的时候,她却大吃一惊。盖伊脸色灰白。

"盖伊,到底是怎么回事儿?"

他的脸一下子涨得通红。

"没什么事儿。怎么啦?"

她万分惊讶,本来打算一见面马上就要说的话都没说出口来,看着他经过自己身边,走进自己的房间。这一次,他洗澡和更衣的时间都比平时要长。等他回来的时候,午餐已经准备好了。

"盖伊,"他们坐下来以后,她说道,"我们几天前看到的那个女人今儿早上又到这儿来了。"

"我听说了。"他回答说。

"仆人们对她十分粗暴。我不得不加以制止。你一定要跟他们说一下。"

尽管那个马来男仆明白她所说的每一句话,但他并没有流露出听到的样子。他把烤面包递给她。

"已经告诉她不要到这儿来了。我吩咐过,要是她再出现,就把她赶出去。"

"他们非得那样粗暴吗?"

"她不肯走。我觉得他们算不上粗暴,只是没有办法。"

"看到一个女人遭受那样的欺负,实在太可怕了。她怀里还抱着一个婴儿。"

"几乎算不上什么婴儿了,已经三岁了。"

"你怎么知道?"

"我对她了解得一清二楚。她完全没有权利到这儿来搅扰大家。"

"她想干什么?"

"她想干的就是她先前干的事儿。她想捣乱闹事。"

多丽丝半晌没有言语,她丈夫说话的口气让她感到惊讶。他的话语那么简短。他说话的神气,好像这一切都与她无关。她觉得盖伊有点儿不通人情。他紧张不安,相当烦躁。

"今儿下午,咱们不一定能打网球了,"他说,"看来好像会有一场暴风雨。"

她醒来的时候外面正在下雨,没法再出门了。喝茶的时候,盖伊一言不发地在那儿呆呆出神。多丽丝拿起针线活儿开始缝起来。盖伊坐下来,看那些还没有从头到尾看过的英文报纸,但他心神不定;他在宽敞的房间里踱来踱去,随后走到外面的游廊上,望着连绵不断的雨水。他究竟在想什么?多丽丝隐隐地感到有些不安。

直到吃过晚饭,盖伊才开口说话。在吃那顿饭菜简单的晚饭时,他竭力做出平时那种欢快的样子,但显而易见,那是勉强费劲做出来的。雨停了,夜空里布满繁星。他们坐在游廊上。为了不引来虫子,他们把起居室里的灯熄了。在他们脚下,那条大河,尽管水势浩大,令人生畏,但流动得相当缓慢,显得寂静、神秘而凶险。它像命运之神那样行动从容,冷酷无情。

"多丽丝,我有件事儿要跟你说。"盖伊突然开口说。

他的声音听上去很奇怪。他无法让自己的声音保持镇定,不知这是不是她的幻觉?他苦恼不堪,让多丽丝心里感到有点儿难受,就把自己的手轻轻地放到他的手里,但他却把手挪开了。

"这事儿说起来话长,恐怕不是一件十分光彩的事儿,因而我觉得很难说出口来。我想请你在我讲完前不要打断我,什么话都别说。"

在黑暗中,多丽丝无法看清盖伊的脸,但是她感到他神色烦乱。她没有答话。盖伊说话的声音极其低微,几乎都没有打破夜晚的寂静。

"我到这儿来的时候才十八岁,那时候刚念完中学。我在瓜拉索洛待了三个月,随后就被派到森布卢河上游的一个海外分署去。当然,那儿有一个驻地长官,还有他的妻子。我住在官衙里面,但我经常在他们家吃饭,晚上跟他们一起消磨时光。我过得十分快活。后来,驻扎在此地的那个人病倒了,不得不回国。由于战争,我们人手短缺,就委派我来负责主管这个地方。当然,那会儿我年纪很轻,但我的马来语跟当地人讲得一样地道,他们也没忘记我的父亲。我能独当一面,感到十分得意。"

他沉默了一会儿,把烟斗里的灰敲出来,重新装满烟丝。在他划亮火柴的时候,多丽丝没有看他,但发现他的手不住颤抖。

"以前,我从来没有一个人生活过。当然在家的时候有父母,而且通常还有一名帮工。后来在学校里,自然周围有许多伙伴。在出国的路上,在船上,身边始终是有人的,而在瓜拉索洛,在我担任第一个职务的时候,也都是如此。那儿的人几乎就跟我自己家里人一样。我似乎始终生活在一群人当中。我喜欢与人交往,一向吵吵嚷嚷,喜欢尽情玩乐。无论什么事儿都会引得我发笑,但你总得有个跟你一同欢笑的人。可是这儿的情况就不同了。当然,白天倒没什么,我有自己要干的工作,也可以跟达雅克人闲谈。尽管他们当时仍然是猎头部落的人,也不时跟我闹一点纠纷,但他们都是一群极为体面的人。我跟他们相处得很好。我当然希望有个白人可以跟我一起闲聊,但既然无法办到,有了他们总比什么人都没有要强。况且他们并没有拿我当外人看待,因而这也让我感到更加自在。我也喜欢自己的工作。到了晚上,一个人坐在游廊上喝着杜松子苦味酒,就感到相当孤寂,但我可以看书。周围也有仆人。我的男仆名叫阿布杜尔。他以前认识我父亲。我看书看厌了的时候,只要叫他一声,就可以和他聊天。

"夜晚才让我饱受煎熬。晚饭以后,男仆们都关好门窗,回村子里睡觉去了。剩下我孤零零的一个人。除了可以不时听到壁虎沙哑的叫声外,平房里什么声响都没有。这种叫声总是在一片寂静中突然响了起来,把我吓一大跳。从村子那边,时常会传来敲锣声或爆竹声。他们过得十分愉快,他们住得离我也并不远,但我不得不待在自己的岗位上。我看书看厌了。我觉得自己就算给关在监狱里,也不会这么难受。一个夜晚又一个夜晚,总是如此度过。我试着喝上三四杯威士忌,但独自一个人喝酒,没什么乐趣,根本无法让我高兴起来,只使我第二天感到体弱无力。我试着在晚饭后立刻上床歇息,但我怎么也睡不着。我躺在床上,感到越来越热,越来越没有睡意,最后自己也不知道该怎么办是好。天哪,那些夜晚实在漫长。你知道,我当时十分消沉,觉得自己实在倒霉,有时候——现在想起来真是可笑,可那会儿我才十九岁半——有时候,我会哭鼻子。

"后来,有一天晚饭以后,阿布杜尔收拾好餐桌上的杯盘,正要离开的时候,轻轻地咳了一声。他问我一个人独自过夜是不是感到寂寞。我说:'哦,不,还可以。'我不想让他知道我是一个十足的傻瓜,但我揣测他心里完全清楚。他站在那儿,默不作声。我知道他有话要对我说。'什么事儿?'我说道,'爽快地说出来吧。'于是他说,如果我想找一个姑娘来跟我一起住,他倒知道有个姑娘愿意来。那是一个非常好的姑娘,他可以向我推荐。她不会引起什么麻烦,而且屋子里总要有个人照料。她可以给我缝缝补补……我感到情绪极为低落。那天下了一整天雨,我什么运动都做不了。我知道又要有几个小时无法入睡了。他说这件事不会花费我多少钱,她的家人很穷,送上点儿薄礼,他们就相当满足了。就是两百叻币①。'您看看,'他说,'要是您不中意,就把她打发走好了。'我问他那个姑娘在哪儿。'她就在这儿,'他说,'我去叫她。'阿布杜尔走到门口。那个姑娘和她母亲正在台阶上等候。她们走进屋子,就在地板上坐下。我给了她们一些糖果。那个姑娘当然显得有些羞涩,但是并不慌张。我跟她说话的时候,她总是面带笑容。她非常年轻,看上去几乎就是一个孩子,据说她十五岁。她长得十分标致,身上穿着她最好的衣服。我们开始聊起来。她的话并不多,但我拿她打趣的时候,她总笑个不停。阿布杜尔说等她跟我熟了以后,我会发现她自己要说的事儿可多了。他叫那个姑娘过来坐在我的旁边。她咯咯地笑着不肯过来,但她的母亲让她过来,我也在椅子上给她让出地方。她飞红了脸,笑起来,但还是过来了。随后她就紧挨着我。阿布杜尔也笑了。'您瞧,她已经喜欢上您了,'他说,'您想把她留下吗?'他问道。'你想留下吗?'我对那个姑娘说。她笑着把脸藏到我的肩膀上。她的身子柔软而娇小。'很好,'我说,'就让她留下吧。'"

盖伊探身向前,给自己倒了一杯加苏打水的威士忌。

---

① 叻币,旧时英国海峡殖民地的货币单位。

"我现在可以说话吗?"多丽丝问道。

"等一会儿,我的话还没有说完。我并不爱她,就连在刚开始的时候也没有。我留下她,只是想让屋子里有个人。我想如果当初我不把她留下,就会发疯,要不就会成为酒鬼。我当时实在是没法子。我年纪太轻,无法一个人生活。除了你,我从来没有爱过别人。"他停顿了片刻。"她住在这儿,直到我去年回国休假时才离开。她就是你曾看见在附近闲荡的那个女人。"

"对,我猜到了。她抱着一个婴儿。那是你的孩子吗?"

"是的,是个小女孩。"

"只有这一个孩子吗?"

"你前两天在村子里还见到两个小男孩。你曾提到他们。"

"那么她有三个孩子啰?"

"是的。"

"你这个家倒很人丁兴旺。"

她觉得这句话语气很重,逼得盖伊突然做了个手势,但没有开口说话。

"在你带着妻子突然出现在这儿之前,她并不知道你结婚了,是吗?"

"她知道我打算结婚。"

"什么时候?"

"在我离开这儿之前,我把她送回村子去。我告诉她我们的关系就此结束。我给了我答应给的一切。她始终明白,我跟她同居只是暂时的安排。我已经过腻了这种日子。我告诉她我打算娶一个白种女人。"

"可是那时候,你压根儿还没有见到我呢。"

"是的,我知道。但我已经打定主意,一回国就结婚。"他咯咯地笑了笑,样子就跟以前一样。"不妨告诉你,在遇到你的时候,我正为那桩事感到心情沮丧。我对你一见钟情。我心里清楚,要么和你结婚,要么终身不娶。"

"那你当时为什么不告诉我呢?难道你不认为,让我有个机会来自己做出评判,才是公平合理的吗?你其实可以想到,要是一个女子发现她的丈夫竟然和另一个女子一起生活了十年,而且有三个孩子,那实在让她感到震惊。"

"当时我无法指望你理解。这儿的环境相当特殊。这是很平常的事儿。六个男人中有五个都这样。当时我觉得这也许会让你感到震惊,而我又不想失去你。你知道,那会儿我正狂热地爱着你,现在我仍然这样爱着你,亲爱的。当时没有理由要让你知道这一切。我并没有预料到自己会回到这儿。很少有人在回国休假后再回到原来的驻地。我们到这儿来的时候,我提出要是她肯到别的村子去,我就给她钱。一开始她表示愿意,后来又改变了主意。"

"你现在为什么要告诉我?"

"她总在这儿大吵大闹。我也不知道她怎么发现你对这件事毫不知情。她一了解到这一点,就开始对我进行敲诈。我只好给了她一大笔钱。我吩咐不许她到院子里来。今儿早上她来吵闹,就是想要引起你的注意。她想吓唬我。不能再这样下去了。我觉得唯一的办法就是把这件事和盘托出。"

盖伊讲完后沉默了好长时间。最后他把手放在多丽丝的手上。

"多丽丝,你是理解我的,对吧?我知道这都是我的错。"

她并没有把手移开。盖伊感到她的手变得冰凉。

"她妒忌吗?"

"她住在这儿的时候,当然得到各种各样的好处。现在没有了,我想她一定很不乐意。不过她从来没有爱过我,正如我没有爱过她一样。要知道,土著女人是从来不会真心爱上白种男人的。"

"那几个孩子呢?"

"哦,他们平安无事。我出钱抚养他们。男孩们到了一定的年龄,我会把他们送到新加坡去上学。"

"难道你对他们就没有一点父子之情?"

盖伊踌躇了一下。

"我想坦诚地告诉你。万一他们发生什么意外,我会很难受的。头一个孩子快要出生的时候,我觉得我对他的喜爱会超过对他母亲的喜爱程度。如果那孩子是个白人,大概我真的会那样。当然,他还是一个婴儿的时候,相当好玩,也很叫人爱怜,但我并没有他是我的亲生骨肉那种特殊的感觉。我想问题就在这儿。你知道,我并没有孩子是属于我的那种感觉。有时候我也责备自己,因为这种感觉似乎很不合乎人情,但是说实在的,在我眼中,他们和别人家的孩子也没什么分别。当然,那些没有儿女的人总在孩子的问题上大放厥词。"

如今她已经听完了所有的情况。盖伊等着她开口说话,但是她一言不发,只是纹丝不动地坐在那儿。

"你还有什么要问我的吗,多丽丝?"他终于问道。

"没有,我头疼得怪厉害的。我打算去睡觉了。"她的声音跟往常一样镇静。"我真不知道该说些什么。当然,这一切实在叫我意想不到。你得给我一点时间好好考虑一下。"

"你是不是对我很生气?"

"不,一点也不生气。只是——只是我一定得独自待一会儿。你别动。我去睡了。"

她从长椅上站起身来,把手放在盖伊的肩膀上。

"今晚天真热。我希望你在更衣室里睡。晚安。"

她走了。盖伊听到她锁上了卧室的门。

第二天,她脸色苍白。盖伊可以看出来她一夜没有合眼。她的神态并没有流露出痛苦,她说话仍跟平常一样,但不那么自然。她东拉西扯,好像在跟一个陌生人谈话。他们从来没有拌过嘴,但是盖伊觉得她现在说话的样子,就像他们曾经有过一场争吵,事后的和解让她感情上仍然受到伤害。她眼睛里的神情使盖伊困惑不解。盖伊似乎从她的眼神中看到了一种反常的恐惧。晚饭刚吃完,她就说道:

"今晚我感到不大舒服。我打算马上就去睡觉。"

"哦,可怜的宝贝儿,我真感到不安。"他大声说。

"没什么。过一两天我就会好的。"

"待会儿,我会到你的房间去,向你道个晚安。"

"不,别这样做。我会设法马上睡着。"

"好吧,那亲我一下再走吧。"

盖伊看到她的脸红了。她似乎犹豫了一下,随后眼睛望着别处,朝他俯过身去。盖伊把她搂在怀里,想要亲吻她的嘴唇,但她把脸转开了,盖伊只吻到了她的脸颊。多丽丝迅速离开了他,接着他又听到钥匙在锁里轻轻转动、把门锁上的声音。他重重地一屁股坐到椅子上。他想用心看书,但耳朵却倾听着他妻子的房间里最细微的声响。多丽丝说她打算上床睡觉,但他听不见她走动的声音。卧室里的寂静使他莫名其妙地感到惶恐不安。他用手挡住灯,发现她的房门底下透出一线微弱的光亮。她并没有熄灯。她究竟在干什么?他放下手中的书。如果她火冒三丈,跟他大吵大闹,或者痛哭一场,他倒不会感到惊讶。那种情况他都对付得了。可是她的镇静却让他惊恐。另外,他从她的眼睛里十分明显地看出的那种恐惧,又意味着什么呢?他把自己前一天晚上对她说的话儿又都回想了一遍。他不知道还有什么更好的表达方式。说到底,他所做的不过是其他人同样也在做的事儿,而且早在他遇到她之前就已结束了,这才是要点所在。当然,从事情发展的结果看,他实在愚蠢,但不论哪个人总是事后才会变得聪明。他把手放在胸口上,真怪,那儿疼得很厉害。

"大概人们说自己心碎时所指的就是这种感觉吧,"他自言自语地说,"不知道这种情况还要持续多久。"

他是不是应该去敲敲门,告诉她自己必须跟她谈谈?最好还是公开地跟她把话都说清楚。他必须让她理解。可是那片寂静使他心惊肉跳。一点声音也没有!也许还是别去打扰她为好。当然,那对她是一个打击。她需要多少时间,他就必须给她多少时间。不管怎么说,她明白自己多么真诚地爱她。耐心,只有依靠耐心。也许她正在进行思想斗争。他必须要给她时间;他必须要有耐心。

第二天,他问多丽丝晚上是否睡得好了一点。

"对,好多了。"多丽丝说。

"你是不是对我很生气?"他可怜巴巴地问。

她用坦率、诚实的眼神望着他。

"一点儿也不生气。"

"哦,亲爱的,我真高兴。我真是个可恶的畜生。我知道在你看来,这种事儿十分可恨。但请你务必原谅我。我也感到十分苦恼。"

"我当然原谅你。我甚至都不责怪你。"

他朝多丽丝凄苦地笑了笑,眼睛里流露出狗受到鞭打后的那种神情。

"前两个夜晚,我不大喜爱一个人睡觉。"

多丽丝把目光转向别处。她的脸变得更加苍白了一点。

"我已经叫人把我房间里的床搬走了。那张床太占地方了。如今在那儿放了一张行军床。"

"亲爱的,你在说些什么呀?"

这时候,多丽丝冷静地望着他。

"我不想再作为你的妻子和你一起生活了。"

"永远也不了?"

多丽丝摇了摇头。盖伊神情困惑地望着她。他简直无法相信自己的耳朵,他的心痛苦地狂跳起来。

"但这样对我实在不够公平,多丽丝。"

"难道你不觉得在那种情况下把我带到这儿来,对我也有点儿不公平吗?"

"可是你刚才还说,你并不责怪我。"

"确实如此。但那另一件事可不同。我做不到。"

"可是我们怎么能像这样生活在一起呢?"

多丽丝两眼盯着地板,好像陷入了沉思。

"昨儿晚上你要亲我的嘴,我——那简直叫我感到恶心。"

"多丽丝。"

她猛然抬头望着盖伊,目光冰冷而含有敌意。

"我睡的那张床,是不是就是她生孩子时睡的?"她看到盖伊的脸涨得通红。"哦,实在可怕。你怎么能那样?"她绞扭着双手,她那痛苦扭曲的手指看上去就像一条条扭动的小蛇。但她竭尽全力,控制住自己的情绪。"我已经拿定了主意。我不想对你刻薄无情,但有些事情你可不能要求我做。我都仔细考虑过了。自从你跟我说了以后,我脑子里日夜都在想这件事儿,一直想到疲乏不堪。当时我的头一个反应是站起身就走,马上就走。汽船在两三天之后就会开到这儿。"

"我爱你,难道如今这种感情对你没有什么意义了?"

"哦,我知道你爱我。我并不准备马上就走。我想给我们俩一个机会。我一直那么爱你,盖伊。"她的嗓音变了,但她并没有哭出来。"我不想显得不讲道理。我对天发誓,我不想对你刻薄无情。盖伊,你能给我时间吗?"

"我不大明白你的意思。"

"我只希望你让我一个人待着。我对自己的情绪感到害怕。"

那么说他没有猜错。她心里害怕。

"什么情绪?"

"请别问了。我不想说什么伤害你的话。也许我会克服这种情绪。我对天发誓,我真想克服这种情绪。我会试一下,我答应你。我会试一下。给我六个月吧。为了你,我可以做世上的任何事,只有那件事不行。"她做了一个表示恳求的手势,"我们没有理由不高高兴兴地待在一起。要是你真心爱我,那你就会——你就会有耐心。"

他深深地叹了口气。

"好吧,"他说,"我当然不想逼迫你去做你不愿意做的事儿。就按你说的办吧。"

他心情沉重地坐了一会儿,好像一下子变老了,连动一下都怪费劲的;随后他站起身来。

"我要去办公室了。"

他拿起遮阳帽,走出门去。

一个月过去了。女人比男人更善于掩饰自己的感情。假如有个陌生人前来拜访,他绝对猜不到多丽丝会有什么苦恼。但是在盖伊身上,焦虑的情绪却显而易见。他那原来和蔼可亲的圆脸显得相当枯槁,眼睛里流露出饥饿、苦恼的神情。他察看着多丽丝的举动。她心情欢快,仍然像往常一样跟他打趣。他们一起打网球。他们闲聊着各种话题。但是显然她只是在演戏。最后,盖伊实在克制不住了,又想和她解释他跟那个马来女子的关系。

"哦,盖伊,重提旧事没有什么意思,"她轻松愉快地答道,"该说的,我们都说了,而且我一点也没有责怪你。"

"那你为什么要惩罚我?"

"可怜的小伙子,我并不想惩罚你。那可不是我的错,如果……"她耸了耸肩膀,"人性是十分古怪的。"

"我不明白你的意思。"

"别花费心思了。"

这话原来听上去可能有些刺耳,但她说的时候带着和蔼可亲的友好的笑容,语气就显得温和了不少。每天晚上就寝前,她总要俯身轻轻地在盖伊的脸颊上亲一下。她只是用嘴唇微微碰一下,就像飞蛾拂过他的脸庞一样。

第二个月过去了,接着是第三个月,原来似乎显得漫无止境的六个月,一下子就过去了。盖伊暗自思量,不知多丽丝是否记得自己说过的话。如今他竭力留意多丽丝的每一句话,每一种表情,每一个手势。多丽丝仍然那样难以捉摸。她要他给她六个月时间。嗯,他也依从了她。

那条沿着海岸航行的汽船经过河口,卸下邮件,继续前行。盖伊忙着写信,以便在汽船返航时带走。两三天过去了;那一天是星期二。马来帆船要在星期四破晓时出发去等候那条汽船。这两天,除了用餐时多丽丝竭力说上几句话以外,两个人很少一起交谈。晚饭以后,他们照旧拿起书本,开始读书。但是等仆人把餐桌收拾干净,回家睡觉的时候,多丽丝放下了手里的书。

"盖伊,有件事我想跟你说一下。"她低声说。

盖伊心里咯噔一下,觉得自己的脸色都变了。

"哦,亲爱的,不要这副样子,并没有那么可怕。"她笑着说。

可是盖伊觉得她的声音有点颤抖。

"嗯?"

"我想请你帮个忙。"

"亲爱的,我愿为你做世上的任何事儿。"

他伸出手,想要握住她的手,但她把手缩了回去。

"我想请你让我回国。"

"你?"他惊恐失色地喊道,"什么时候?为什么?"

"我已经尽力忍耐了这么久。眼下再也忍不下去了。"

"你想回去多久？永远不回来了？"

"我也不知道,大概是这样吧。"她下定了决心,"是的,永远不回来了。"

"哦,天哪!"

他的声音变了。多丽丝觉得他就要哭出来了。

"哦,盖伊,不要责怪我。这实在不是我的错。我本人也没有法子。"

"你要我给你六个月时间。我接受了你的条件。你总不能说,我叫你感到讨厌吧。"

"没有,没有。"

"我一直设法不让你看到这段时间我有多么难熬。"

"我知道。我十分感激你。你对我实在太好了。听着,盖伊。我想再说一次,我并不责怪你做的哪一件事儿。毕竟,当时你只是一个孩子,而且你做的也就是别人所做的事儿。我明白在这儿有多么孤寂。哦,亲爱的,我实在为你感到难过。这一切,我打一开始就知道了。所以我才请你给我六个月时间。我的常识告诉我,我在小题大做,不通人情;我对你不公平。可是你也清楚,常识与这件事毫无关系;我的整个心灵都在抗拒。每逢我看到村子里那个女人和她的孩子时,我就感到自己的两条腿不住发颤。这所房子里的每样东西。一想到我睡过的那张床,身上就直起鸡皮疙瘩……你不知道我经受了多大折磨。"

"我认为我已经劝说她到别处去了,而且我也已经申请调动。"

"这没什么用处。她永远都会在那儿。你属于他们,不属于我。"

我觉得如果只有一个孩子,也许我还可以忍受,但是却有三个,而且两个男孩儿都很大了。过去十年,你都跟她生活在一起。"这时她把早先心里郁积着的情感都宣泄出来。她什么都不管了。"这是一个生理上的问题,我没有办法。我斗不过它。一想到她那两条细小的黑胳膊搂抱着你,就叫我在生理上感到恶心。我想起你抱着那些黑娃娃的情景。哦,实在令人厌恶。我讨厌你碰我。每天晚上,当我吻你的时候,我不得不振作精神,不得不捏紧拳头,逼迫自己去碰你的脸颊。"说到这儿,她把手指时而捏紧,时而松开,显示出神经紧张的痛苦样子,而且说话的声音也失去了控制。"我知道,如今该受责备的是我。我是一个愚蠢的、歇斯底里的女人。我以为我会想得开的。但我做不到,而且现在永远也做不到了。这都是怪我自己不好。我愿意承担后果。如果你说我必须留下,我就留下;但如果我留下,我就会死去。我恳求你让我走吧。"

这时,多丽丝忍了那么久的泪水一下子夺眶而出,她十分伤心地哭起来。他以前还从来没有见到她哭过。

"当然,我不想违背你的意愿,把你留在这儿。"盖伊声音嘶哑地说。

多丽丝困乏无力地仰靠在椅子上。她的眉眼完全扭曲变形。看到原来总是那么安详的脸,如今却充满了悲伤,真是叫人心痛欲裂。

"实在对不起,盖伊。我破坏了你的生活,但我也破坏了自己的生活。我们原来是可以十分幸福的。"

"你想什么时候走?星期四吗?"

"是的。"

她可怜巴巴地望着盖伊。他把脸埋在自己的手里,最后他抬起头来。

"我累坏了。"他嘟囔道。

"我可以走吗?"

"可以。"

大约有两分钟,他们坐在那儿,什么话也不说。她起身离开时,那只壁虎发出一阵刺耳的嘶哑的叫声,听上去出奇地就像人类的哭声。盖伊站起身来,走到外面的游廊上。他倚靠着栏杆,望着眼前缓缓流动的河水。他听到多丽丝走进自己的房间。

次日早晨,他比平日起得要早,他走到多丽丝的房门外,敲了敲门。

"什么事啊?"

"我今儿得到河的上游去,很晚才能回来。"

"好吧。"

多丽丝明白他的用意。他有意安排一整天都在外面,免得自己收拾行装时他在一旁待着。那种事儿令人心碎。多丽丝收拾完衣服后,又朝起居室里属于自己的东西扫了一眼。把这些东西都带走似乎太绝情了。她只拿走了她母亲的照片,其余都留着。盖伊直到晚上十点才回来。

"对不起,我没能赶回来吃晚饭,"他说,"我去的那个村子的村长有很多事儿要我处理。"

她发现盖伊的目光扫视着整个房间,发现她母亲的照片已经不在原来的地方了。

"一切都准备好了吗?"他问道,"我已经吩咐船夫天亮时在门口台阶前等着。"

"我让仆人在五点把我叫醒。"

"我应当给你一点钱。"他走到书桌前,开了一张支票,又从抽屉里拿出几张钞票。"这些现金,足够让你用到新加坡。到了新加坡,你就可以兑换支票了。"

"谢谢你。"

"你要我把你送到河口吗?"

"哦,我想咱们最好还是在这儿分手吧。"

"好吧,我想我该去睡了。我忙了一整天,累得够呛。"

他甚至都没有碰一下多丽丝的手。他走进自己的房间。过了几分钟,多丽丝就听见他重重地倒在床上。多丽丝坐了一会儿,最后朝这个房间四处扫了一眼,在这儿,她曾那么欢乐,又是那么痛苦。她深深地叹了口气,起身走进自己的房间。一切都收拾好了,只留了一两件她晚上需要的衣物。

男仆叫醒他们的时候,天仍是黑沉沉的。他们匆匆忙忙地穿好衣服,等到他们洗漱完毕,早饭已经准备好了。不一会儿,他们就听见小船划到了平房下面的码头边。随后仆人们把她的行李搬了下去。他们吃早饭时只是勉强装装样子。夜色渐渐消散,河水仍然幽暗朦胧。天光还没有放亮,但黑夜已经过去了。在寂静中,码头上当地人说话的声音特别清晰。盖伊朝他妻子那没有动过的餐盘看了一眼。

"要是你吃完了,咱们就可以下去了。我想你该出发了。"

多丽丝没有回答。她从桌子旁站起来,走进自己的房间,看看是否忘了什么东西,随后跟盖伊并排走下台阶。一条蜿蜒曲折的小路把他们引到河边。码头上,土著的警卫队穿着整洁的制服,站成一排,在盖伊和多丽丝经过时,他们举枪致敬。多丽丝跨上船的时候,领头的那个船夫伸手前去扶她,她回头望着盖伊。她迫切地想最后说一句安慰的话儿,再次请求他原谅,但她似乎激动得说不出话来了。

盖伊伸出手来。

"嗯,再见吧,祝你旅途愉快。"

他们握了握手。

盖伊朝领头的那个船夫点了点头,小船离开了河岸。黎明在薄雾笼罩中沿着河流缓缓地到来,但夜色仍然潜伏在丛林中幽暗的树木之间。盖伊站在码头上,直到小船消失在清晨的阴影中。他叹了口气,转身离开。当警卫队再次对他举枪致敬的时候,他心不在焉地点了点头。可是一回到平房,他就把男仆叫来。他在房间里四处走动,把属于多丽丝的东西挑了出来。

"把这些东西都收起来,"他说道,"留在外面没有什么用处。"

接着他坐在游廊上,看着白昼好似一种苦涩的不该由他承受的哀愁,一种无法抵御的哀愁,逐渐降临。最后他看了看手表。到了该去办公室的时间。

下午他无法睡觉,头疼得很厉害。于是他拿起猎枪,到丛林里去转一圈。他什么都没有打到,只是不停地走着,想把自己累垮。太阳落山的时候,他回到家里,喝了两三杯酒,接着就到了换衣服吃晚饭的时间。如今穿衣打扮也没多大意义;他倒不妨安闲自在一点。他穿上当地人穿的宽松的上衣和纱笼。在多丽丝到来前,他就习惯于这样的装束。他光着脚,无精打采地吃完晚饭。男仆把桌上的杯盘收拾干净后就走了。他坐下来看《闲谈者》①杂志。平房里一片寂静。他看不下去,听凭杂志掉落在膝盖上。他疲惫不堪,无法思索,头脑里异常空虚。这天晚上,那只壁虎叫个不停,它那嘶哑而突如其来的叫声似乎在嘲笑他。你简直无法相信,这种在空中回荡的叫声竟是从那么细小的喉咙里发出来的。不久,他听到有人轻声咳嗽。

"谁啊?"他大声喊道。

咳嗽声停了一下。他朝门口望去。壁虎发出刺耳的笑声。一个小男孩悄悄地走进来,站在门口。那是一个混血儿,穿着破烂的汗衫和纱笼。他是盖伊的大儿子。

"你来干什么?"盖伊说。

那个男孩走到房间里面,盘腿坐了下来。

"谁叫你到这儿来的?"

"妈妈叫我来的。她问你是不是需要什么东西?"

盖伊目不转睛地望着男孩。男孩没再多说什么。他坐在那儿等着,眼睛羞怯地望着地面。接着盖伊用双手捂着脸,陷入痛苦的思考中。有什么用呢?一切都完了,完了!他低头认命了。他朝椅子背上一靠,深深地叹了口气。

"让你妈把你们的东西收拾一下。她可以回来了。"

"什么时候?"那个男孩面无表情地问道。

盖伊那张滑稽可笑、满是粉刺的圆脸上,缓缓地流下两行热泪。

"今儿晚上。"

---

① 《闲谈者》,英国文化生活杂志,刊名起源于十七世纪英国散文作家理查德·斯梯尔所创办的《闲谈者》日报。

胆 怯

  两条马来帆船在河面上正轻松地顺流而下,两条船前后相隔几码的距离。第一条船上坐着两个白种男人。经过七个星期的河上漂流,他们知道当天晚上就能在一所舒适的屋子里安歇,感到很高兴。自从战争爆发以来,伊泽特就一直住在婆罗洲,达雅克人的房屋和盛宴在他眼中自然并不新鲜。可是对于坎皮恩来说,尽管刚到这个地区,一开始觉得新奇有趣,但如今也渴望有椅子可以坐,有床可以睡了。达雅克人热情好客,但谁也无法说他们的房屋会让人多么舒服,而且他们为客人提供的娱乐一成不变,不久就变得有些寡淡乏味。每天晚上,旅客们抵达岸边码头,举着一面旗帜的头人,还有家族中的其他较为重要的成员,就都到河边来迎接他们。他们被领到村社大屋①——一座修建在木桩上面的村舍,全村的人实际上都在一个屋顶下面;要进入村舍,就得爬上一根树干,树干上粗糙地

---

① 村社大屋,马来西亚、印度尼西亚等地土著居民所居住的宽大农舍。该种农舍建在两米高的木桩上,长达数十米,乃至一两百米,农舍中间有一通道,两旁各个房间用于住户。屋内地板、梁柱、木桩均是上等硬木,墙壁则竹木兼用。

砍出几个凹口作为梯级——接着他们排成长长的队伍,在锣鼓声中沿着村舍大屋前后行走。队伍两侧,密集的棕色人群蹲坐在那儿,默默地注视着白人从他们面前走过。地上铺开了干净的席子,客人们各自坐下。头人拿来一只活鸡,抓住鸡的两条腿,在客人们的头顶上挥舞了三次,大声叫着鬼神的名字,求他们作证,嘴里还念着咒语。随后,许多人把鸡蛋拿来。大家喝着亚力酒①。一个姑娘,一个娇小羞涩的孩子,尽管像鲜花一样娇美,但那张凝滞不动的脸上却带有一些僧侣的意味。她把酒杯端到白人的嘴唇边,直到酒杯里的酒全都喝干。接着就听见人们大声欢呼。男人们开始跳舞,一个接着一个,每个都拿着自己的盾牌和帕兰刀,在锣鼓声的伴奏下,踏着细小的舞步。这样舞了一段时间以后,旅客就被领到一个房间里(那一侧的房间都通往长长的平台,也就是村民们居家生活的场所),发现晚饭已在那儿给他们准备好了。姑娘们用瓷调羹给他们喂饭。接着大家都变得有几分醉意,就一起闲聊到次日清晨。

不过,现在他们的旅行已经结束,正朝着海岸的方向前行。他们在破晓时就动身出发了。那会儿河水很浅,清澈明亮地从河底的砂石上流过;两岸的树木伸到河面上方,因而头顶只能看到窄窄的一线蓝天。但是如今河道变得开阔了,船夫们不再用竹篙撑船,而改用船桨划船。四下里都是树木、竹林,还有像好几丛硕大的鸵鸟羽毛的凤尾蕉;有些树木叶子巨大,有些树木叶子轻软,活像金合欢,而椰子树和槟榔树的白色枝干修长而挺拔;河岸上的树木莽莽苍苍,长势凶猛,无比茂盛。四处也有一些树木光秃秃的残骸,它们

---

① 亚力酒,一种亚洲产烈酒,用椰子汁、糖蜜、大米或枣子酿制而成。

或是被雷电击倒,或是因年老而死亡,骨瘦如柴,毫无遮蔽,这种白色在那一大片青翠草木的衬托下,显得特别鲜明。四处也有一些相互争胜的森林之王,高大的树木巍然耸立在丛林中普通的树木之上。另外还有那些攀缘植物;在两根树枝分叉的地方,汇聚成一丛繁茂的绿叶,或者开花的蔓生植物,覆盖在展开的成片的绿叶上,宛如新娘的面纱;有时它们就像装饰华丽的剑鞘,缠绕着高高的树干,在树枝和树枝之间,挥动着满是花儿的长胳膊。它们渴望生长,在那股情绪激烈的狂野中,有种撼动心灵的力量,看上去就像跟在神像后面的游牧民①狂欢时那样大胆放肆。

白天慢慢地逝去,现在热气已经不再那么让人难以忍受。坎皮恩看了看自己手腕上那块破旧的银表,他们用不着再过多久就能到达目的地了。

"哈钦森是个什么样的家伙?"他问道。

"我不认识他,我认为他是一个很好的人。"

哈钦森是当地的驻地长官,他们当天晚上就要在他的宅子里过夜,他们已经派了一个达雅克人划一条独木舟去向他通报说,他们就要到来。

"哎,我希望他那儿有一些威士忌,我已经喝够了亚力酒,一辈子都不想再喝了。"

坎皮恩是一个采矿工程师,当时苏丹正要前往英国,在路过新

---

① 游牧民原文是 nomad,毛姆生前出版的短篇小说集的各个版本中都是此字,只在一九七六年英国威廉·海涅曼出版公司所出的《威·萨默塞特·毛姆:六十五篇短篇小说》(W. Somerset Maugham: Sixty-five Short Stories)一书中由编者将 nomad 改作 maenad(酒神女祭司),则上文的 god 一词自然可以理解成酒神,只是这种改动不知有无什么校勘上的依据。

加坡的时候与他相遇,看到他正闲着没事,就委派他到森布卢去,看看是否能在那儿发现什么有利可图的矿藏。苏丹给瓜拉索洛的驻地长官威利斯发出指示,要他为坎皮恩提供一切便利,而威利斯又把坎皮恩托付给伊泽特来照顾,因为伊泽特跟当地人一样既会讲马来语,也会讲达雅克语。这是他们第三次进入内陆的旅行。如今坎皮恩就要带着报告回家了。他们想赶上"苏丹艾哈迈德号",它预计要在后天破晓时分经过河口,如果一切顺利的话,他们当天下午就能到达瓜拉索洛。对于回家这件事,他们俩都很高兴。到了瓜拉索洛,就可以打网球和高尔夫球,俱乐部里还可以打台球,食物也相对比较可口,还有现代文明带来的各种舒适设备。伊泽特也很高兴,除了坎皮恩以外,他还可以跟更多的人交往。他偷偷地斜扫了坎皮恩一眼。坎皮恩身材短小,脑袋很大,光秃秃的。尽管他肯定已有五十岁了,但仍然强壮而结实。他长着两只蓝眼睛,目光敏锐,闪闪发亮,还留着一撮又短又硬的灰色髭须。在他嘴里那残缺不全、已经变色的牙齿之间,几乎总衔着一根用欧石南根做的老烟斗。他既不干净,也不整洁,身上的卡其布短裤已经破旧,汗衫也撕裂了。现在他正戴着一顶磨损严重的遮阳帽。自从十八岁以后,他就在世界各地漫游,到过南非,到过中国,也到过墨西哥。跟他在一起很开心;他很善于讲故事,无论遇到哪个人,他都愿意和他一起不停地喝酒。他们俩相处得十分融洽,但伊泽特和他在一起,总觉得不大自在。尽管他们一起说笑话,一起开怀大笑,一起喝得烂醉,但伊泽特觉得他们俩之间根本说不上亲密。虽然他们的关系热情友好,但他们至多也只能算作相识而已。伊泽特对自己给别人留下的印象十分敏感,在坎皮恩那副欢快的外表背后,他感到一种淡漠;坎皮恩那双亮闪闪的蓝眼睛已经看清了他是什么样的人;坎皮恩对他已经形成了一种看法,而伊泽特却无从知道那是什么样的看法。这让他隐隐地有些气恼。眼前这个平凡的小个子男人可能对他并没有什么好的印象,他为这一点感到非常恼火。他渴望自己受到别人的喜欢和仰慕。他想要受到大伙儿欢迎。他希望他遇到的所有人都不同寻常地喜爱他,这样他就可以拒绝他们,或者略微带点儿纡尊降贵的神气,把自己的友情给予他们。他愿意跟所有的人都熟识亲近,但他又担心遭到拒绝,因而退缩不前。有时候,他心神不安地察觉,他把自己的友情慷慨地给予别人,对方却对他那副热情洋溢的样子颇为惊讶。

不知道什么缘故,他竟然从来没有见过哈钦森,尽管他对哈钦森的一切当然都很清楚,正如哈钦森对他的一切也了如指掌,而且他们会有许多共同的朋友可以在谈话中聊到。哈钦森念过温切斯特公学①,而伊泽特也很乐意告诉他,自己念过哈罗公学②……

马来帆船绕过河的弯道,突然他们眼前出现了一座微微隆起的小山,上面耸立着一所平房。几分钟后,他们就看到了码头,码头上,在一小群当地人中间,有个穿白衣服的人正在朝他们招手。

哈钦森是一个身高体壮的汉子,长着一张红脸盘儿。从他的外表上看,你会认为他是一个轻松愉快、充满自信的人,因此当你一旦发现,他畏畏缩缩,甚至有点腼腆的时候,你会感到相当惊讶。他跟

---

① 温切斯特公学,英国著名的男生寄宿学校,位于英国英格兰南部城市温切斯特,由温切斯特主教威克姆的威廉在一三八二年创建。
② 哈罗公学,英国著名的男生寄宿学校,位于伦敦西北部,创建于一五七一年英国女王伊丽莎白一世统治时期。

客人们握了握手(这时候,伊泽特和坎皮恩先后作了自我介绍),接着就领着他们踏上通往那所平房的小路。尽管他显然急切地想表现得礼貌周全,但是不难看出,他连找个话题闲谈都感到困难。他把他们带到外面的游廊上,他们看到桌子上已放好了杯子和威士忌加苏打水。于是他们都相当舒坦地靠在长椅上。伊泽特觉察到哈钦森在陌生人的面前微微有些困窘,心里乐开了花;他劲头十足,滔滔不绝地说起来。他开始谈起他们在瓜拉索洛所认识的共同的熟人,而且很快设法把自己曾在哈罗公学念书的经历随口穿插在谈话之中。

"你在温切斯特公学念过书,是吗?"他问道。

"是的。"

"不知道你是否认识乔治·帕克。他就在我那个兵团里。他也在温切斯特公学念过书。我看他比你还要年轻一些。"

伊泽特感到他们俩都在这些特别的学校念过书,这一点成了把他们联结在一起的纽带,而且这样坎皮恩就给排除在外了,他显然不具备这种有利条件。他们喝了两三杯威士忌,不出半个小时,伊泽特已经把他的主人称作哈奇①了。他不断地谈到自己跟战争期间结交的朋友一起待过的"我的兵团",谈到他的那些军官同伴是多么侠肝义胆。他提到两三个哈钦森肯定知道的人的姓名。他们不是坎皮恩可能会遇到的那种人。因此当他声称认识自己所提到的某个人时,他露出完全无视坎皮恩在场的神气,心里并不感到有什么歉意。

---

① 哈奇是哈钦森的昵称。

"比利·梅多斯？多年以前，我在锡那罗亚①倒认识一个叫比利·梅多斯的家伙。"坎皮恩说。

"哦，我觉得那不可能是同一个人，"伊泽特笑着说，"比利也算是个世袭贵族。他是赛马场上的梅多斯勋爵。他拥有一座名为'春胡萝菔'的庄园，你不记得了吗？"

晚饭的时间就要到了。他们梳洗了一下，喝了几杯杜松子苦味酒，随后坐了下来。哈钦森有大半年没去瓜拉索洛了，而且已经有三个月没有见过一个白人。他迫切希望利用这两个客人来访的机会尽情地乐一乐。他拿不出什么葡萄酒，但他有许多威士忌，晚饭以后，他拿出一瓶珍贵的法国廊酒②。他们都十分愉快，不断地又说又笑。伊泽特变得特别和蔼可亲。他觉得自己从来没有像喜欢哈钦森那样喜欢过一个人。他催促哈钦森尽快前往瓜拉索洛。他们一定设宴盛情款待。坎皮恩给两个人甩在一边，没有参与谈话；伊泽特略微带一点想要压倒坎皮恩的恶意，而哈钦森出于腼腆，也就造成了这种情形。不一会儿，坎皮恩接连打了好几个哈欠，表示自己要上床安歇了。哈钦森带他去他的房间。回来的时候，伊泽特问他说：

"你还不想睡觉吧？"

"压根儿不想睡。咱们再喝一杯吧。"

他们俩坐下，又谈起来。两个人都有点儿醉了。不久，哈钦森

---

① 锡那罗亚，墨西哥西部太平洋沿岸的一个州。
② 法国廊酒，法国诺曼底的费康产的一种甜露酒。十六世纪初，由法国本笃会修士首先酿制而成。该酒酒瓶上有 D.O.M.字样，为拉丁文"献给仁慈伟大的上帝"之意，故为世界酒类品尝家所珍视。

告诉伊泽特,他跟一个马来姑娘住在一起,那姑娘给他生了两个孩子。他曾吩咐他们,只要坎皮恩在这儿,他们就不许露面。

"我想她现在已睡着了,"哈钦森说,一面朝门那边瞥了一眼,伊泽特知道那扇门通往他的房间,"但明儿早上,我想让你看看两个小家伙。"

就在说话的当儿,传来一阵轻微的哭声。哈钦森说了句"嗨,小家伙醒了,"就朝房门走去,打开了门。过了一会儿,他抱着一个孩子,从房间里出来,后面跟着一个女人。

"他正在出牙,"哈钦森说,"因而有些烦躁。"

那个女人穿着一条纱笼和一件薄薄的白色短上衣,光着两只脚。她年纪很轻,长着两只漂亮的黑眼睛。伊泽特跟她说话时,她露出了活泼可爱的笑容。她坐下来,点起一支烟。伊泽特出于礼貌问了她几个问题,她都毫不羞涩地做出回答,但表现得也不怎么热情。哈钦森问她是否要喝一杯加苏打水的威士忌,她谢绝了。当两个男人又开始用英语交谈时,她继续静静地坐在那儿,在椅子里微微地晃动着身子,头脑里充满了谁都无法说清楚的平静的思绪。

"她是一个非常不错的姑娘,"哈钦森说道,"她照管家务,而且不给你添加麻烦。当然,生活在这种地方,也只能这么做了。"

"我自己是绝不会这么做的,"伊泽特说,"说到底,人可能总想结婚。到那时就会产生各种麻烦。"

"不过哪个人想结婚呢?对一个白种女人来说,这种生活实在太可怕了。我无论如何也不想让一个白种女人住在这儿。"

"当然,这是个人品味的问题。如果我有孩子的话,我一定会让他们有一个白人妈妈。"

哈钦森低头看着自己怀里抱着的那个深色皮肤的小娃娃，微微地笑了笑。

"说也奇怪，你竟会慢慢喜欢上他们，"他说，"一旦他们成为你自己的孩子，就算他们有一点黑人血统，似乎也没什么关系。"

那个女人朝孩子看了一眼，站起来表示她想把孩子抱回屋去睡觉。

"我看咱们最好还是都去睡觉吧，"哈钦森说，"天晓得现在都几点了。"

伊泽特回进自己的房间，使劲推开了百叶窗；那是跟他一起旅行的男仆哈桑先前关上的。他吹灭了蜡烛，免得引来蚊子，接着在窗前坐下，望着柔和的夜色。刚才喝的威士忌让他毫无睡意，他不想上床睡觉。他脱下帆布衣服，穿上一条纱笼，点起一支方头雪茄。他失去了愉快的心情。看到哈钦森竟然用慈爱的目光望着那个混血儿，他心里很不高兴。

"他们没有权利得到这一切，"他暗自说道，"在这个世界上，他们没有机会，永远没有。"

他带着沉思的神情抚摸着自己裸露的满是汗毛的双腿，接着微微颤抖了一下。尽管他想方设法地锻炼自己的腿肚子，但他的两条腿仍像扫帚柄似的。他讨厌自己的双腿。一想到它们，他就觉得心神不安。它们就跟当地人的腿一样。当然，这两条腿很适合穿高筒靴。当年他穿着制服，样子还是挺神气的。他长得高大健壮，身高超过六英尺，留着整齐的黑髭须和整齐的黑头发。他那两只乌黑的眼睛漂亮而灵活。他相貌堂堂，他也知道这一点，而且他穿戴得体，在出于礼貌需要装束简朴的时候就穿得简朴一点，在场合要求装束华丽的时候就穿得华丽一点。他喜爱军队,但战争结束时,他却无法继续留在军中,这对他是一个极大的打击。他的志向其实十分简单。他希望每年有两千英镑收入,可以举行时髦的小型晚宴,参加社交聚会,身穿军服。他渴望前往伦敦。

当然,他的母亲就住在那儿,他的母亲使他无法自由行动。他暗自纳闷,不知道如果他能跟一个出身良好(有点儿钱)的姑娘订婚(他一直在寻找这样一个对象做他的妻子),究竟会让他的母亲感到多么诧异。他的父亲已经去世多年,而在他职业生涯的后期,他又驻扎在马来联邦最偏远的地方,因而他相当有把握地认为,在森布卢已经没有人知道他母亲的身世,但他的日子仍然过得提心吊胆,唯恐有人在伦敦遇到他的母亲,会写信给这儿的人说,他母亲是一个混血儿。当初伊泽特的父亲,一个政府部门的工程师,跟她结婚的时候,她曾是一个美人儿;但如今,她已经成了一个头发灰白、身体肥胖的老妇人,成天懒洋洋地坐在那儿,抽着香烟。伊泽特在他父亲死的那年才十二岁,当时他就会说马来语,而且说得比英语要流利得多。他的一个姑母表示愿意为他支付教育费用。于是伊泽特太太就陪着自己的儿子来到英国。她习惯住在备有家具的公寓套房里,她的房间里挂着富有东方色彩的帷幔,摆着马来银器,总显得太热,缺乏空气流通。她老是跟女房东产生纠纷,因为她总把地上扔得到处都是烟头。伊泽特讨厌她跟她们的交友方式:在开始的一段时间里,她会跟她们极为亲近友好,接着就闹翻了,在发生一场激烈的争吵后,她会愤然离开那所房子。她唯一的消遣就是去看电影,每天都要去一次电影院。在家里,她披着花哨俗气的旧晨衣,但每逢出门上街的时候,她就把自己打扮得——哦,实在杂乱无章——花花绿绿,因而叫她那穿戴整齐的儿子简直没脸见人。伊泽特经常跟她吵架,她让他很不耐烦,而且也为她感到害臊;但伊泽特心里仍然对她怀有深厚的柔情;那几乎是他们之间的一根肉体的纽带,比普通的母子之情更为强烈。所以,尽管她的那些缺点使他恼火,但在这个世界上,唯有跟母亲在一起,他才感到彻底的安闲自在。

由于他父亲曾在马来亚供职,而他自己又会说马来语(他母亲总是跟他说马来语),战争结束后,他发觉自己无事可做,就设法开始为森布卢的苏丹效力。他取得了成功。他善于各种体育活动,身体强壮,是一个出色的运动健将。在瓜拉索洛的客栈里,放着他在哈罗公学赢得的跑步和跳高比赛的奖杯,他后来赢得的高尔夫和网球比赛的奖杯也一并放在那儿。他肚子里有大量的趣闻轶事,因而成了社交聚会中的得力人物,而他为人欢快活泼,又使一切都进展顺利。他本来应该过上幸福的生活,但是他时乖命蹇。他做梦都想受到大家的欢迎,他有种感觉,他好像错过了受到大家欢迎的机会。此刻这种感觉比以往任何时候都更为强烈。他不知道瓜拉索洛的那些平时跟他嘻嘻哈哈的朋友是否会出于什么偶然的因素,疑心他身体里流着当地人的血。他非常清楚,一旦他们知道了真相会是什么结果。到那时,他们就不会再说他是个快乐而友好的人,他们会说他极为放肆无礼;他们会说他工作懒散,漫不经心,就跟那些混血儿一样;要是他谈起跟一个白种女人结婚的事儿,他们一定会窃笑不已。哦,实在太不公平了!他血管里那滴当地人的血,究竟会产生什么区别呢?然而就因为这一点,人们在紧要关头,总会提防着预料之中的失败。每个人都知道,欧亚混血儿是靠不住的,他们早晚会辜负你的期望。这一点他也知道,但如今他暗自问道,鉴于人家总期待着他们失败,他们是否能不失败呢。他们根本得不到机会,可怜的家伙!

可是这时一只雄鸡高声叫起来。时间一定很晚了。他开始感到有点凉飕飕的,就上床睡下。次日早晨,哈桑把茶点给他端来的时候,他感到头痛欲裂。吃早饭的时候,他无法看着放在面前的麦片粥以及熏咸肉和鸡蛋。哈钦森也觉得不大舒服。

"我想咱们痛快地玩了一个晚上。"主人笑嘻嘻地说道,想要掩盖自己的一丝窘态。

"我难受得要命。"伊泽特说。

"我就喝一杯加苏打水的威士忌,充作早点。"哈钦森补充道。

伊泽特也没要什么别的东西,他们看着坎皮恩津津有味地吃着丰盛的食物,感到有些厌恶。坎皮恩跟他们说笑打趣。

"天哪,伊泽特,你的脸色真不好看,"他说,"我还从来没有见过这么糟糕的脸色。"

伊泽特脸红了。他对自己黝黑的皮肤一直相当敏感,但他仍强迫自己开心地笑了一声。

"你知道,我有一个西班牙籍的外婆,"他回答说,"如果我头天晚上喝多了,总会显露出这种颜色。我记得在哈罗公学念书的时候,我跟一个男孩打架,揍了他一顿,因为他管我叫该死的混血儿。"

"你的皮肤是有些黑,"哈钦森说,"马来人有没有问过你,你身上是否有当地人的血统?"

"问过,真他妈的放肆无礼。"

一条小船载着他们的装备器具,一清早就出发了,好在他们之前赶到河口,告诉"苏丹艾哈迈德号"的船长(万一他比原来预定的时间提早到达的话),他们俩已在路上。坎皮恩和伊泽特得在午饭后立刻动身,以便赶在涌潮经过前到达他们今晚要过夜的地方。涌潮是一种海潮,由于地貌独特,它会造成一些河流波涛汹涌,他们俩经过的那条河流正好要发生一次涌潮。哈钦森前一天晚上就跟他们谈起过涌潮,坎皮恩从来没有见过这种景象,表现出浓厚的兴趣。

"这是婆罗洲最美的景观之一,值得一看。"哈钦森说。

他对他们讲述了当地人怎样期待这一时刻的到来,那会儿他们乘着浪涛,在浪峰顶上,以可怕的惊人速度被水流裹挟着朝河的上游漂去,他自己就曾体验过一次。

"后来我再也没有试过,"他说,"我吓得魂不附体。"

"我倒想试一次。"伊泽特说。

"确实相当惊险,但说实在的,一旦你坐上一条构造单薄的独木舟,你就清楚,只要驾船的当地人一下子错过合适的时机,你就会被抛进那翻滚的激流之中,你几乎没有脱险生还的机会……不,我并不觉得那是什么好玩的事儿。"

"我年轻的时候曾经飞速渡过许多激流。"坎皮恩说道。

"去他的激流。你就等着瞧涌潮吧。那是我见过的一种最可怕的事物。你知道吗?光在这条河里,每年都至少要淹死十多个当地人。"

上午的大部分时间,他们都懒洋洋地坐在游廊上,哈钦森带他们去参观了一下法院。随后杜松子苦味酒给端了上来。他们喝了两三杯。伊泽特开始觉得舒服了一点。当午饭最终给准备好的时候,他发觉自己的胃口变得好极了。哈钦森一直夸耀他的马来咖喱菜肴味道多好,当那些热腾腾的、鲜美多汁的饭菜端到面前的时候,他们都狼吞虎咽地吃起来。哈钦森硬要他们喝点儿酒。

"接下去你们除了睡觉,什么事都不用干。干吗不喝个痛快呢?"

让他们这么快就走了,他有些受不了。他已经好久没有跟白人说过话了,现在这个机会实在太好了。因而他把这顿饭的时间尽量拖长。他劝他们多吃一点。当天晚上,他们只能在村社大屋里吃一顿脏乎乎的饭菜了,而且除了亚力酒,就没有什么别的东西可喝。他们最好尽量抓住当前的时机。坎皮恩说了一两次他们该出发了,但哈钦森如今感到十分高兴和舒坦,就向他保证说,他们有的是时间,伊泽特也在一旁附和。哈钦森让人去把那瓶珍贵的法国廊酒拿来。前一天晚上,他们喝了不少,他们最好在走前把那瓶酒喝完。

最后,当他陪着坎皮恩和伊泽特走到河边的时候,他们都充满醉意,每一个人的腿脚都不怎么稳健。在小船的中部,有一个用聂帕桐叶子搭的凉棚,在凉棚底下,哈钦森早就叫人铺好了一个垫子。船夫都是因犯,他们刚从监狱里被押送出来,为白人们划船,身上都穿着脏巴巴的纱笼,上面印着监狱的标记。他们都握着船桨,等着白人上船。伊泽特和坎皮恩同哈钦森握了握手,接着就一屁股坐到垫子上。小船离开了河岸。浑浊的河流宽阔而平静,好像经过打磨的铜器,在阳光耀眼的下午那高温溽暑中闪闪发亮。在他们前面远处,可以看到河岸上绿树茂密,枝条都杂乱地缠绕在一起。他们俩都感到有些困倦,但伊泽特在那种昏昏欲睡的感觉悄悄袭来的时候,仍然抵抗了一会儿,他从这种抵抗中至少得到一些不同寻常的乐趣。于是他打定主意,在抽完那支方头雪茄前,不让自己睡着。

最后烟头开始烧到了他的手指,他就把烟头扔到了河里。

"我想好好地睡上一会儿。"他说道。

"涌潮来了怎么办?"坎皮恩问道。

"哦,没有关系。我们用不着为此担心。"

他长长地打了个哈欠,声音很响。他感到手脚重得像铅一样。有那么一刹那,他意识到自己那种美妙的瞌睡朦胧的感觉,随后就什么都不知道了。突然坎皮恩摇晃着他的身体,把他弄醒了。

"嗨,那是什么?"

"你在说什么呀?"

他讲话的语气十分急躁,因为他仍然睡意很浓,不过他的目光仍然朝着坎皮恩所指的方向看去。他什么都没听见,但在很远的地方,他看到两三个带着白色波峰的浪涛正一个接着一个出现,样子看上去并不怎么吓人。

"哦,我想那就是涌潮吧。"

"我们该怎么办呢?"坎皮恩嚷道。

伊泽特还没有完全清醒,坎皮恩声音里的忧虑让他一笑置之。

"别担心。这些家伙完全明白涌潮是怎么回事。他们十分清楚该怎么做。咱们的衣服可能会给水花溅湿一点儿。"

可是就在他们说话的当儿,涌潮来到了面前,速度飞快,发出隆隆的声响,就像狂暴的大海发出的怒吼。伊泽特发现那滚滚的浪涛比他原来预想的要高得多。他讨厌那些浪涛的样子,他紧了紧皮带,免得在小船被打翻的时候,他的短裤会滑落下来。转眼之间,浪涛就朝他们扑来。那就像是一堵巨大的水墙,一下子耸立在他们上面,高度大概有十到十二英尺,但其实只能用你的恐惧来估量它的高度。显然,没有一条船能够经受住这样的浪涛。第一个浪头扑向他们,就让他们全身都湿透了,而且灌了半船的水,随后他们马上又遭到下一个浪头的冲击。船夫们开始大声喊叫。他们拼命地划动船桨,舵手高声发出指令。可是在那种汹涌的激流中,他们无能为力,他们很快就完全失去了对小船的控制,心里万分惊恐。水流把小船冲得侧转过来,小船在涌潮的浪尖上,颠簸摇晃地朝前漂去。这时他们又遭到另一个巨浪的冲击,小船开始下沉。伊泽特和坎皮恩从他们原来躺着休息的那个上面装有顶棚的地方急匆匆地钻了出来,突然,小船从他们的脚底下滑了下去,他们一下子都落到水里,不住挣扎。河水在他们四周汹涌翻腾。伊泽特脑海里产生的头一个念头就是朝岸边游去,但他的男仆哈桑对他大声喊叫,要他抓住小船。不一会儿,大家都照他的话做了。

"你还好吧?"坎皮恩对他嚷道。

"很好,这个澡洗得真痛快。"伊泽特说。

他猜想一旦涌潮到了河的上游,浪涛就会过去,最多几分钟后,他们就会又处在平静的河水之中。他忘了他们正在浪尖上面朝前漂荡,浪涛不断朝他们打来。他们紧紧抓住船舷的边缘,抓住用聂帕桐叶搭的那个凉棚下面的框架底座。随后,一个更大的浪头打在小船上,小船翻了过身,盖在他们头上,这样他们就都失去了可以抓握的东西;除了光滑的船底,他们似乎没有什么别的东西可抓。伊泽特的两只手在滑溜溜的表面上徒劳地滑动。可是小船仍在继续翻滚,他不顾死活地朝舷边抓了一把,但结果只觉得小船在翻滚时舷边从他的手中滑脱,接着他总算抓住了凉棚的框架,小船仍在翻滚,缓慢地翻滚。于是他又想在船底找一个可以抓的东西。小船富有规律地不住翻滚。他觉得这一定是因为大家都抓住小船的一边,于是他试图让船夫都游到另一边去,但他无法让他们明白自己的意思。每一个人都在大声叫嚷,巨浪发出沉闷而愤怒的咆哮朝他们打来。每一次小船在他们头上翻滚的时候,伊泽特都被逼到水下,只有抓住舷边和凉棚框架,他才能再次露出水面。这样的挣扎十分可怕。不一会儿,他就变得呼吸急促,感到体力逐渐不支。他明白自己无法再坚持多久了,但是他并不害怕,因为如今他的疲乏已经使他不怎么在乎眼前发生的事儿。哈桑就在他的身旁,他告诉哈桑自己已经十分劳累。他觉得,最好的做法就是飞速朝岸边游去,距离看上去顶多也就是六十码,但是哈桑请求他不要那样做。他们仍然在那些翻腾涌动、訇然冲击的浪涛中被裹挟着朝前漂去。小船不停地翻滚着,他们攀爬到小船上面,就像笼子里的小松鼠。伊泽特吃了不少水。他感到自己快要完了。哈桑也帮不了他,但有哈桑待在旁边,对他就是一种安慰,因为伊泽特知道,他的男仆是个游泳好手,从小就习惯跟水打交道。接着有那么一两分钟,伊泽特也不知道什么原因,小船的船底又朝下了,这样他就可以牢牢地抓住舷边。他终于可以喘口气了,实在机会难得。就在这时,两条由马来人操纵的独木舟,乘着涌潮飞快地从他们身边驶过。他们大声呼叫着寻求帮助,但是那些马来人转过脸去,继续前进。他们看到了白人,因而不想卷入可能会落到他们头上的任何麻烦。看到那些人身处安全的境地,冷漠无情、毫不在意地从他们旁边经过,实在令人痛苦。可是,突然小船又翻滚起来,慢慢地翻滚着,于是他们又开始了那种苦恼的让人疲惫不堪的攀爬活动。这种事儿让你失去勇气,但刚才那段短暂的喘息时间帮了伊泽特的忙,他勉力挣扎的时间又可以长一点儿。随后他发现自己又变得上气不接下气了,感到自己的胸膛简直好像就要爆裂了。他的力气都用完了,如今他都不知道自己有没有力气游到岸边。突然他听到一声呼喊:

"伊泽特,伊泽特。救命啊,救命啊。"

原来是坎皮恩的声音。那是痛苦的尖叫声。它让伊泽特全身上下都饱受震撼。坎皮恩,坎皮恩,他为那个坎皮恩操什么心呢?他突然感到一阵恐惧,那是一种无法自制的肉体的恐惧,这种恐惧给了他新的力量。他没有回答。

"帮帮我,快一点,快一点。"他对哈桑说。

哈桑立刻明白了他的意思。一支船桨神奇地漂到了离他们非常近的地方,哈桑把船桨推到了伊泽特伸手可及的地方。他伸出一只手托住伊泽特的胳膊,他们离开了小船。伊泽特的心怦怦乱跳,呼吸困难,他感到极为虚弱。浪头打在他的脸上。河岸显得十分遥远。他觉得自己压根儿游不到岸边。突然那个男仆大声说他能踩到河底了,于是伊泽特伸下腿去试了试,但是他什么都没有碰到;他又拼命划了几下,眼睛紧盯着河岸,接着又试了一下,他感到自己的两只脚陷在厚厚的淤泥中。他十分欣慰。他继续在淤泥中挣扎着,河岸就在眼前伸手可及的地方,黑色的淤泥深及他的双膝;他朝上爬着,极力想要摆脱那让他饱受折磨的河水。他爬上河岸,发现一块小小的平地,四周长满了又高又密的杂草。他和哈桑两个人一下子倒在上面,手脚伸展地躺在那儿,就像死人一般。他们累得根本无法动弹。他们的身上从头到脚都沾满了乌黑的淤泥。

可是不一会儿,伊泽特的头脑就活动起来。他心头蓦地受到一阵剧烈的痛苦的冲击。坎皮恩淹死了。这实在糟透了。他不知道自己回到瓜拉索洛后该怎样解释这场灾祸。他们会为此而责怪他的。当他看到涌潮出现的时候,他本来应该记得涌潮的威力,并且告诉那个掌舵的汉子赶快拢岸,把小船系在岸边。这不是他的过错,而是那个掌舵的汉子的过错,他了解这条河流。他究竟为什么没有想到要躲到安全的地方去呢?他怎么会认为他们可能渡过那样可怕的激流呢?伊泽特一想到那翻腾的潮水像一堵墙似的朝他们倾倒下来,他的四肢就索索发抖。他必须找到坎皮恩的尸体,把它运回瓜拉索洛。他不知道是否也有哪个船夫淹死了。他感到疲软乏力,无法动弹,但哈桑站起身来,拧出自己纱笼里的水。他察看了一下河流,迅速回头望着伊泽特。

"老爷,有一条小船过来了。"

白茅草挡住了伊泽特的视线,他什么也没有看见。

"向他们发出呼喊。"他说。

哈桑一下子不见了,他爬到一根伸到水面上方的树枝上;他挥着手大声叫唤。不久伊泽特就听到说话的声音。那是他的男仆与小船上的人员之间匆匆的交谈。随后男仆回来了。

"他们看见我们翻船的,老爷,"他说,"涌潮一过去,他们就赶来了。河对岸有一座村社大屋。如果你愿意渡过河去,他们就会为我们提供纱笼和食物。我们可以睡在那儿。"

伊泽特一时间感到,面对这条反复无常的河流,他都无法信赖自己的判断。

"另一位老爷怎么样了?"他问道。

"他们不知道。"

"如果他淹死了,他们必须找到他的尸体。"

"另一条小船已经往上游去了。"

伊泽特不知道该做什么是好。他已经麻木了。哈桑用胳膊搂着他的肩膀,把他扶了起来。他穿过茂密的草丛,走到河边。他在那儿看到一条独木舟,里面坐着两个达雅克人。眼下河流已经重又变得平静,流速缓慢。滔天巨浪已经过去,谁也不会想到,在片刻之前,平静的河面就像一片充满惊涛骇浪的海洋。两个达雅克人把先前跟男仆说过的话又对他说了一遍。伊泽特不敢开口说话。他觉得要是他一开口,必然会放声大哭。哈桑把他扶上船去,达雅克人开始朝对岸划去。他十分想要抽口烟,但他的香烟和火柴都放在后裤兜里,全都浸湿了。渡河的时间似乎漫长得无穷无尽。夜色降临了,他们到达对岸的时候,天上已经亮闪闪地出现了最初几颗星星。他踏上河岸,两个达雅克人中的一个把他带往村社大屋。可是哈桑却抓起那个达雅克人刚扔下的船桨,跟另一个达雅克人一起划船回到河里去了。两三个男人和几个孩子下来迎接伊泽特,在一片嘈杂的说话声中,他爬上那所屋子。他登上梯子,被领到专供年轻人睡觉的场所,周围的人纷纷向他问候,并兴奋地加以议论。人们匆忙地为他铺好几张藤席,充当他的床铺。他就一头倒在上面。有人给他送来一坛子亚力酒,他喝了一大口。那酒又涩又辣,喝下去嗓子里火辣辣的,但让他的心里感到温暖。他脱下衬衫和长裤,换上一条人家借给他的干爽的纱笼。他偶然看到了一钩黄色的新月,它仰卧在那儿,带给他一种强烈的、几乎是肉体满足的欢乐。他禁不住想到,就在此刻,他本来可能会是一具随着潮水向上游漂去的尸体。在他眼中,月亮从来没有显得如此可爱。他开始感到腹中饥饿,就要求吃点米饭。一个女人走进一个房间去给他准备。如今他已经恢复了体力,于是又开始思考回到瓜拉索洛后自己该怎样做出解释。谁也不会真的责怪他,因为他当时睡着了。他确实没有喝醉,哈钦森可以为他作证,而且他怎么会想到,那个掌舵的汉子竟然是个十足的笨蛋?实际上就是倒了血霉。可是一想到坎皮恩,他仍然禁不住直打哆嗦。最后,有人给他端来一大盘米饭,正在他要开始吃饭的当儿,一个人急匆匆地一路飞奔,来到他的面前。

"那个老爷来了。"他大声说。

"什么老爷?"

他跳了起来。门口传来一阵喧嚣。他朝前走去。哈桑正从黑暗中朝他快步走来,接着他听到一个声音。

"伊泽特。你在吗?"

坎皮恩朝他走来。

"哎,咱们又见面了。天哪,好险啊,是不是?看来你已经把自己安排得舒舒服服,相当安逸。哎哟,我真想喝杯酒。"

湿漉漉的衣服紧贴在他身上,他满身淤泥,头发蓬乱,但他兴致极好。

"我不知道这些家伙究竟把我带到哪儿来了。我打定主意,一定要在岸上过夜。我还以为你淹死了。"

"这儿有一些亚力酒。"伊泽特说。

坎皮恩把嘴对着坛子喝起来,他发出咳咳呛呛的声音,但仍然继续喝着。

"什么猫儿尿,但劲头确实不小。"他望着伊泽特,咧开嘴一笑,露出他那残缺不全、已经变色的牙齿。"嗨,老伙计,你这副模样,要是去洗个澡,就会好很多。"

"我待会儿再洗。"

"好吧,那我也待会儿再洗吧。让他们去给我拿条纱笼来。你是怎么逃出来的?"他没有等伊泽特回答。"我觉得我这下子完了。我能活下来,全靠这儿的两位侠义之人。"他兴高采烈地朝两个达雅克囚犯点了点头,示意就是他们两个人。伊泽特隐隐约约地认出来这两个人原来就是早先为他们划船的那伙船夫中的成员。"他们分别在我两侧,紧紧抓住那条该死的小船不放,不知怎么,他们明白我已经筋疲力尽,再也支撑不下去了。他们朝我打手势,表示我们可以冒险试着游到岸边去,但是我觉得自己没有那样的力气。天哪,我一生从来没有如此疲惫。我不知道他们是怎么做到的,反正他们抓住了咱们原来躺在上面休息的那个垫子,把它卷成一卷。他们真是侠义之人。我不知道他们为什么没有甩下我,去救他们自己。他们把那卷东西给了我。我觉得那玩意儿就是一条极为破旧的救生带,但是俗话说,人快淹死时,稻草也要抓。我算真正明白了这句话的含义。我就抓住那个该死的玩意儿,他们在我的左右两侧,不知怎样把我拖到了岸上。"

脱险生还的经历让坎皮恩十分兴奋,他的话也多起来了,但伊泽特几乎没在听他说些什么。他又一次听到了坎皮恩痛苦的呼救声,那个声音相当清晰,好像当时的话语仍在空中回响,把他吓得失魂落魄。他的神经感受到一阵无名的恐慌。坎皮恩仍在说个不停,但他这么做,是不是为了掩饰自己的想法呢?伊泽特窥视他那两只明亮的蓝眼睛,想要看出在他这番滔滔不绝的话语背后的确切含义。他的眼睛里面是否闪现出严厉的神色,或者含有什么冷嘲热讽的意味?他是否知道,伊泽特曾经只管自己逃命,让他听凭命运的安排？伊泽特脸涨得通红。不管怎样,在当时的情况下,他又能够做什么呢？在那样的时刻,人都只管自己逃命,谁要落在后面就得遭殃。可是,如果坎皮恩在瓜拉索洛对人家说,伊泽特曾丢下他不管,他们会说些什么呢？他本来应当留在他的身边,现在他真心实意地希望自己当时真的留在他的身边,但是当时,当时他是身不由己,他做不到。哪个人能责怪他呢？只要有谁见过那股凶猛翻腾的激流,就不能责怪他。哦,那样的河水,那种疲惫的感觉,简直可以让他哭出来！

"如果你像我一样感到肚子饿了,最好对着这盘米饭好好地吃一顿。"他说。

坎皮恩狼吞虎咽地吃起来,但伊泽特只吃了一两口,就觉得自己没了胃口。坎皮恩不停地说着话儿。伊泽特心怀疑虑地听着。他感到自己必须加以提防。他又喝了不少亚力酒,觉得自己有点儿醉了。

"回到瓜拉索洛,我会遭到严厉的训斥。"他用试探的口气说。

"不知道原因是什么。"

"我受到委派来照顾你。他们会觉得我实在愚笨,以致让你差点儿淹死。"

"那并不是你的过错,而是那个十足愚蠢的舵手的过错。不管怎么说,我们都得救了,这才是重要的。天哪,我一度觉得我完蛋了。当时我大声叫你,不知道你有没有听见。"

"没有,我什么都没有听见。那时周围闹哄哄的,对不对？"

"也许你那时已经离开了。我不大清楚你究竟是什么时候离开的。"

伊泽特目光敏锐地瞅着他。坎皮恩的眼睛里似乎露出古怪的神情,这难道是他的幻觉吗?

"当时真是混乱不堪,"他说,"我几乎要支撑不下去了。我的男仆扔给我一支船桨。我从他那儿得知你安然无事。他告诉我说,你已经上岸了。"

那支船桨!他本来应该把那支船桨交给坎皮恩,并且让哈桑前去救他,因为哈桑是一个游泳能手。坎皮恩似乎又迅速朝他目光锐利地瞥了一眼,这莫非又是他的幻觉?

"真希望当时我能给你更多的帮助。"伊泽特说。

"哦,我相信,你当时照顾自己就够费劲儿的了。"坎皮恩回答说。

头人给他们俩送来好多杯亚力酒,他们俩喝了不少。伊泽特的头开始晕眩,就提议说他们俩该上床睡觉了。床都给他们铺好了,蚊帐也挂上了。明天黎明时分,他们就要出发,沿着河流开始他们余下的旅程。坎皮恩的床就在他的床旁边,不出几分钟,他就听到坎皮恩的鼾声。坎皮恩一躺下就马上睡着了。村社大屋里的年轻人跟充当小船船夫的那伙囚犯继续闲聊到深夜。这时伊泽特的头疼得很厉害,完全无法思考。等到次日天明哈桑把他唤醒的时候,他觉得自己根本就没有睡着。他们的衣服都已经洗好、晾干了,但是当他们顺着狭窄的小径朝河边走去的时候,他们身上仍然潮阴阴的。马来帆船正在河边等着他们。他们慢悠悠地划着船。清晨十分可爱,水面开阔而平静,河水在晨曦中泛出粼粼的波光。

"老天在上,活着真好啊。"坎皮恩说道。

他样子邋遢,脸也没刮。他深深地吸了几口气,歪扭的嘴巴半张着,龇着牙笑着。你可以看出,他觉得呼吸到的空气特别美好。面对着蓝天、阳光和绿色的树木,他感到很愉快。伊泽特讨厌他。他可以肯定,今天早上坎皮恩的神态举止有些不同。他不知道该怎么办是好。他想去请求他的宽恕。当时他表现得像一个无赖,但他感到后悔,为了再拥有那样的机会,他愿意付出任何代价。可是,无论哪个人可能都会像他那样做的。如果坎皮恩揭露了他的底细,他就完了。他就再也不能在森布卢待下去了;在婆罗洲和海峡殖民地①,他会声名扫地。如果他向坎皮恩供述了一切,他肯定会让坎皮恩保证为他守口如瓶。但坎皮恩会信守诺言吗?他望着坎皮恩,这个诡诈的小个子。他怎么能信得过这样的人呢?伊泽特想起自己前一天晚上所说的话。那当然不是实情,但谁又会知道呢?不管怎么说,谁能证明当时他不是真的认为坎皮恩已经安然无事了呢?无论坎皮恩说什么,那都只是与他的话相对的一家之言;他可以笑笑,耸耸肩膀,说坎皮恩失去了理智,信口开河。况且,还无法肯定坎皮恩是否相信他对当时情况的描述。在那个拼命求生的危急时刻,他不可能对什么事都记得一清二楚。他很想回到刚才那个话题,但又担心这么做会引起坎皮恩的猜疑。他必须保持缄默。这是他获得安全的唯一机会。当他们抵达瓜拉索洛后,他就抢先把他的说法散布出去。

"现在要是有一支烟抽的话,"坎皮恩说,"我的快乐就变得圆满无缺了。"

---

① 海峡殖民地,一八六七年,英国在马六甲海峡沿岸建立的殖民地,包括新加坡、槟榔屿、马六甲和附近小岛,第二次世界大战结束后在一九四六年解体。

"到了轮船上,我们总能抽上几根劣质卷烟。"

坎皮恩轻声笑了笑。

"人真是缺乏理性的动物,"他说,"一开始,我为自己能活下来而无比高兴,别的什么也不想,但是现在呢,我又开始对丢失我的笔记、我的照片和我的刮脸用具而感到惋惜。"

伊扎特早就形成了这样的想法,它潜藏在他的脑海深处,但整个夜晚,他都不肯让这个想法进入他的意识。

"我真希望他淹死了就好了。那样我就安全了。"

"船就在那儿。"坎皮恩突然叫道。

伊泽特环顾四周。他们已经到达河口,"苏丹艾哈迈德号"正等着他们。伊泽特的心往下一沉,因为他忘了这条船有一个英国船长,他一定会知道他们的冒险经历。坎皮恩会怎么说呢?船长的姓氏是布雷登。伊泽特经常在瓜拉索洛见到他。他身材矮小,性格直爽,留着黑色的八字须,态度轻松愉快。

"快点儿,"他们划船过去时,他朝他们嚷道,"我从天一亮就在这儿等你们。"可是当他们登上轮船以后,他把脸一沉。"嗨,你们怎么啦?"

"让我们喝一杯,就会把一切都告诉你。"坎皮恩刁滑地咧嘴笑着说。

"来吧。"

他们在天蓬底下坐下,桌子上放着几个玻璃杯,一瓶威士忌加苏打水。船长下达了命令,几分钟后,他们就在一片轰隆声中启航了。

"我们遇上了涌潮。"伊泽特说。

他觉得他必须说点什么。尽管喝了酒,但他的嘴仍然干燥得很厉害。

"是吗?天哪!你们没有淹死,真算幸运。到底是怎么回事儿?"

虽然他的话是对伊泽特说的,因为他认识他,但回答的人却是坎皮恩。他十分准确地叙述了整个事件,伊泽特则紧张而专心地在一旁听着。坎皮恩在讲前半部分的时候,用的是复数人称,随后讲到他们掉进水里的时候,就改用单数人称了。开始是他们做了什么,现在却成了他怎么样了。他把伊泽特排除在外。伊泽特不知道究竟应该宽慰呢还是应该担心。为什么坎皮恩不再提到他?是因为在那个生死关头,他只想到自己,还是——他知道了?

"那你遇到了什么情况?"布雷登船长说道,一面把脸转向伊泽特。

伊泽特正要回答,坎皮恩又开口说话了。

"在我来到河对岸之前,我一直以为他淹死了。我不知道他是怎么脱险的。我想大概连他自己也不清楚。"

"一眨眼的工夫就过去了。"伊泽特笑着说。

坎皮恩为什么那样说?他偶然捕捉到他的眼神。如今他可以肯定,坎皮恩的眼睛里闪现出顽皮的神情。他心里一点都没有底,真是可怕。他提心吊胆,十分羞愧。他暗自纳闷,不知是否自己现在或以后都完全无法主导谈话了,以至竟然想去问问坎皮恩,这是否就是坎皮恩到了瓜拉索洛后所要讲述的情况。他的话中根本没有什么东西会引起人家的猜疑。可是就算没有别的人知道那件事儿,坎皮恩还是知道的。他本来可以把他干掉。

"噢,我觉得你们两个能活下来,真是太幸运了。"船长说。

到瓜拉索洛的航程很短。当他们朝着森布卢河上游航行的时候,伊泽特闷闷不乐地望着河的两岸。河岸上满是经过河水冲刷的海榄雌和聂帕桐,后面是茂密而苍翠的丛林。在果树当中,疏疏落落地散布着修建在木桩上的马来人的房屋。他们停靠到码头上的时候,夜幕已经降临。警官戈林上船跟他们握了握手。当时他正住在那所客栈里,在他着手准备会见那些本地旅客的时候,他跟他们说,他们会发现一个名叫波特的人也住在那儿。他们都会在吃晚饭的时候见面。男仆们负责照管他们的起居,坎皮恩和伊泽特则缓步前往他们的住处。他们都洗了澡,换了衣服,到了八点半,他们四个人就聚在公共休息室里,准备喝杯杜松子苦味酒。

"嗨,那个布雷登跟我说你们差点儿淹死了,究竟是怎么回事啊?"戈林走进来的时候说道。

伊泽特感到自己的脸涨红了,但他还没来得及开口回答,坎皮恩就插进来说话。伊泽特相当肯定地认为,坎皮恩抢着说话是想按照他自己的意思来叙述那番经历。他羞愧得脸上发烫。可是并没有一句贬损他的话,也根本没有一个字提到他。他不知道那两个听的人,也就是戈林和波特,是否会因为他被排除在外而感到奇怪。当坎皮恩接着往下讲的时候,他神情专注地看着他。坎皮恩讲得相当诙谐;他并不掩饰他们当时所面临的危险,但他说的时候用的是开玩笑的方式,因此那两个听的人都为他们陷入的那种不知所措的窘境而哈哈大笑。

"有件事一直让我觉得怪好笑的,"坎皮恩说,"那就是当我来到河对岸以后,我浑身墨黑,从头到脚都是淤泥。我感到我真该跳到河里去洗个澡,但是你们知道,当时我觉得自己在那条该死的河里已经待得够久了,因此我对自己说道:不,看在上帝分上,就让我脏好啦。后来我走进村社大屋,看到伊泽特跟我一样浑身墨黑,我知道他的感受也跟我的一样。"

他们都放声大笑,伊泽特也逼着自己勉强笑了笑。他发现坎皮恩在讲述那场经历时所用的词语,跟他向"苏丹艾哈迈德号"的船长讲述时所用的词语完全一样。对这一点只有一种解释。他知道所有的情况,并且早就清楚地想好了该怎样讲述那场经历。坎皮恩言辞巧妙地陈述事实,然而把那些肯定会败坏伊泽特名声的部分略去,却是相当恶毒的。可是为什么他要手下留情呢?对于一个在那样可怕的危急关头冷酷地对他弃之不顾的人,竟然不感到轻蔑和怨恨,这可不像是他的脾气。突然伊泽特灵机一动,恍然大悟:他是要把真相留着告诉驻地长官威利斯。一想到要面见威利斯,伊泽特就浑身直起鸡皮疙瘩。他可以否认,但他的否认会有用吗?威利斯并不是傻瓜,他会去询问哈桑。哈桑可保不住会说出真相。哈桑会出卖他的。那样他就完了。威利斯会建议他最好还是返回英国。

他头疼得就像要裂开一样,晚饭以后,就走进自己的房间,因为他想独个儿待着,以便构思出一个行动计划。不一会儿,他就产生了一个想法,让他身上一阵冷又一阵热。他知道他保守了那么久的秘密,实际上是一个尽人皆知的秘密。他忽然对这一点确信无疑。为什么他会有那样明亮的眼睛和那身黝黑的皮肤?为什么他马来语说得那么流畅,达雅克语学得那么快?他们当然知道。他竟然认为他们相信他编的那个谎话,什么西班牙籍的外婆,真是无比愚蠢!当他那么说的时候,他们一定肚子里暗自好笑,他们背地里一定把他称作该死的黑鬼。这时他脑海里又出现另一个念头,让他饱受折磨。他心里暗想,是不是由于他血管里流着的那一滴肮脏的土著人的血,他才会在听到坎皮恩的呼救时失去了勇气。要知道,在那种时候,无论哪个人大概都会惊慌失措。老天在上,为什么他就应当牺牲自己的生命,去挽救一个他毫不在意的人的生命呢?那是荒唐的。可是在瓜拉索洛,人们当然认为,只有那样才合乎他们的期望。他们不会加以体谅。

最后他上床就寝,但在他翻来覆去地不知道折腾了多久终于睡着了以后,却被一个噩梦惊醒了。他似乎又掉到了那汹涌的激流中,小船在不住地翻滚。接着就是拼命地紧紧抓住舷边,舷边从手中滑脱时的痛苦,还有呼啸着没过他头顶的河水。天亮以前,他就完全醒了。他唯一的机会就是去见威利斯,抢先叙述一下事情的经过。他仔细斟酌他打算说的话儿,选择他想使用的确切词语。

他起得很早,为了避免见到坎皮恩,他早饭也没吃就出门了。他沿着大路朝前走去,直到他知道驻地长官应该已经在办公室的时候,他才又走了回来。他报出自己的姓名,随后就被领进了威利斯的房间。威利斯是个矮小的上了年纪的人,头发灰白而稀疏,脸庞长长的,皮色发黄。

"看到你安然无恙地回来,我很高兴,"他说道,一面跟伊泽特握了握手,"听说你们差点儿淹死了,究竟是怎么回事?"

伊泽特穿着干净的帆布衣服,头上戴的遮阳帽也一尘不染,显得体态俊美。他的黑头发梳理得整整齐齐,八字须也经过修剪。他站得笔直,露出一副军人仪态。

"我觉得最好马上过来向您说一下情况,长官,因为您要我照顾坎皮恩。"

"你就说吧。"

伊泽特开始讲述事情的前后经过。他轻描淡写地谈了当时所遭遇的危险,让威利斯觉得当时的情况并不那么严重。如果他们出发得早一点,他们就根本不会遇到翻船的事了。

"我设法让坎皮恩早点儿走,但他已经喝了两三杯酒。实际上,他并不想离开。"

"他喝醉了?"

"这我可不知道,"伊泽特心情愉快地笑着说,"我不能说他完全清醒。"

他继续往下讲。他设法婉转地表示坎皮恩有点儿失去理智。当然,对于一个不大会游泳的人来说,这是一桩非常可怕的事儿。他,伊泽特对自己可不像对坎皮恩那么关心;他明白唯一的机会就是保持冷静。就在他们翻船的时候,他发现坎皮恩吓得心惊胆战。

"你不能为这件事而责怪他。"驻地长官说。

"当然,我做了我能为他所做的一切,长官,但实际上,我帮不上多大的忙。"

"哎,重要的是你们俩都逃出来了。要是他淹死了,我们都会感到很难处理。"

"我觉得在您见到坎皮恩之前,我最好先过来把情况告诉您,长官。我认为他很可能会乱讲一气。把事情夸大是没有益处的。"

"总的说来,你们俩的说法倒相当一致。"威利斯略微笑了笑,说。

伊泽特茫然地望着他。

"你今天早上没有见到坎皮恩吗？我从戈林那儿听说出了一些问题。昨天晚上吃好晚饭,我从寨子回家时就顺路前来看看你们。那时你已经上床睡觉了。"

伊泽特感到浑身发抖,他竭力使自己保持镇静。

"顺便问一句,是你先逃出来的吧？"

"我真的不清楚,长官,您知道,当时混乱不堪。"

"如果你比他早到河的对岸,那你就肯定是先逃出来的。"

"我猜是这样的。"

"好啦,谢谢你来告诉我。"威利斯说,一面从椅子上站起身来。

他站起来的时候,把几本书撞到了地板上,猛然发出砰的一声。这种突如其来的声音把伊泽特吓了一大跳,他倒抽了一口冷气。驻地长官迅速地朝他看了一眼。

"嗨,你的精神状态可不好。"

伊泽特不由自主地浑身发抖。

"我很抱歉,长官。"他嘟囔道。

"我想你们都受到了惊吓。你最好还是休息几天。你何不去让医生给你开点儿药呢？"

"我昨晚睡得不大好。"

驻地长官点了点头,好像明白了。伊泽特离开了房间,他正要朝外走的时候,有个他认识的人站住脚,为他成功脱险表示祝贺。他们都知道了。他朝客栈的方向往回走去。他一边走一边暗自把他对驻地长官叙述的情况重复了一遍。他的说法真的跟坎皮恩所说的一样吗？驻地长官已经听坎皮恩讲过所有的情况了,他对这一点毫不怀疑。他竟然那么早就去睡觉了,实在太傻了！他根本就不应该让坎皮恩离开他的视线。为什么驻地长官不告诉他自己已经知道了所有的情况,而只是听他往下说呢?伊泽特咒骂自己先前不该暗示坎皮恩当时喝醉了,失去了理智。他那么说是想败坏坎皮恩的名声,但如今他明白那样做相当愚蠢。而且为什么威利斯提到是他先逃出来的呢?也许他也是手下留情。也许他打算展开调查;威利斯为人是很精明的。可是坎皮恩究竟说了些什么呢?他必须知道。不管付出什么代价,他都必须知道。伊泽特头脑里思绪翻滚,他感到自己几乎无法控制自己的思想了,但他必须保持镇静。他感到自己就像一头遭到追捕的动物。他不相信威利斯会喜欢他;有一两次在办公室里,他责怪他粗心大意;也许他只是在等着掌握所有的事实。伊泽特几乎要发疯了。

他走进客栈,在那儿,坎皮恩正伸直了双腿,坐在一张长椅上。他在看报纸,那些报纸都是他们出门在丛林里的那段时间寄来的。看着这个身材矮小、衣衫破旧的男人,伊泽特感到一阵无法自制的仇恨涌上心头,就是这个男人把他控制在自己的掌心之中。

"喂,"坎皮恩抬起头来说道,"你到哪儿去啦?"

在伊泽特看来,他的眼睛里似乎含有嘲讽挖苦的意味。他握紧拳头,呼吸开始变得急促起来。

"你究竟跟威利斯是怎样说我的?"他贸然问道。

他提的这个突如其来的问题,语气十分刺耳,坎皮恩不禁略带惊讶地瞥了他一眼。

"我觉得我并没有怎么说到你。怎么啦?"

"他昨晚上这儿来的。"

伊泽特目光专注地望着他。他愤怒地蹙起额头,双眉紧锁,想要看透坎皮恩的想法。

"我对他说你头疼,上床睡觉了。他想了解一下我们的不幸遭遇。"

"我刚去见过他。"

伊泽特在宽敞而阴凉的房间里踱来踱去。尽管时间仍然很早,但阳光已经很热,晃得眼睛都睁不开。他感到自己陷入了罗网。他愤怒得失去了理智;他差点儿就要一把扼住坎皮恩的喉咙,把他掐死。可是,他不知道自己究竟是跟谁在争斗,因而感到无能为力。他既疲乏又难受,他的情绪无法稳定。突然,刚才给他带来力量的那股怒火消退了。他心里无比懊丧。在他血管里流淌的好像不是血,而是水;他的心直往下沉,双膝似乎无法再支撑住自己的身体。他觉得如果他不小心注意,就会哭出来了。他感到自己十分委屈。

"你这该死的家伙,我真心希望自己从来没有见过你。"他可怜巴巴地大声说。

"到底怎么啦?"坎皮恩问道,脸上露出惊讶的神色。

"哦,别装了。我们都装了两天了。我实在感到烦透了。"他的嗓门提高了,声音变得相当尖厉,这种声音从那个身强体壮的男人嘴里发出来,听上去相当奇怪。"我实在烦透了。我只顾自己逃命。你淹死了也不管。我知道我表现得相当卑劣。但我实在没有法子。"

坎皮恩慢悠悠地从椅子里站起来。

"你究竟在说什么呀?"

他的语气显得那样惊讶,完全出自内心,倒把伊泽特吓了一跳。他的脊梁骨上感到一阵寒意。

"你在呼救的时候,我感到惊慌失措。我正好抓到一支船桨,就让哈桑帮我逃跑了。"

"你那样做是再明智也不过了。"

"我帮不上你。我什么事儿都做不成。"

"当然做不成。当时我那样呼叫,实在傻透了。那是在浪费气息,而我当时需要的就是气息。"

"你是说你不知道?"

"当那两个家伙把垫子交给我的时候,我以为你仍然抓着那条船。我觉得是我比你先逃出来。"

伊泽特双手抱着头,发出一声嘶哑而绝望的喊叫。

"天哪,我真是一个傻瓜!"

两个人站在那儿,相互注视了一会儿。那片寂静似乎没有尽头。

"现在你打算怎么办?"伊泽特最后问道。

"哦,亲爱的伙计,别担心。我自己也经常怕得要命,怎么会责怪别人显得胆小呢。我跟谁都不会说的。"

"好的,但你知道。"

"我向你保证,你可以信任我。再说,我在这儿的工作也做完了,打算回国。我想赶下一班开往新加坡的轮船。"坎皮恩停顿了一下,沉思地对着伊泽特看了一会儿。"我只有一件事想求你。我在这儿结识了许多朋友,我对一两个问题有点儿敏感。你跟人家谈起咱们那场翻船的经历时,最好别跟他们描述当时我那种不光彩的表现,那样我会万分感激。我不想让这儿的人认为当时我失去了勇气。"

伊泽特的脸涨成了深红色。他想起了自己跟驻地长官说过的话。那种情形几乎就像坎皮恩始终在他背后听他说话一样。他清了清嗓子。

"我不知道为什么你认为我会那么做。"

坎皮恩和气地咯咯笑起来,他的蓝眼睛里露出了调皮的愉快神色。

"因为胆怯。"他回答说,随后他咧嘴笑着,露出他那残缺不全、已经变色的牙齿,"来支方头雪茄吧,老兄。"

信

外面的码头上,太阳热辣辣地直射下来。摩托车、卡车、公共汽车、私人小汽车和出租车在拥挤的大街上川流不息,每个驾车人都按着喇叭。车夫拉着洋车在人群中灵活地穿行。气喘吁吁的劳工们缓过气息,就相互大声呼唤。苦力们扛着沉甸甸的大包,侧着身子用快速的步子朝前走着,嘴里大声喊着要行人让道。流动的小贩们叫卖着自己的货物。新加坡是个五方杂处的场所,各种肤色的人都汇聚在那儿,有黑皮肤的泰米尔人,黄皮肤的华人,棕色皮肤的马来人,还有亚美尼亚人、犹太人和孟加拉人。他们用沙哑刺耳的语调彼此打着招呼。可是在里普利、乔伊斯和内勒三位律师开设的律师事务所里,却显得凉爽宜人。经过在外面尘土飞扬、阳光耀眼的大街上停留后,这儿显得光线昏暗;外面大街上是持续不断的嘈杂声,而这儿却充满了舒适宁静的气氛。乔伊斯先生坐在他自己办公室的书桌前,一台电风扇正对着他使劲吹着。他仰靠在椅背上,两只胳膊肘搁在椅子的扶手上,两只手的指尖互相顶在一起。他定睛注视着放在前方长长的书架上的那几本已经翻得破损的《判例汇编》。橱柜顶上放着几个好像日本漆器的方形马口铁盒子,盒子上写着各个诉讼委托人的姓名。

有人敲门。

"进来。"

一个穿着十分整洁的白色帆布衣服的华人帮办开了门。

"克罗斯比先生来了,先生。"

他的英语说得很漂亮,每个词的发音都很准确。他竟然掌握这么多词汇,乔伊斯先生经常为此而感到惊讶。黄志诚是一个广东人,他曾在格雷法学会①学习法律。为了往后能独立开业,如今他正在里普利、乔伊斯和内勒的律师事务所里见习,为期一到两年。他工作勤奋,乐于助人,具有模范品德。

"请他进来。"乔伊斯说。

乔伊斯站起身跟客人握了握手,然后请他坐下。乔伊斯先生站起来的时候,阳光照到了他身上。他的脸仍然在暗影当中。他生性寡言少语。这时候,他朝着罗伯特·克罗斯比看了好一会儿,没有开口说话。克罗斯比身材魁梧,有六英多尺高,肩膀宽阔,肌肉发达。他是一个橡胶种植园主,经常在种植园里四处行走,一天的工作结束后又喜欢打打网球,松散一下筋骨,把身体锻炼得十分结实。他的皮肤给晒得黢黑。他那双毛茸茸的手,还有那两只套在笨重的靴子里的脚,都巨大无比。乔伊斯先生暗自心想,这样一只巨大的拳头挥出去,轻易就能把一个身体纤弱的泰米尔人一拳打死。可是他那双蓝眼睛里没有露出一丝凶狠的神色,而是充满了信任和温

---

① 格雷法学会,英国伦敦四家培训律师的机构之一。

柔。他的眉眼粗大,相貌平凡,但脸上却显得坦率、真诚、胸无城府。不过这时候,他满面愁容,神色憔悴而烦乱。

"你看上去好像这两天晚上没怎么睡好啊?"乔伊斯说。

"是没睡好。"

这时候,乔伊斯注意到那顶宽边双檐的旧毡帽,那是克罗斯比刚放在桌子上的;接着他的目光依次转向他的卡其布短裤,短裤底下露出两条红色的毛茸茸的大腿,他那件领口敞开的网球衫(他没戴领带),以及他那件脏巴巴的、卷起袖口的卡其布外套。他那副模样就像经过长途跋涉之后,刚刚从橡胶林中钻出来似的。乔伊斯先生微微皱了皱眉头。

"要知道,你必须振作起来。你必须保持镇静。"

"哦,我没什么。"

"今天你见过你太太了吗?"

"没有。我今天下午去看她。你知道,他们竟然逮捕了她,实在太不像话了。"

"我想他们不得不这么做。"乔伊斯先生用平静、柔和的语调回答说。

"我原来以为他们会让她保释出来。"

"那可是十分重大的指控。"

"真见鬼。她只是做了任何一个正经女子在那种情况下都会做的事儿,只是十个女子里面九个没有这样的胆量。莱斯莉是世上最善良的女人。她连一只苍蝇都不忍心伤害。嗨,真是岂有此理,老兄,我和她结婚已经十二年了,难道我还不了解她吗?天哪,如果那个家伙落到我手里,我就要拧断他的脖子。我会毫不犹豫地宰了他。要是你也不会饶他。"

"亲爱的朋友,大伙儿都站在你的一边。谁也没有为哈蒙德说上一句好话。我们打算使她免受处罚。我想,无论是陪审员还是法官,他们一定会在进入法庭前就已经决定要对她做出无罪的裁决。"

"这完全就是一场闹剧。"克罗斯比言辞激烈地说,"首先,她根本就不应该被逮捕,而且,那可怜的女人在经历了那样的磨难后,还要让她遭受审判的煎熬,真是太可怕了。自从我来到新加坡后所遇到的每一个人,不论男女,没有一个不对我说莱斯莉那样做是完全正当合理的。这几个星期竟然一直把她关在监狱里,我觉得实在不像话。"

"法律就是法律。别忘了,她承认自己杀了那个男人。这糟糕透了。我对你们夫妇俩深表同情。"

"我算不上什么。"克罗斯比插嘴说。

"可事实是发生了谋杀,在文明社会里,审判是不可避免的。"

"除掉一个有害的歹徒也算是谋杀吗?她枪杀他,就像杀死一条疯狗一样。"

乔伊斯先生又仰靠在椅背上,把十个手指的指尖又一次相互顶在一起,搭成一个小型建筑,看上去就像一个屋顶框架。他沉默了一会儿。

"有一点使我略微有些担心,"他最后开口说,声音平和,两只褐色的眼睛冷静地盯着他的诉讼委托人,"如果我不把这一点告诉你,身为你的法律顾问,我就算不上称职。如果你的妻子朝哈蒙德只开了一枪,整个案件的处理就会极为顺利。不幸的是,她开了六枪。"

"她的解释非常简单。在当时那种情况下,不管哪个人都会那样做的。"

"大概是这样，"乔伊斯先生说，"当然，我认为她的解释十分合理。但如果我们闭眼无视事实，也没有什么好处。把自己摆到对方的立场去思考问题，总是一个不错的方法。我无法否认，如果我现在代表王国政府进行起诉的话，我会专门针对这一点提出质询。"

"老兄，那样可愚蠢透顶。"

乔伊斯先生锐利地朝罗伯特·克罗斯比瞅了一眼。他那线条匀称的嘴唇上挂着一丝笑意。克罗斯比是一个好人，但实在算不上聪明。

"可能这一点无关紧要，"律师说，"我只是觉得有必要提一下。现在你不用等上多久了，等到一切结束以后，我劝你跟你的妻子出门到什么地方去旅行一下，把这一切都忘掉。虽然我们几乎可以肯定她会无罪释放，但这种审判仍然相当伤神，你们俩到时候都需要休息一下。"

顶到这会儿，克罗斯比的脸上才头一次露出笑容，让他的面容出现了奇特的变化。你忘了他粗野的样子，只看到他那美好的心灵。

"我觉得我比莱斯莉更需要休息。她坚持下来，真了不起。老天在上，你的委托人真是一个勇敢的小妇人。"

"是呀，她的自我控制能力给我留下了深刻的印象，"律师说，"我怎么也没想到，她竟然如此顽强果断。"

乔伊斯先生身为克罗斯比太太的辩护律师，在她被捕后必须多次跟她会面。虽然已经做了能做的一切，尽量让她感到安闲舒适，但事实上她仍然身处狱中，因为涉嫌谋杀而等着开庭审判，即便她吓得心惊胆战,也不足为奇。但她经受这种严酷考验的时候,却似乎相当镇静。她看了大量的书,尽可能地锻炼身体,同时经主管人员许可,她开始做手编花边,那一直是她的一项消遣,用来消磨漫长的时光。乔伊斯先生去看她的时候,她身上穿着凉爽、干净、朴素的衣衫,显得相当整洁,她的头发经过精心梳理,指甲也修剪过了。她神态镇定,甚至拿自己目前的处境所出现的微小不便开几句玩笑。她谈到自己的不幸遭遇,样子好像有些漫不经心。这使乔伊斯先生不禁想到,只是凭借她那良好的教养,她才不愿在这种非常严峻的局面中发现一点荒唐可笑的地方。乔伊斯先生为此感到十分诧异,因为他从没想到莱斯莉倒颇有幽默感。

乔伊斯先生跟她的交往,断断续续地也有好多年了。她每次到新加坡来的时候,通常总要跟乔伊斯夫妇一起吃顿饭。有一两次,她还跟乔伊斯夫妇在他们的海滨宅子里共度周末。乔伊斯先生的妻子曾在莱斯莉的橡胶种植园里住过两个星期,并在那儿见过杰弗里·哈蒙德好几次。他们两对夫妇的关系,即便算不上密切,也称得上是友好了。正是由于这个缘故,在发生灾祸后,罗伯特·克罗斯比才立刻赶到新加坡,请求乔伊斯先生亲自负责为他那不幸的妻子出庭辩护。

莱斯莉所讲的事情经过,跟乔伊斯先生头一次去见她时所讲的一模一样,甚至连最微小的细节都没有做任何改动。在惨剧发生之后几个小时,她冷静地讲述了事情经过,现在她仍然如此讲述了一遍。她的讲述前后连贯,语气平和稳定,只有在讲到一两个细节时脸蛋上才微微泛起红晕,露出一点困窘的样子。谁也没有想到这种事儿竟会发生在她这样一个女人的身上。她看上去三十出头,体质娇弱,个子不高不矮,与其说她容貌俊俏,倒不如说她神态娴雅。她的手腕和脚踝都很纤细。她极为瘦弱,透过她手上白皙的皮肤,可以看到下面的骨头和粗大的青色静脉。她的脸色苍白,微微泛黄,嘴唇也毫无血色。她眼睛的颜色并不怎样引人注意。她长着浓密的淡褐色的头发,天生略微有些拳曲;只要稍加修剪,这样的头发就会十分漂亮,但是你无法想象克罗斯比太太会考虑采用那种方法。她是一个安静、可爱、毫无架子的女人。她的风度迷人,要是说她并不怎么受到大家的喜爱,那是因为她有些害臊。这是可以理解的,因为种植园主的生活相当孤独,在她自己的家里,与她熟悉的人相处,虽然娇艳可爱,也只能淡泊自处。乔伊斯太太在她家里住了两个星期,回来以后对她丈夫说,莱斯莉是一个非常亲切和蔼的女主人。她说,她身上还有许多不被人家所了解的地方;一旦你跟她熟悉了以后,就会发现她竟然看过那么多书籍,她的谈吐竟然那么风趣,让你大吃一惊。

世上像她这样的女人,是绝不会犯谋杀罪的。

乔伊斯先生对罗伯特·克罗斯比说了许多自己所能想到的宽慰话儿,才把他打发走,随后独自待在办公室里翻阅案情摘要。可是,这只是一个无意识的动作,因为他对案情的所有细节都已十分熟悉。这个案子在当时是一个轰动事件,从新加坡到槟城,整个半岛,不管是在俱乐部里还是在餐桌上,大伙儿都在谈论。克罗斯比太太提供的事实相当简单。当时她丈夫已去新加坡出差,晚上她一个人在家,很晚的时候,八点三刻,她独个儿吃晚饭,饭后就坐在起居室里做花边。起居室的门对着游廊。平房里没有别人,因为仆人们已经回到大院后面他们的住处去歇息了。突然花园的石子路上响起了脚步声,她感到很惊讶,那是穿着皮靴的脚步声,表明那是一个白人,而不是一个当地人,她并没有听到汽车开来的声音。她想不出哪个人会在这么晚的时间前来看她。有人踏上了通往平房的那几级台阶,穿过游廊,来到她坐在里面的起居室门口。一开始,她没有认出前来拜访的那个客人是谁。她坐在一盏带灯罩的灯旁边,而那个客人站在那儿,背对着黑暗。

"我可以进来吗?"他说。

她甚至没有听出那是哪个人的声音。

"你是谁?"她问道。

她编花边的时候戴着眼镜,说话的时候把眼镜摘了下来。

"杰夫·哈蒙德①。"

"当然啦。进来喝一杯吧。"

她站起身来,热情地跟客人握了握手。看到杰夫·哈蒙德让她感到有点儿吃惊,因为尽管他是他们的邻居,但不管是她还是罗伯特,最近跟他的关系都并不怎么密切,而且她已经有好几个星期没见过他了。他是一个橡胶种植园的主管,他管理的橡胶种植园与他们的橡胶种植园相距几乎有八英里。她暗自纳闷,不知道为什么他选这么晚的时候前来看望他们。

"罗伯特不在家,"她说,"他到新加坡去了,今晚得在那儿过夜。"

也许他觉得有必要对自己深夜来访解释一下,他说道:

"真对不起。今晚我觉得相当寂寞,因此就想过来看看你们过

---

① 杰夫是杰弗里的昵称。

得怎么样。"

"你究竟是怎么过来的？我没有听到汽车的声音。"

"我把汽车停在大路上。我想你们俩可能已经上床睡着了。"

这番解释相当自然。种植园主天刚亮就起床了，以便对干活的工人们点名，所以很乐意在晚饭以后不久就上床安歇。第二天，也确实在离开她家四分之一英里的地方发现了哈蒙德的汽车。

罗伯特不在家，房间里就没有放威士忌和苏打水。男仆大概睡着了，莱斯莉就没有叫醒他，而是自己去取。她的客人给自己调制了一杯，随后在烟斗里装好了烟丝。

杰夫·哈蒙德在殖民地有一大批朋友。眼下他已经三十七八岁了，但他来到这儿的时候还是个小伙子。大战爆发时，他是头一批赶赴战场的志愿军，而且表现得相当英勇。两年以后，他膝盖受伤，因而退役，不过他戴着优异服务勋章和军功十字勋章回到了马来联邦。他是整个殖民地最卓越的台球手之一。他跳舞的姿态非常优美，网球也打得十分出色。虽然如今他不能跳舞了，外加膝盖僵硬，网球也打得不如以前，但他善于交际，大伙儿都喜欢他。他身材高大，相貌堂堂，长着两只迷人的蓝眼睛和一头好看拳曲的黑发。不少老于世故的人曾说，他唯一的毛病就是贪恋女色。这场灾祸发生后，那些人不住摇头，郑重地说他们早就知道他会在这方面陷入麻烦。

这时，他和莱斯莉谈起一些当地新闻，新加坡即将举行的赛马会，橡胶的价格，以及他把一头新近在附近一带出没的老虎杀死的可能性。莱斯莉急切地希望在预定的日期前完成她正在编结的花边，因为她想把做的活儿寄回国去做母亲的生日礼物，于是她又戴上眼镜,把上面放着枕头的小桌子朝自己的椅子面前拉了一下。

"你要是不戴这种角质镜架的眼镜就好了,"他说,"我不明白一个漂亮女人为什么要尽力让自己显得样子平凡。"

哈蒙德的这话让她感到有点儿吃惊。他以前从来没有用这种口气跟她说过话。她觉得最好还是不要去理会。

"要知道,我并不刻意想要成为什么绝色美人,如果你直截了当地问我,我一定会告诉你,不管你是不是觉得我相貌平凡,我都不在乎。"

"我并不觉得你相貌平凡,我觉得你漂亮极了。"

"你的嘴可真甜,"她含讥带讽地答道,"可是如果你真那么想的话,我只能认为你实在没有什么眼光。"

他轻声笑起来。他从椅子上站起来,坐到她旁边的那把椅子上。

"你这双手是世界上最漂亮的,你总不见得好意思否认这一点吧。"他说。

他做了一个动作,仿佛想去握住她的一只手。她轻轻地拍了他一下。

"别干傻事,坐回你原来的位子上去,说话正经一点,否则我就打发你回家了。"

他仍然坐着不动。

"难道你不知道我非常爱你吗?"他说。

她仍然相当冷静。

"我不知道。我压根儿不相信你的话,而且即便这是真话,我也不希望你说出来。"

哈蒙德的话让她感到相当惊讶,因为在他们认识的七年时间里,他从来没有对她表现出特别的关注。他从战场上回来以后,他们彼此倒经常见面,有一次他病了,罗伯特还开车过去把他接到他们的宅子里来。他跟他们一块儿住了两个星期。可是他们双方的兴趣并不相同,这种相识交往始终没有发展成为友谊。最近两三年,他们几乎不大见到他。有时他过来打打网球,有时他们会在某个种植园主举行的社交聚会上遇到他,但经常出现的情况是,他们会连续一个月都见不到他的踪影。

这时哈蒙德又喝了一杯加苏打水的威士忌。莱斯莉不知道他是不是来之前就喝过酒了。哈蒙德的样子显得有些怪异,这让她有点儿不安。她不以为然地看着他自斟自饮。

"换了我是你的话,就不再喝了。"她说道,仍然显得相当和气。

哈蒙德一口气喝完酒,放下杯子。

"你认为我这样跟你说话是因为我喝醉了吗?"他蓦地问道。

"这是再明显不过的解释,难道不是这样吗?"

"噢,瞎说八道。自从我头一次见到你,我就爱上了你。只是我始终把话藏在心里,如今总算可以说出口了。我爱你,我爱你,我爱你。"

她站起身来,小心地把枕头放到一边。

"再见。"她说。

"我不想走。"

她终于开始发火了。

"可是,你这个可怜的傻瓜,难道你不知道除了罗伯特,我从没有爱过哪个别的人,而且就算我不爱罗伯特,也根本不可能爱上你这样的人。"

"我才不管呢,罗伯特又不在家。"

"如果你不立刻离开的话,我就喊仆人们过来,把你赶出去。"

"他们听不见。"

她十分生气,举步好像要走到游廊上去,在那儿,仆人肯定可以听见她的喊叫,但哈蒙德一把抓住了她的胳膊。

"放开我。"她怒气冲天地嚷道。

"哪里的话,我抓住你啦。"

她张开嘴大声喊道:"来人啊,来人啊!"但哈蒙德迅速用手捂住她的嘴巴。她还没弄明白是怎么回事儿,哈蒙德已经把她搂在怀里,狂热地吻着她。她不断挣扎,把自己的双唇躲避开他那灼热的嘴巴。

"不,不,不,"她喊道,"放开我。我不想这样。"

接下去发生的事情,她有些模糊不清。在这之前所说的一切,她都记得一清二楚。但这时候,她吓得迷迷糊糊,耳边似乎不断响起哈蒙德的话语。他好像在向她求爱。他开始拼命诉说自己狂热的激情,同时始终疯狂地把她搂在怀里。她无力抗拒,因为哈蒙德是个身强体壮、力大无穷的汉子,她的胳膊给他紧紧箍在身体的两侧;她的抵抗没有什么效果,她感到自己逐渐变得体力不支了。她生怕自己会晕过去,而哈蒙德呼出的热气喷到她的脸上,让她感到极为恶心。哈蒙德亲吻着她的嘴巴、她的眼睛、她的脸蛋、她的头发。哈蒙德的两只胳膊把她搂得紧紧的,几乎都让她透不过气来了。哈蒙德把她朝上抱得两脚离开地面。她想用脚踢他,但他只是把她抱得更紧。那时哈蒙德把她扛起来了,他不再说话,但她知道他的脸色苍白,眼睛里充满了炎炎的欲火。哈蒙德要把她抱到卧室里去。他不再是一个有教养的文明人,而成了一个野蛮人。就在他这样走的时候,不巧给挡在面前的桌子绊了一下。哈蒙德膝盖僵硬,走路不够灵活,再加上怀里抱着一个女人,结果跌倒在地。她立刻从哈蒙德的怀抱里挣脱出来,她逃到了沙发后面。哈蒙德转瞬间就站了起来,朝她扑了过去。书桌上有一把左轮手枪。她并不是一个神经过敏的女人,只是罗伯特晚上出门在外,她本来打算等她上床就寝的时候把这把手枪带到卧室去。这就是手枪正好放在那儿的原因。那时她吓得失魂落魄。她不知道自己在干什么。她听到一声枪响,只见哈蒙德脚下打了个趔趄。他大叫一声,说了句什么话,但是她没有听清楚。哈蒙德摇摇晃晃地走出房间,来到游廊上,那会儿她发起狂来,完全失去了自制力,她跟着哈蒙德来到房间外面,是的,就是那样,她一定是跟着哈蒙德来到房间外面,尽管她什么都记不清了。她不由自主地接着开枪射击,一枪接着一枪,直到把枪膛里的六发子弹统统打光。哈蒙德跌倒在游廊的地面上。他完全垮了,缩成一团,血肉模糊。

仆人们被枪声惊醒了,赶紧奔到这儿,只见她站在哈蒙德的身旁,手里仍然拿着手枪,而哈蒙德已经死了。她朝着他们望了一会儿,没有说话。他们都吓坏了,挤作一团。手枪从她的手中落了下来,她一言不发地转身走进起居室。他们看见她接着走进卧室,转动钥匙把门反锁上。他们不敢触碰那具尸体,只是惊恐地望着它,彼此情绪激动地低声议论着。随后仆役头儿定下神来;他伺候了他们夫妇已经好多年了,是一个头脑清醒的华人。罗伯特是骑着摩托车到新加坡去的,汽车仍然停在车库里。他吩咐小厮把车开出来,他们必须立刻去见助理地区长官,向他报告这儿发生的事情。他拾起那把手枪,把它放进自己的口袋。这位助理地区长官的姓氏是威瑟斯,他住在周围最近的那个市镇的郊区,离开这里大约三十五英里。他们花了一个半小时赶到他的住处。大家都已经入睡了。他们不得不把仆人们叫醒。不久威瑟斯走了出来,他们向他说明了来意。仆役头儿掏出手枪给他看,用以证明自己所说的话。助理地区长官回进房间穿好衣服,派人去把自己的车开来。不一会儿,他就坐车跟在他们后面上了那条空寂无人的大路。他们抵达克罗斯比夫妇居住的平房时,天刚放亮。威瑟斯跑上游廊的台阶,在哈蒙德倒毙的尸体旁一下站住了脚。他摸了摸死者的脸,脸已经冰凉了。

"太太在哪儿?"他问男仆说。

那个华人仆役指了指卧室。威瑟斯走到门口,敲了敲门。没有回应。他又敲了敲门。

"克罗斯比太太。"他喊道。

"谁呀?"

"威瑟斯。"

又停了一会儿。接着传来开锁的声音,门慢慢地打开了。莱斯莉站在他的面前。她并没有上床歇息,身上仍然是前一天吃晚饭时穿的那件茶会礼服。她站在那儿,默默地望着助理地区长官。

"是您的仆人把我叫来的,"他说道,"哈蒙德。您究竟做了什么?"

"他想强奸我,我就朝他开枪射击。"

"天哪!嗨,您最好出来说话。您必须把事情的经过准确无误地跟我说一下。"

"现在不行。我做不到。你必须给我一点时间。派人把我丈夫叫回来。"

威瑟斯是个年轻人。面对这种远远超出他职责范围的紧急情况,他完全不知道该怎样处理。莱斯莉始终不肯开口,直到最后罗伯特回来后,她才对他们两个人说了事情的前后经过。自那以后,尽管她又翻来覆去地讲述了许多遍,但就连细枝末节也没有丝毫不同。

乔伊斯先生反复思索的就是开枪这一点。作为辩护律师,他感到伤脑筋的是,莱斯莉不是只开了一枪,而是六枪,而且验尸结果表明,其中有四枪是在离受害人很近的地方开的。人家很可能会认为,受害人倒下的时候,她就站在他的旁边,把手枪里面剩余的子弹都打在他的身上。虽然她对此前发生的一切都记得十分准确,但她对这时的情况却承认自己记不清了。她的头脑里一片空白。这表明她愤怒得简直控制不住了,但你根本不大可能想到,像她这样一个端庄文静的女子会愤怒得无法自持。乔伊斯先生跟她认识已经好多年了,一直觉得她是一个不会情绪激动的女人。在悲剧发生后的几个星期里,她的那种神色镇定的样子着实令人惊叹。

乔伊斯先生耸了耸肩膀。

"实际上,我觉得,"他暗自心想,"你永远都无法知道,在一个最体面的女人身上可能隐藏着怎样的凶狠野性。"

有人敲了敲门。

"进来。"

那个华人帮办走了进来,随手关上了门。他关门时的动作很轻,显得谨慎而果断,随后朝乔伊斯先生所坐的办公桌前走来。

"先生,可不可以打扰您一会儿？我有几句话要私下跟你谈一下。"他说。

那个华人帮办每次说话都字斟句酌,总叫乔伊斯先生隐隐感到好笑,眼下他露出了笑容。

"没什么可打扰的,志诚。"他答道。

"先生,我想要和您说的事儿是很机密的,需要小心处理。"

"你就直说吧。"

乔伊斯先生与那个帮办的狡猾的目光相遇。跟平时一样,黄志诚穿着当地最时髦的服装。他脚底下穿着光亮的漆皮皮鞋和色彩鲜艳的丝袜。他的黑领带上别着一个镶有珍珠和红宝石的扣针,左手无名指上戴着一个钻戒。洁白的上衣口袋里露出一支金色钢笔和一支金色铅笔。他手腕上戴着一只金表,鼻梁上架着一副隐形的夹鼻眼镜。他轻轻地咳了一声。

"这件事与克罗斯比的案子有关,先生。"

"是吗？"

"我了解到一个情况,先生,那似乎会使整个案子呈现出不同的面貌。"

"什么情况？"

"我了解到的情况是,先生,有那么一封信,是由被告写给在这场悲剧中那个不幸的受害者的。"

"这压根儿没有什么可奇怪的地方。在过去的七年中,我相信克罗斯比太太经常有必要给哈蒙德先生写信。"

乔伊斯先生对自己手下这位帮办的才智素来十分赏识,他说这番话是为了掩盖自己内心的想法。

"多半是那样,先生。克罗斯比太太以前一定与死者频繁地联系交往,比如说请他一起吃饭啦,约他一起打网球啦。我注意到这个情况的时候,一开始也是这么想的。然而,这封信是在哈蒙德先生死的那一天写的。"

乔伊斯先生连眼睫毛都没有动一下,继续面带笑容地望着黄志诚,略微露出点儿感兴趣的神气。他通常跟他的帮办说话时就是这副样子。

"这是谁告诉你的?"

"我的一个庞友①把这种情况告诉了我,先生。"

乔伊斯先生明白不应该再追问下去。

"您想必记得,先生,克罗斯比太太说过,在那个不幸的夜晚之前,她好几个星期都没有跟死者有过联系。"

"你拿到那封信了吗?"

"没有,先生。"

"信上写了些什么?"

"我的庞友给了我一份抄件。您想看一下吗,先生?"

"应该看一下。"

黄志诚从上衣里面的口袋里掏出一个鼓鼓的皮夹子。皮夹子里塞满了证件、新加坡纸币和香烟牌子。不一会儿,他从这一大堆杂乱的东西里抽出半张薄薄的信纸,放在乔伊斯先生的面前。信的内容如下:

---

① 庞友,原文是 fliend,作者意谓黄志诚在说朋友(friend)一词时发音不够准确,总是说成庞友(fliend)。

罗今晚不在家。我非见你不可。十一点钟等你来。我已经豁出去了。如若不来,后果自负。来时不要开车。——莱

抄件是用外国学校里教华人的那种连写字体写成的。这些字写得毫无个性,与信上那些不祥的语句一点都不协调,显得颇为怪异。

"你凭什么认为这封短信是克罗斯比太太写的?"

"我完全相信那个给我提供消息的人是诚实的,先生。"黄志诚回答说,"而且要检验一下也不费什么力气。克罗斯比太太想必能够马上告诉您,她是否写过这样一封信。"

从谈话开始的时候起,乔伊斯先生的目光就始终没有离开过他的帮办那张一本正经的脸庞。如今他不知道是否真的在这张脸上看到了一丝嘲弄的神情。

"克罗斯比太太竟然写了这样一封信,实在难以叫人相信。"乔伊斯先生说。

"如果您的看法是这样,先生,这件事自然就用不着再提了。我的庞友跟我谈起这件事,只是因为他觉得,既然我在您的事务所里工作,也许在您与副检察官交换意见之前,您想要知道存在着这样一封信。"

"原件在哪儿?"乔伊斯先生厉声问道。

从这个问题以及提问的口气里,黄志诚察觉到对方态度的转变,但他脸上却没露出一点痕迹。

"您想必记得,先生,在哈蒙德先生死后,有人发现他曾和一个华人妇女同居过。这封信目前就在她的手里。"

舆论曾对哈蒙德加以无比强烈的谴责,这桩事儿就是其中的一个原因。大家得知,他死之前,他已经让一个华人妇女在他家里住了好几个月。

两个人有一会儿都没开口说话。确实,要说的话都已说了,他们都完全明白对方的意思。

"谢谢你,志诚。这件事我要仔细考虑一下。"

"好吧,先生。您是不是希望我把您的意思转告给我的庞友?"

"我想你不妨跟他保持联系。"乔伊斯先生神情严肃地回答说。

"是,先生。"

黄志诚悄无声息地走出房去,再次谨慎地关上了门,留下乔伊斯先生独自思考。他定睛注视着用清晰而缺乏个性的字体抄写的莱斯莉的那封信。有些模糊的疑点困扰着他。这些疑点让他心烦意乱,因而他竭力想把它们从头脑里排除出去。对这封信肯定有个简单的解释,而莱斯莉当然能马上做到这一点,但是天哪,不管怎样得有一个解释。他从椅子上站起来,把信放进口袋,拿起遮阳帽。他走到外面的时候,黄志诚正在自己的办公桌前忙着写东西。

"我要出去一会儿,志诚。"他说。

"乔治·里德先生约好中午十二点来,先生。要不要我对他说您去哪儿了?"

乔伊斯先生朝着他淡淡地笑了笑。

"就说你也一点不知道我去哪儿了。"

可是他心里完全清楚,黄志诚知道他要到监狱去一次。尽管罪案发生在贝兰达,而且审判也要在贝兰达巴鲁举行,但那儿的监狱不适合关押白人妇女,克罗斯比太太就给送到了新加坡。

克罗斯比太太给带到了探视室,看到乔伊斯先生等在那儿,就伸出她那纤细高贵的手,并朝他露出了愉悦的笑容。她仍旧穿着整洁、朴素的衣衫,一头浓密的浅色头发经过精心梳理。

"没想到今天上午会见到你。"她谦和有礼地说。

她那副样子简直就像仍在自己的家里,乔伊斯先生几乎以为会听到她呼唤男仆去给客人倒杯杜松子苦味酒。

"身体还好吗?"他问道。

"再好不过了,谢谢你。"她的眼睛里闪过一丝愉悦的光芒,"这真是一个休息疗养的好地方。"

看守人员退了出去,房间里只剩下他们俩。

"快坐下吧。"莱斯莉说。

乔伊斯先生拿了把椅子坐下。他不大知道该从什么地方说起。莱斯莉显得异常冷静,让他几乎无法开口说出他打算说的事情。虽然她算不上美貌俊俏,但外表确实有些方面讨人喜欢。她举止娴雅,但那种娴雅是来自她良好的教养,一点没有社交场上的那种矫揉造作的样子。你一眼就能看出,与她交往的是哪一种人,她在什么样的环境中生活。她身体纤弱,反而给她添了一层独特的风韵。你根本无法把她跟一丁点儿粗俗的东西联系到一起。

"我盼望着今天下午能见到罗伯特。"她说道,声音随和而从容。(听她说话真是一种乐趣,她的嗓音和语调都清楚地表现出她所属的那个阶层人物的特点。)"可怜的人儿,这件事儿让他的神经饱受折磨。谢天谢地,再过几天,这一切就要结束了。"

"现在只剩下五天了。"

"我知道。每天早上醒来,我就对自己说,'又过了一天。'"说着她露出了笑容,"正如我以前在学校念书时期待着假期来临那样。"

"顺便问一声,在灾祸发生前的几个星期里,你没有跟哈蒙德有过任何联系往来,是这样吗?"

"我对这一点相当肯定。我们最后一次见面是在麦克法伦家举办的网球赛上。我想那天我跟他说的话最多不会超过两句。你知道,他们有两块场地,我们正巧不在一组。"

"你没有给他写过信吧?"

"哦,没有。"

"这一点你能肯定吗?"

"哦,相当肯定,"她答道,脸上微微一笑,"我给他写信不外乎请他吃饭或约他打打网球,而且我已经好几个月都没有这样做了。"

"你同他的关系一度相当密切。后来怎么就不再请他过来了呢?"

克罗斯比太太耸了耸瘦削的肩膀。

"你对一些人是会感到厌倦的。我们并没有多少共同的地方。当然,他生病时,我和罗伯特为他做了我们所能做的一切,但最近一两年,他一直身体很好,而且大伙儿都很喜欢他。他有许多应酬交际活动,我们似乎没有必要再不断地邀请他了。"

"你能肯定情况就是这样吗?"

克罗斯比太太犹豫了一会儿。

"噢,不妨告诉你吧。我们听说,当时他跟一个华人妇女住在一起,罗伯特说他不愿意让他到我们家来。我亲眼见过那个女人。"

乔伊斯先生坐在一把直背扶手椅上,一只手托着下巴,眼睛紧盯着莱斯莉。她在说上面这番话的时候,两只乌黑的眼珠子里,转瞬之间,似乎突然布满了一道暗红的光,难道这是他的幻觉?那种效果实在令人震惊。乔伊斯先生在椅子里挪动了一下身子,他把十个手指的指尖顶在一起,十分缓慢、字斟句酌地开口说话。

"我想我应当告诉你,现在有一封你亲笔写给杰夫·哈蒙德的信。"

乔伊斯先生对她仔细端详。她静坐不动,面不改色,只是明显费了点儿时间才开口回答。

"我过去经常会为了某件事情给他发封短信,或者有时知道他要去新加坡,就写信托他给我买点东西。"

"这封信是要他前来看你,因为罗伯特去了新加坡。"

"那不可能。我从来没有做过这种事情。"

"你最好还是自己看一下吧。"

乔伊斯先生把信从口袋里掏出来,递给她。她朝那封信瞥了一眼,就带着轻蔑的微笑把信退还给他。

"这不是我的笔迹。"

"我知道,据说这是一份跟原件内容相同的抄件。"

于是她开始看信上的语句,一边往下看,一边她整个人就发生了可怕的变化。她那苍白的脸庞变得十分吓人。她脸色发青,脸上的肌肉好像突然消失了,只剩下紧紧地包裹住骨头的皮肤。她的嘴唇朝后收缩,露出牙齿,样子看上去就像在做鬼脸。她目不转睛地望着乔伊斯先生,眼睛从眼眶里鼓了出来。乔伊斯先生觉得出现在他眼前的就是一个骷髅头,说着含糊不清的话。

"这封信是什么意思?"她悄没声儿地问道。

她嘴里干得厉害,只能发出嘶哑的声音。那已经不是人的声音了。

"这得由你来解释。"乔伊斯先生答道。

"这封信不是我写的。我发誓不是我写的。"

"你说话要十分慎重。如果原件上是你的笔迹,否认也没有用处。"

"这是伪造的。"

"要证明这一点相当困难,要证明它是真的倒很容易。"

她那清瘦的身体打了个寒战,但她的脑门上布满了大颗的汗珠。她从包里抽出一块手帕,擦了擦手心。她又朝那封信瞥了一眼,随后斜眼瞟了一下乔伊斯先生。

"信上没有日期。如果是我写的,而且我也完全忘了,那就有可能是好几年前写的。要是你给我一点时间,我会尽力回想当时的情形。"

"我注意到信上没有日期。如果这封信落到检方手里,他们就会盘问你的仆人。他们很快就会查明,在哈蒙德死的那天是否有人给他送过信。"

克罗斯比太太把两只手十指交错,拼命地紧握在一起,身体在椅子上有些晃动,乔伊斯先生以为她就要晕倒了。

"我向你发誓,这封信不是我写的。"

乔伊斯先生沉默了一会儿。他把目光从她那张神情狂乱的脸上移开,低头望着地面。他在用心思考。

"既然如此,我们就用不着再谈下去了,"他终于打破了沉默,慢悠悠地说道,"如果持有这封信的人认为应当把它交到检方手中,你在思想上要做好准备。"

乔伊斯先生的这些话暗示他没有别的什么事儿要跟她说了,但他并没有起身告辞。他在等待。他觉得自己似乎等了好长时间。他并没有望着莱斯莉,但可以感觉到她一动不动地坐着。她闷声不响。最后还是他先开口说话。

"如果你没有什么别的话要跟我说了,我想我要回事务所去了。"

"要是有人看了这封信,他可能会有什么想法呢?"这时她问道。

"他会明白你是故意撒谎。"乔伊斯先生语气严厉地回答。

"什么时候?"

"你明确地说过,你跟哈蒙德至少有三个月没有任何联系。"

"整件事儿让我受到巨大的打击。那个可怕的夜晚的经历简直就是一场噩梦。要是我忘了某个细节,那也没有什么可奇怪的。"

"要是对于你跟哈蒙德见面的每个细节,你都可以凭着记忆讲得十分准确,但你却把如此重要的一点给忘了,也就是在他死的那天夜晚,他正是依照你的专门要求来到平房见你,那可不会产生什么好的效果。"

"我并没有忘记。只是灾祸发生以后,我不敢再提这件事儿。我认为,如果我承认他是在我的邀请下才来的,那你们就谁也不会相信我对这个事件的说法了。我那样做可能相当愚蠢,但当时我心慌意乱。既然我已经说了一次自己跟哈蒙德没有任何联系,以后也就只好不再改口了。"

这会儿莱斯莉又神奇地恢复了原来镇静的样子,坦诚地面对着乔伊斯先生审视的目光。她那温文尔雅的神态,完全可以消除人家对她的怀疑。

"这样就要求你解释一下,为什么你要在罗伯特出门在外的那天晚上请他过来看你。"

她转过脸来,正眼望着这个律师。乔伊斯先生原来以为那双眼睛没有什么特别,但是他错了,那是两只相当秀丽的眼睛;如果他这次没有看错的话,她的眼睛里正闪着晶莹的泪珠。她的嗓音也有点儿发颤。

"当时我正打算给罗伯特一个惊喜。他的生日就在下个月。我知道他想要一把新的枪,但你也清楚,我对体育运动方面的事儿一窍不通。我想跟杰夫谈谈这件事儿。我想让他为我订购一把枪。"

"也许你记不大清信上是如何措辞的吧。你想不想再看一下?"

"不,我不想看。"她赶紧说。

"在你看来,一个女人想向一个关系疏远的熟人请教买枪的事,会写这样一封信吗?"

"大概这样写是有点过分,有点情绪激动。你知道,我一向就是这样表达自己的意思。我十分愿意承认这么做实在愚蠢。"她笑着说,"但不管怎么说,杰夫·哈蒙德并不算是一个关系疏远的熟人。他从前生病的时候,我就像一个母亲一样照看他。我在罗伯特不在家的时候叫他前来,因为罗伯特不愿意他到我们家来。"

乔伊斯先生用同一个姿势坐的时间太长,感到有些厌倦。他站起身来,在房间里来回走了一两次,用心琢磨着他打算要说的那番话的语句。随后他倚着自己先前坐的那把椅子的靠背。他的话说得很慢,语气极为严肃。

"克罗斯比太太,我想跟你非常、非常认真地谈一下。这个案件的进展相对来说还算顺利。在我看来,只有一点需要加以解释:根据我的判断,哈蒙德躺在地上以后,你至少又朝他开了四枪。一个身体娇弱、战战兢兢、素来能够自我控制的女子,而且性格温柔,气质娴雅,竟然一下子完全失去控制,变得那样疯狂。这种可能很难叫人相信。可是这种说法当然也是可以接受的。尽管杰弗里·哈蒙德受到许多人喜欢,而且大体上得到的评价也不错,但我仍然打算证明他是那样一种人,可能犯下你为自己的行为辩护时指控他所犯的那种罪。在他死后,大家发现他曾经跟一个华人妇女同居,这一事实为我们提供了可以用作依据的十分明确的东西。这也让他失去了人家可能对他怀有的同情。这样一种关系使所有的体面人士心里对他产生了憎恶,我们决定要充分利用这种情感。今天上午,我对你的丈夫说,我有把握让你无罪获释。我跟他这样说并不只是为了给他打气鼓劲。我不相信陪审员不做出那样的裁决就会离开法庭。"

他们彼此紧盯着对方的眼睛。克罗斯比太太奇怪地一动不动。她就像一只受到蛇的震慑而无法动弹的小鸟。乔伊斯先生用同样的平静的语气接着往下说。

"可是这封信使整个案件呈现出完全不同的面貌。我是你的法律顾问,将在法庭上代表你的利益。我把你的陈述当作事实来接受,并根据你的说法来为你辩护。有可能我相信你的陈述,也有可能我怀疑你的陈述。辩护律师的职责就是让法庭相信,陈列在面前的证据不足以使法庭有理由做出有罪的裁决。至于他私下认为他的委托人究竟是清白还是有罪,则与本案毫不相关。"

乔伊斯先生发现莱斯莉的眼睛里竟然闪现出一丝笑意,心里十分诧异。他大不高兴,继续说话时的语气显得有点儿冷淡。

"哈蒙德是在你的紧急邀请,甚至可以说是歇斯底里的邀请下才去你家的,你不打算否认这一点吧?"

克罗斯比太太踌躇了片刻,好像在仔细思考。

"他们可以证明这封信是由你的一个男仆送到他的宅子去的。他是骑着自行车去的。"

"你千万不要以为别人都比你笨。这封信会引起别人的怀疑,尽管以前谁的脑子里都没有这样的念头。我不想告诉你,刚看到这份抄件时我个人是怎么想的。我只希望你告诉我必须知道的情况,免得让你的脖子套进绞索。"

克罗斯比太太发出一声尖叫。她猛地站了起来,吓得脸色煞白。

"你觉得他们不会把我绞死吧?"

"如果陪审员得出结论,你并不是出于自卫而杀死哈蒙德,他们就有责任做出有罪裁决。罪名是谋杀。法官就有责任判你死刑。"

"但他们有什么来证明呢?"她气喘吁吁地说。

"我不知道他们有什么来证明。你明白,我也不想知道。可是如果他们起了疑心,如果他们展开调查,如果他们审问那些当地土著——结果会有什么发现呢?"

她突然支撑不住了。乔伊斯先生还没来得及伸手扶她,她就倒在地上。她晕了过去。乔伊斯先生在房间里四处找水,但是那儿没有水,他也不想遭到别人的打扰。他让她伸直身子平躺在地板上,然后跪在她的身旁等她苏醒。莱斯莉睁开眼睛的时候,他看到她眼睛里那种极度恐惧的样子,一时感到困窘不堪。

"躺着别动，"他说，"一会儿就会好的。"

"你不要让他们把我绞死。"她悄没声儿地说。

她歇斯底里地哭起来，乔伊斯先生则低声竭力让她安静下来。

"看在老天的分上，镇定一下吧。"他说。

"让我歇一会儿。"

她的勇气真是令人惊叹。他可以看出来，她在竭力恢复自制，不久她就重新平静下来。

"现在扶我起来。"

他伸出手，搀扶她站起来。他抓着她的胳膊，把她搀到椅子旁边。她疲乏地坐了下来。

"先别跟我说话，给我一两分钟时间。"她说。

"很好。"

当她终于开口时，她所说的话完全在他的意料之外。她轻轻地叹了口气。

"恐怕事情都让我搞得一团糟了。"她说。

他没有回答，又是一阵沉默。

"就没有可能把那封信弄到手吗？"她最后说道。

"我想如果手里持有这封信的人不愿意卖的话，就也不会有人来跟我说这件事了。"

"信在谁的手里？"

"住在哈蒙德宅子里的那个华人妇女。"

莱斯莉的颧骨上立刻闪现出一点红晕。

"她想要好多钱吗？"

"我想她十分精明，知道这封信的价值。如果不出个大数目，就不见得能把信弄到手里。"

"你打算让他们把我绞死吗?"

"你认为要把一项我们不愿看到的证据搞到手里是那样轻而易举的吗?这跟收买证人没有什么分别。你没有权利向我提出这样的建议。"

"那我会有什么样的结果呢?"

"正义必须得到伸张。"

她的脸色变得十分苍白,整个身子不由自主地微微发抖。

"我把自己交到你的手里。当然,我没有权利要求你做任何不正当的事情。"

乔伊斯先生没有料到,她那惯于自我克制的嗓音中轻微的震颤竟然那么动人,实在让人难以承受。她用谦恭的目光望着他,他觉得要是他拒绝那副哀求的眼神,那么在他的下半辈子,脑海里就老是会浮现出这双眼睛。说到底,什么都不可能让可怜的哈蒙德再活过来。他心里纳闷,不知道在这封信背后的真正解释。光凭这封信就断定,她没受什么刺激就把哈蒙德杀死了,那是不公平的。他在东方生活了很长时间,他的职业荣誉感也许不像二十年前那样强烈了。他定睛注视着地板,打定主意要做一件心里知道不正当的事情,但他觉得无法接受,隐隐地对莱斯莉感到怨恨。他开口说话的时候有些窘迫。

"我不大清楚,你丈夫的经济状况究竟怎么样?"

莱斯莉把脸涨得绯红,飞快地瞥了他一眼。

"他有很多锡矿的股份,在两三个橡胶种植园里也有少量股份。我想他能筹得到钱。"

"但是得告诉他这笔钱的用途。"

她沉默了一会儿,好像在思考。

"他仍然爱我。为了救我,他会做出任何牺牲。有必要让他看那封信吗?"

乔伊斯先生微微皱了皱眉头,她很快就注意到了,于是继续往下说。

"罗伯特是你的老朋友。我并不是在求你为我做什么事儿,而是在求你帮助一个淳朴善良、从来没有伤害过你的人,免得让他遭受所有可能的痛苦。"

乔伊斯先生没有回答。他站起身来准备告辞,克罗斯比太太带着她身上的那种极其自然的娴雅气派,伸出手来。尽管眼前的场面让她感到震惊,而且她神色憔悴,但是她仍然勇敢地设法礼数周到地与他道别。

"你实在太好了,为我尽了那么多力。真不知道该怎样表示我对你的感激。"

乔伊斯先生回到事务所。他坐在自己房间里,一动不动,什么工作都不想做,只是暗自沉思。在他的想象中,脑海里闪过许多奇怪的念头。他微微打了个寒战。最后传来谨慎的敲门声,这正是他所期待的。黄志诚走了进来。

"我正想出去吃午饭,先生。"他说。

"去吧。"

"不知道在我出去前,您是否有什么事儿要吩咐我去做,先生。"

"我想没有。你是不是跟里德先生另外约了个时间?"

"是的,先生。他下午三点过来。"

"好吧。"

黄志诚转身走到门口,伸出细长的手指抓住门把手,随后好像忽然想起什么事儿,又转身回来。

"您有没有什么话儿希望我转告我的庞友,先生?"

虽然黄志诚的英语说得十分流利,但仍然很难把"r"音发准,他老把"朋友"说成"庞友"。

"什么朋友?"

"有关克罗斯比太太写给已故的哈蒙德的那封信,先生。"

"哦!我都忘了这件事了。我向克罗斯比太太提起这件事。她不承认写过那样的信。那封信显然是伪造的。"

乔伊斯先生从口袋里掏出那份抄件,交给黄志诚。黄志诚并不理会他的这个动作。

"既然如此,先生,如果我的庞友把这封信交给副检察官,我想不会有什么人表示反对吧?"

"没有人反对。但我不知道这样做对你的朋友会有什么好处。"

"先生,我的庞友认为,伸张正义是他的职责。"

"对于任何想要行使自己职责的人,我都绝不会去加以干涉,志诚。"

这时候,律师和华人帮办的目光相遇了。两个人的嘴唇上都没有挂着一丝笑意,但他们彼此心里完全明白。

"我完全了解,先生,"黄志诚说,"但从我对克罗斯比一案的研究看,我认为出示这样一封信,对我们的委托人会造成损害。"

"我一向很看重你在法律方面的敏锐眼光,志诚。"

"我倒有个想法,先生,如果我能说动我的庞友,让他劝说那个华人妇女把她持有的那封信交到我们手里,那样就会免去很多麻烦。"

乔伊斯先生懒洋洋地在吸墨纸上画着各种人脸。

"我想你的朋友是一个做买卖的人。你觉得在什么样的条件下会诱使他把信交出来?"

"信并不在他的手里,而在那个华人妇女的手里。他只是那个华人妇女的亲戚。那个女人什么都不懂;在我的庞友告诉她之前,她并不知道那封信的价值。"

"他给那封信定了多少价钱?"

"一万块钱,先生。"

"天哪!你觉得克罗斯比太太究竟能到哪儿去弄到这一万块钱!我告诉你,那封信是伪造的。"

他在说这番话的时候,抬头望着黄志诚。那个帮办对他的发作完全无动于衷。他仍然站在桌旁,显得礼貌、冷静、谦恭。

"克罗斯比先生在勿洞①橡胶种植园拥有八分之一的股份,在塞兰丹河橡胶种植园拥有六分之一的股份。要是克罗斯比先生用他的财产作抵押,我有个庞友可以借钱给他。"

"你的交游可真广啊,志诚。"

"是的,先生。"

"噢,你可以让他们全都给我见鬼去吧。要把那封信解释清楚并不费事,我会劝克罗斯比先生最多出到五千块,绝不再多出一个子儿。"

---

① 勿洞,泰国南部与马来西亚吉打州毗邻的一个边境小镇。

"那个华人妇女并不想把这封信卖掉,先生。我的庞友花了很长时间才说服她。要是出的价钱少于刚才提到的那个数目,没什么用处。"

乔伊斯先生盯着黄志诚看了起码三分钟。那个帮办承受着对方的锋芒逼人的目光,没有露出一点困窘不安的神色。他低垂着双眼,恭恭敬敬地站着。乔伊斯先生了解自己的手下。志诚,这聪明的家伙,他暗自心想,不知他究竟从中会得到多少好处。

"一万块是数目很大的一笔钱。"

"克罗斯比先生肯定会付这笔钱而不愿看着他妻子被绞死,先生。"

乔伊斯先生又停了下来。除了开口所说的以外,志诚究竟还知道些什么呢?如果他这样明显地不愿意讨价还价,那他对自己所提的要求一定很有把握。这个数目早就定下来了,因为无论谁在策划这件事儿,他一定知道这是罗伯特·克罗斯比所能筹措到的最大数目。

"那个华人妇女目前在哪儿?"乔伊斯先生问道。

"她住在我那个庞友的宅子里,先生。"

"她肯到这儿来吗?"

"我觉得最好还是您去见她,先生。今晚我可以带您到她的住处去。她会把信交给您。她是一个十分无知的女人,先生,她连支票也看不懂。"

"我原来也不打算给她支票。我要带现钞去。"

"要是您带的数目少于一万块,那就只是浪费宝贵的时间,先生。"

"我完全明白。"

"吃过午饭后,我就去告诉我的庞友,先生。"

"很好。你最好今晚十点在俱乐部门口等我。"

"好的,先生。"黄志诚说。

他朝乔伊斯先生微微鞠了一躬,离开了房间。接着,乔伊斯先生也到外面去吃午饭。他去到俱乐部,果然不出他的所料,在那儿见到了罗伯特·克罗斯比。他正坐在一张满是人的桌子旁,乔伊斯先生经过他的身边,想要找个座位,顺手拍了拍他的肩膀。

"你走之前,我想跟你说几句话。"乔伊斯先生说。

"行,你吃完了就来叫我好了。"

乔伊斯先生已经想好了怎样跟他谈这件事儿。他吃完午饭,打了一盘桥牌消磨时间,好让俱乐部里的人散尽。他不想为这件事儿在自己的事务所里跟克罗斯比见面。不久克罗斯比来到桥牌室,站在一旁看着他们打牌,直到牌局结束。另外几个打牌的人都去忙自己的事儿了,房间里就剩下他们俩。

"出了一件相当糟糕的事儿,老兄。"乔伊斯先生说,语气尽量显得不那么在意,"看来在哈蒙德被杀的那天晚上,你的妻子送了一封信给他,请他到你们家去。"

"那不可能,"克罗斯比嚷道,"她一直都说她跟哈蒙德没有任何联系。据我所知,她已经有两三个月没见过他了。"

"实际情况是,确实有这么一封信。信在曾经跟哈蒙德同居的那个华人妇女手里。你的妻子原来打算在你的生日送你一样礼物,想请哈蒙德帮她去买。悲剧发生以后,她的情绪过于激动,完全忘了这件事儿。由于她曾否认自己跟哈蒙德有任何联系,她不敢表示自己以前说错了。当然,这件事十分糟糕,但我看也不能说不合人情。"

克罗斯比没有开口说话。他那宽大的红脸庞上露出了完全困惑不解的神情。看到他这副茫然的样子,乔伊斯先生立刻感到既宽慰又恼火。他是一个愚蠢的人,乔伊斯先生可无法忍受别人的愚蠢。然而,灾祸发生以后他所遭受的痛苦已经触动了律师的怜悯之心;而且克罗斯比太太在求他帮忙时表示那并不是为她自己,而是为她丈夫,她的话也正说到了点子上。

"如果这封信落到检方的手里,事情就会变得十分麻烦。这一点就不用我说了。你的妻子撒了谎,就会要求她解释撒谎的原因。如果哈蒙德并不是作为不速之客闯入你家,而是应邀前来,就会略微改变目前的局面。这很容易让陪审员的心里有些动摇不定。"

乔伊斯先生犹豫起来。如今他正面对着自己所要做出的决定。可惜现在不是诙谐说笑的时候,否则想到自己正在为一个人采取一个重大的步骤,而这个人对这个步骤的重要性却茫无所知,他一定会笑起来。如果克罗斯比对这件事情想一下,他大概以为乔伊斯先生现在所做的就跟任何别的律师在正常的处理案件时所做的一样。

"亲爱的罗伯特,你不仅是我的诉讼委托人,而且也是我的朋友。我觉得我们必须拿到那封信。那要花好多钱。要不是这样,我原来根本不想跟你说这件事儿。"

"要多少?"

"一万块。"

"那可真是好大一笔钱。如今市场萧条,再加上这样那样的事儿,那几乎就占去了我的全部家当。"

"你能立刻把钱准备好吗?"

"大概可以。要是我用锡矿的股份和我在两个橡胶种植园所占的股份作抵押,老查利·梅多斯会把钱借给我的。"

"那你愿意这么做吗?"

"是不是非这么做不可?"

"如果你想要你的妻子无罪释放的话。"

克罗斯比的脸涨得通红。他的嘴角下垂,样子相当怪异。

"可是……"他无法找到适当的词语,脸涨成了紫色,"可是我不明白。她可以做出解释。你该不是说,他们会裁决她有罪吧?他们不可能会因为她除掉一个有害的歹徒而绞死她。"

"他们当然不会绞死她。他们只能判她犯了过失杀人罪。大概坐个两三年牢就能放出来。"

克罗斯比一下子跳了起来,那张红通通的脸儿惊恐得露出了狂乱的神情。

"三年。"

随后在他那反应迟钝的头脑里似乎透进了一线光亮。他的脑海里原来一片漆黑,突然掠过一道闪电,尽管接下来的黑暗仍然同样的深沉,但那儿却留下了某种无法看清、也许只能依稀望见的东西的记忆。乔伊斯先生发现,克罗斯比那双又大又红的手,他那两只因为干过各种杂活而变得粗糙、结实的手,不住地颤抖。

"她原来想送给我什么东西?"

"她说想送你一把新的枪。"

克罗斯比那张宽大的红脸涨得更红了。

"你什么时候需要把钱准备好?"

这时他的嗓音有点儿怪,听上去就像一双无形的大手在他说话时扼住了他的喉咙。

"今晚十点。我想你可以在六点左右送到我的事务所。"

"那个女人来找你吗?"

"不,我去找她。"

"我会把钱带来。我跟你一块儿去。"

乔伊斯先生目光敏锐地瞅了他一眼。

"你认为有必要这么做吗?我觉得这桩事你还是让我独自处理比较好。"

"钱是我的,对吗?我打算去。"

乔伊斯先生耸了耸肩膀。他们站起来握手告别。乔伊斯好奇地看着他。

十点钟,他们在空无一人的俱乐部里见了面。

"一切都顺当吗?"乔伊斯先生问道。

"是的,钱在我的口袋里。"

"我们走吧。"

他们走下台阶。乔伊斯先生的汽车在广场上等着他们,那会儿广场上静悄悄的;他们朝汽车走去,黄志诚从一幢房子的阴影里走了出来。他钻进汽车,坐在司机旁边给他指路。汽车驶过"欧罗巴饭店",随后在"水手之家"的街角处转弯,驶上了维多利亚大街。这里华人的店铺仍在营业,一些游手好闲的人在四处闲荡。车道上,洋车、汽车和出租马车往来不断,展现出一片繁忙景象。突然他们的汽车停住了,黄志诚回过头来。

"我想我们还是从这儿走过去比较好,先生。"他说。

他们下了车，黄志诚朝前走去。他们跟在后面，与他隔开一两步的距离。接着他叫他们停下。

"您等在这儿，先生。我先进去跟我的庞友说句话。"

他走进一家街边的店铺，店铺的柜台后面站着三四个华人。沿街有不少家那样奇怪的店铺，柜台里面什么商品都不摆，不知道那些店铺究竟是卖什么的。他们看到黄志诚在与一个体格健壮的男人说话。那个男人穿着一身帆布衣服，胸前挂着一根粗大的金链子。他朝外面黑沉沉的夜色飞快地扫了一眼。他交给黄志诚一把钥匙，随后黄志诚就走了出来。他朝等在外面的两个人做了个手势，钻进店铺旁的一个门洞。他们跟着他进去，不久就来到一段楼梯底下。

"请等一下，我要划一根火柴，"他说，总显得那么机敏乖觉，"你们请上楼来吧。"

他捏着一根划亮的日本火柴在前面引路，但那点儿光亮几乎无法驱除面前的黑暗，他们只好跟在后面摸黑上楼。到了二楼，他打开一扇房门，进去点亮了一盏煤气灯。

"请进来吧。"他说。

那是一个四四方方的小房间，只有一扇窗，房里唯一的家具就是两张铺着垫子的中国矮床。房间的一角放着一个大箱子，上面挂着一把精巧的锁。箱子上有一个破旧的托盘，里面摆着鸦片烟枪，还有一盏灯。房间里有一股淡淡的刺鼻的鸦片烟味。他们坐下来，黄志诚把香烟递给他们。过了一会儿，门开了，进来的就是他们先前看见站在柜台后面的那个胖乎乎的华人。他用流利的英语向他们道了晚安，随后就在他的同胞身旁坐下。

"那个华人妇女就要来了。"黄志诚说。

店铺里的伙计端来一个托盘,上面摆着茶壶和几个茶杯。那个华人胖子要给他们倒茶,克罗斯比谢绝了。几个华人低声交谈着,但克罗斯比和乔伊斯先生则默然无语。最后外面传来说话的声音;有人低声叫门;那个华人胖子走到门口。他打开房门,在门外说了几句话,随后把一个女人领了进来。乔伊斯先生望着她。自从哈蒙德死后,他就听到有关这个女人的不少议论,但从来没有见过她。她身体略显肥胖,并不怎么年轻,脸庞宽宽的,神色淡漠,她的脸上涂脂抹粉,两道眉毛都画成了细细的黑线,但她给你留下了这样一种印象:她是一个具有个性的女人。她穿着浅蓝色的上衣,白色短裙,全身装束既不算是欧式,也谈不上中式,只是脚上拖着一双小小的中式缎面拖鞋。她脖子上挂着沉甸甸的金项链,手腕上戴着金镯子,耳朵上戴着金耳环,一头黑发上别着制作精巧的金簪子。她慢悠悠地走进来,露出充满自信的神情,只是步子有点拖沓。她挨着黄志诚在床沿上坐下。黄志诚跟她说了些什么,她点点头,神情淡漠地朝那两个白人扫了一眼。

"她把那封信带来了吗?"乔伊斯先生问道。

"是的,先生。"

克罗斯比什么话都没说,径直掏出一卷五百元的钞票。他数了二十张,交给黄志诚。

"你数一下对不对,好吗?"

那个帮办数完后把钱交给了那个华人胖子。

"没错,先生。"

胖子把钱又数了一遍,随后装进口袋。他又对那个女人说了句什么,那个女人就从怀里掏出一封信,交给黄志诚。黄志诚低头看了一下。

"这就是那封信的原件,先生。"他说,就准备把信交给乔伊斯先生,却给克罗斯比一把抢了过去。

"让我看一下。"他说。

乔伊斯先生看着他读完信,伸手去取那封信。

"最好还是让我来保管吧。"

克罗斯比小心翼翼地把信叠好,放进自己的口袋。

"不,我打算自己保管。这可花了我不少钱。"

乔伊斯先生没有再回嘴。三个华人看着这场小小的争执,但他们对此有什么想法,或者他们究竟有没有什么想法,从他们那毫无表情的脸上是根本无法看出来的。乔伊斯先生站起身来。

"今晚您还有什么需要我做的吗,先生?"黄志诚说。

"没什么了。"他知道这个帮办想留下来,以便拿到原来说好的他那一份钱。他转身朝着克罗斯比,"准备走了吗?"

克罗斯比没有回答,但站了起来。胖子走到门口给他们开门。黄志诚找到一小段蜡烛,点起来给他们照着下楼,两个华人陪着他们俩来到街边。他们让那个女人留在房里,安静地坐在床上抽烟。他们到了街上,那两个华人就告辞了,转身再次上楼。

"你打算怎么处理这封信?"乔伊斯先生问道。

"留着。"

他们走到等在那儿的汽车旁,乔伊斯先生向他的朋友提出用车送他一段路。克罗斯比摇了摇头。

"我打算走走。"他犹豫了一下,来回把脚在地上滑来滑去,"在哈蒙德死的那天晚上,我到新加坡去的部分原因就是想买一把新枪,有个我认识的人正好想把那把枪卖掉。再见。"

他很快就消失在夜色之中。

乔伊斯先生对审判的结果估计得十分正确。陪审员走进法庭时就已经全体决定要无罪释放克罗斯比太太。她为自己提供证词。她简明扼要、直截了当地把案情陈述了一遍。副检察官是个和善的人,而且他对自己的差事显然并没有多大乐趣。他不以为然地提了几个必须提的问题。他代表检方提出的诉状,完全可以被用作被告的辩护词。陪审员用了不到五分钟就做出了为他们所欢迎的裁决。判决宣布后,把法院挤得满满当当的人群里立刻爆发出雷鸣般的欢呼喝彩的声音,根本无法阻止。法官向克罗斯比太太表示祝贺,她获得了自由。

谁也不像乔伊斯太太对哈罗德的行为表示出那么强烈的反感;她是个忠诚对待自己朋友的女人,执意要克罗斯比夫妇在审判后,在她家里住上一段时间,直到他们做好离开的准备,因为她和大家一样毫不怀疑会有这样的审判结果。如今根本不可能再让可怜、可爱、勇气十足的莱斯莉回到那所曾经发生过可怕灾祸的平房去了。审判到十二点半就结束了,当他们到达乔伊斯夫妇家的时候,盛大的午宴已经安排就绪。鸡尾酒已经调好,乔伊斯太太举办的价值百万的鸡尾酒会在整个马来联邦相当有名。乔伊斯太太举杯祝莱斯莉健康。她本来就是一个活跃的、爱说话的女人,这时候更显得兴高采烈。幸好她兴致那么高昂,因为其他三个人都默不作声。她并没有感到奇怪,她的丈夫素来话就不多,而另外两个人经过长时间的紧张焦虑,当然觉得疲惫不堪。整个午宴的过程中,只有她在欢快而兴奋地自说自话。接着咖啡给端了上来。

"喂,孩子们,"她用欢快而匆忙的样子说道,"你们必须休息一下,下午喝完茶后,我带你们俩坐车到海边去兜一圈。"

乔伊斯先生平时几乎不在家里吃午饭,当然得回事务所去。

"恐怕我去不成,乔伊斯太太,"克罗斯比说,"我必须立刻赶回橡胶种植园去。"

"不会就是今天吧?"她大声说。

"是今天,现在就要走。我已经太长时间没有对橡胶种植园用心照管了,而且我还有一些紧急事务要处理。不过在我们决定下一步该怎么办之前,要是你留莱斯莉在这儿住上一段时间,我真是感激不尽。"

乔伊斯太太想再次劝说,但她的丈夫阻止了她。

"要是他非走不可,那肯定有他这样做的理由,就不要再说了。"

律师的语气里似乎别有深意,她不禁飞快地看了自己丈夫一眼。她没再说话,大家都沉默了一会儿。后来克罗斯比又开口了。

"请原谅,我得马上动身,那样天黑之前才能回到那儿。"他站起身来离开餐桌,"莱斯莉,你来送我一下好吗?"

"当然。"

他们一同走出饭厅。

"我觉得他实在太不体谅人了,"乔伊斯太太说,"他得知道,莱斯莉现在正想跟他待在一起。"

"如果不是非回到那儿去不可的话,我相信他是不会走的。"

"噢,我去看看莱斯莉住的房间整理好了没有。她需要彻底休息,当然,随后再娱乐一下。"

乔伊斯太太离开了饭厅,乔伊斯又坐了下来。不一会儿,他听到克罗斯比启动摩托车引擎的声音,接着就是车轮碾过花园中的碎石小路发出的咔嚓咔嚓的声音。他站起身来,走进起居室。克罗斯比太太站在起居室的当中,呆呆地望着前方,手里拿着一封展开的信。他认出了那封信。他进来的时候,她瞥了他一眼,他发现她的脸色煞白。

"他知道了。"她悄没声儿地说。

乔伊斯先生走上前去,从她手里接过那封信。他划了一根火柴,把信点着了。克罗斯比太太看着它燃烧。当乔伊斯先生再也无法拿住的时候,他就放手让信纸落在地砖上面。他们两个人看着那张信纸起皱卷曲,变得焦黑。随后他用脚把它踩成灰烬。

"他知道什么?"

克罗斯比太太盯着他看了很长时间,眼睛里露出奇怪的神情。那究竟是轻蔑还是绝望?乔伊斯先生也说不上来。

"他知道了杰夫是我的情人。"

乔伊斯先生一动不动,闷声不响。

"多年以来,他一直是我的情人。几乎在战后他刚回来的时候,他就成了我的情人。我们知道必须多加小心。我们成为情人后,我存心装作讨厌他。罗伯特在家的时候,他很少到我们家来。我经常开车到一个我们都知道的地方,他在那儿跟我见面,一星期两到三次。罗伯特到新加坡去的时候,他就在夜晚趁仆人们都回去睡觉以后到我家来。我们不断相聚,一直在见面,谁也没有对此产生一点儿怀疑。可是不久以前,也就是一年前吧,他开始变了。我不知道究竟是怎么一回事儿。我无法相信,他不再喜欢我了。他始终否认变心了。我几乎发狂了。我跟他大吵大闹。有时候,我觉得他恨我。哦,你不知道我忍受了多大的痛苦。那就像在地狱里遭受折磨。我明白他不再需要我了,但我不肯放他走。痛苦啊!真痛苦!我爱过他。我把一切都给了他。他就是我的生命。后来我听说他跟一个华人妇女住在一起。我无法相信,也不愿意相信。最后我见到了她,亲眼见到了她,戴着金手镯和金项链,在村子里四处走动,一个又老又胖的华人妇女。她比我年纪还大。太可怕了!村子里的人都知道她是他的情妇。我从她身边走过时,她看了看我,我肚里明白,她知道我也是他的情妇。我派人去叫他。我告诉他,我一定得见他。你已经看过了那封信。我写信的时候简直气疯了。我不清楚自己究竟在做什么。我不在乎。我已经十天没有见到他了。那真是度日如年。上一次我们分别时,他把我搂在怀里,亲吻我,让我不要发愁。可是他一脱离我的怀抱,就马上投入她的怀抱。"

她始终情绪激烈地低声说着,这时她停顿了一下,绞扭着双手。

"都是那封该死的信!我们一直万分小心。每次看完我写给他的什么短信,他总是马上撕掉。我怎么知道,他竟把那封信留下来了?他来了,我对他说,我知道那个华人妇女的事了。他不肯承认。他说那不过是恶意中伤。我当时简直发狂了。我不知道我对他说了些什么。哦,我当时真是恨透了他。我对他狠命地又拉又扯。凡是我能伤害他的话我都说了。我对他大肆辱骂。我甚至可能朝他脸上啐了一口。最后他对我发火了。他对我说,他对我感到厌倦和腻味,再也不想见到我了。他说我让他厌烦得要死。随后他承认有关那个华人妇女的事儿是真的。他说他已经认识她好多年了,战争爆发前就认识了,而且只有那个女人才在他的心里占有一席之地,跟其余的女人只是消闲解闷。他说他很高兴我知道了这件事,如今总算可以让他得到清静。接下去发生的事情我记不清楚了。我发起狂来,气红了眼。我抓起那把左轮手枪就开始射击。他大叫一声。我发现自己击中了他。他步子踉跄地冲向游廊。我追出去再次开枪。他倒了下去,随后我站在他面前,不停地朝他射击,直到手枪发出咔嗒咔嗒的声音,我知道子弹都打光了。"

她终于停下来,气喘吁吁。她的脸已不再是一张人脸,残忍、愤怒和痛苦使她的眉眼都变了形。你根本不会想到这位文静、娴雅的女子竟然会有那样狠毒的激情。乔伊斯先生朝后退了一步。看到她这副模样,他完全吓呆了。那不是一张人脸,而成了一个口齿不清、狰狞可怖的面具。接着他们听到有个声音从另一个房间里发出呼唤,那是一个响亮、亲切、欢快的声音。原来是乔伊斯太太。

"快来吧,亲爱的莱斯莉,你的房间已经收拾好啦。你得立刻睡下。"

克罗斯比太太的眉眼渐渐恢复了原状,那些极为清晰地在脸上显露出的激情逐渐消退,好像一张揉皱的纸被手抹平了一样。不一会儿,她的脸就变得冷静、镇定,不再有一丝皱纹。她的脸色仍有点儿苍白,但她的嘴唇绽露出可爱而亲切的笑容。她又成了那个具有良好教养、甚至气度不凡的女子。

"我来了,亲爱的多萝西。给你添了这么多麻烦,实在抱歉。"

跋

在本书中,作者对于这些故事情节所应发生的地点,采用了虚构的名称,但新加坡是一个例外,因为那个城市正忙于自己关注的问题,无法为零星的琐事而劳心费神。在受到中国海的波涛冲刷拍击的国度里,有些规模较小的社区十分敏感,如果有一部小说作品里暗示说,那些社区成员的生活条件并不总是被住在郊区的生活圈子里的人所认可(他们的堂兄表妹和三姑六姨就心满意足地住在这样的生活圈子里),他们就十分焦虑不安。把一生中最美好的时光都花在东方这片广袤土地上的英国人,竟然都有那么强的乡土观念。无论哪个游客要是发现了这一点,他一定会大吃一惊,甚至有时可能会心里纳闷,他们不远万里来到西里伯斯岛①,结果发现那儿跟贝德福德公园②没有什么区别,怎么会觉得满足。那些英国人都很实际,他们所关心的多半也是日常事务,因此他们只对几乎没有

---

① 西里伯斯岛,印度尼西亚中部苏拉威西岛的旧称。
② 贝德福德公园,伦敦第一座郊区公园,位于伦敦西面。

想象力的作家加以称赞。一旦知道这个作家在这个或那个地方住过,与这个或那个人认识,他们就匆匆得出结论,认为作家在创造那些人物时,只不过是给他们自身描绘了一幅幅画像。

他们好像生活在一个范围狭小的集镇上,周围都是东方的国土,所以他们也就带有集镇的毛病和缺点;他们似乎幸灾乐祸地寻找那些人物的原型,特别是在他们吝啬、愚蠢或凶恶,而作者又挑选他们作为自己小说人物的时候。他们对文学艺术所知甚少,不懂得在短篇小说中人物的性格和外表都是由故事情节的严格要求所规定的。他们也不会想到,现实中的人往往形象模糊,不能成为凭借想象的作品中的人物。我们看到的真实的人都是扁平的,而在虚构作品中,人必须是圆形的;为了塑造一个充满活力的人物,必须从许多来源中获得启发,再加以组合。一个读者枉费心神地利用自己无聊的空闲时间,在小说里的某个人物身上,看到具有他认识的某个人在思想上或身体上的特征,并且知道作者曾经见过这个人,于是就把这个人的姓名放在这个人物身上说:这就是他的画像。这种做法是很愚蠢的。一部虚构作品(如果我更为笼统地说一部艺术作品,也许这样说有点儿过头)是作者对他所经历的某些真实事情所做的一种安排,不免带有他个人的习性爱好。如果作品中所写的正好跟他的生活相同,那也只是难得出现的巧合,并不怎么重要。因此有个古希腊雕刻家在他的一件著名作品中,就让一个女子长着六个脚趾,因为他深信不疑地认为,那样会让她的脚显得更加修长好看。所谓事实,其实只是一块画布,艺术家在上面描绘出意味深长的图景。所以我冒昧地声称,这些小说中的人物都是虚构的,但其中一篇小说《胆怯》中所叙述的事件,受到我经历的一次不幸遭遇的启发。由于这一点,我希望更加明确地声明,在那次危险事件中与我同行的共有两个同伴,那篇小说根本无意涉及其中的任何一人。

译后记

英国作家毛姆在他长达六十年的创作生涯中写出了大量作品,他在长篇小说和戏剧方面都取得了引人注目的成功,但他的短篇小说却具有对社会生活的细微的观察、巧妙的构思和洗练的文笔,为他赢得了更广泛的读者。

毛姆在创作生涯的初期发表了一些短篇小说,但艺术上不够成熟,并没有引起热烈的反响,他就把主要的精力放在剧本上。一九一九年,他在漫游南太平洋的途中才重新开始认真撰写短篇小说,就此在短篇小说的写作上闯出了一条路子,获得了独特的题材和风格。他在一九二一年和一九二五年先后两次前往马来半岛及周边地区游历,了解那里的民情风俗,会见当地各个阶层的人士,收集了大量的创作素材,进一步开拓出一片属于他个人的创作天地。他在这两次旅行后创作的短篇小说主要收录在《马尾树》和《阿金》两个短篇小说集当中。

《马尾树》出版于一九二六年九月,集子中收录的六篇小说都是根据作者游历马来半岛及周边地区的见闻而写成的。这本集子的名称"马尾树",也可以译成"木麻黄",是一种原来生长在澳大利亚及太平洋诸岛的常绿乔木,它树干挺拔,灰褐色的树皮呈现小块剥裂,暗绿色的树枝修长下垂,叶小呈鳞状,形似巨大的马尾。这种树木整体上表现出的灰暗、粗犷的样子,与它周围那种草木苍翠茂盛的景象形成鲜明的对比。毛姆采用这种植物作为书名,一方面固然是为了追求一点异域风情,但更为重要的是,在毛姆眼中,这种树木无疑正好可以用来象征那些背井离乡的白人殖民官员和橡胶种植园主,表明他们显然在身心两个方面都难以适应热带地区的生活。

这些短篇小说的篇幅大致都在一万两千字左右,都是以马来半岛、婆罗洲和新加坡为背景的,生动鲜明地叙述了一些西方殖民官员和橡胶种植园主在马来联邦的经历,展现了他们在脱离了西方文明世界后身心方面所受的影响,描写了他们生活在荒僻偏远的环境中所遭遇的情感困惑与冲突以及他们的生存状态。

《赴宴之前》讲述的是一个女子如何因无法忍受自己丈夫酗酒而最终将其杀害的故事。在这篇小说中,作者把小说场景安排在英国本土,从斯金纳一家人打算离家赴宴之前的热闹和忙乱展开,设置悬念,采用抽丝剥茧的手法,层层推进,渐渐引出在婆罗洲发生的一桩谋杀案的真相。平和、安宁的生活表层下原来掩盖着血淋淋的真实,让读者感到无比震撼。《远东航船》描写了一个多少带有神秘色彩的故事。整篇小说的场景都设置在从新加坡开往英国的航船上,从哈姆林太太(一个因为发现丈夫私情打算返回英国离婚的女子)的角度,深刻细致地展现了她在目睹了一个衣锦还乡的爱尔兰种植园主遭到被他遗弃的马来女子的魔咒折磨而死之后的情绪变化。《海外分署》和《环境的力量》则直接描写了英国殖民官员在马来联邦的生活状况。在《海外分署》中,作者描绘了一个驻地长官和他的助手之间的个性冲突。这样两个不同类型的白人要在英国本土是绝不会有什么交往联系的,只有在大英帝国的海外驻地才会出现这种情况。沃伯顿和库珀由于出身和教育背景的差异,从相互嫌恶发展到彼此仇恨。当沃伯顿意识到库珀由于虐待仆人而面临生命危险时,虽然他对库珀发出警告,但他并没有采取其他有效的措施,听凭库珀最终遇害身亡。作者在这篇小说中成功地刻画了沃伯顿这个精明干练、老于世故的英国绅士形象。英国诗人、评论家埃得温·缪尔曾把这篇小说视为"我们这个时代当仁不让的最出色的短篇小说之一"。《环境的力量》描述了驻地长官盖伊在马来半岛的生活经历与情感困惑,他以前跟马来女子同居的事实最终导致了他与多丽丝的婚姻的破灭。他似乎受到一种无形力量的束缚,陷入了罗网,不管怎样都无法摆脱周围环境的影响。《胆怯》实际取材于毛姆和他的秘书及同伴杰拉尔德·哈克斯顿一九二二年在婆罗洲沿着沙捞越河溯流而上、遭遇涌潮、险些丧命的真实经历,揭示了在面临灾祸时白人与混血儿的不同表现方式,作者把伊泽特在小船倾覆后流露出的自私卑劣以及事后那种害怕胆怯的心理活动刻画得细致入微。《信》是毛姆最有名的短篇小说之一,它源自一九一一年发生在吉隆坡的一桩命案,讲述了一个已婚妇女出于嫉妒杀害情夫、遭到审判而被无罪释放的故事,揭示了在貌似公正的法律制度下人性中虚伪的一面。《信》的结构与报上刊载的有关法庭描述的情形极为相似,作者只是添加了一些额外的细节,让情节变得更加连贯合理,更富有戏剧性。真实案例中并没有找到中学校长的妻子普劳德洛克太太跟锡矿经理威廉·斯图尔德有亲密关系的证据,而在毛姆创作的小说中则出现了一封莱斯莉·克罗斯比在哈蒙德死亡当天写给他的亲笔信,让人不得不相信哈蒙德是她的情人。这封信也就成了贯穿整篇小说的线索。莱斯莉这个表面端庄娴雅、实际却心狠手辣的女子身上体现了人性的复杂、矛盾和不可思议。这是毛姆素来热衷探索的主题。他相当成功地刻画了这个表里不一的人物形象。《信》由于其动人心魄的故事、骇人的画面效果和大量的对话,非常适合搬上舞台演出。一九二七年,毛姆将这篇小说改编成戏剧在剧院演出,果然大获成功,后来这篇小说又先后两次被摄制成影片。

《马尾树》在一九二六年出版后,因其内容新颖独特,故事结构紧凑,作者观察细腻,处理手法精湛高妙,立刻受到了读者的欢迎,赢得了不少评论家的好评。英国评论家西里尔·康诺利把这个短篇小说集列入他所编撰的《现代主义运动——一八八〇至一九五〇年英、法、美现代主义百部经典》一书中,认为毛姆采取的笔调体现出"含而不露的凶狠和有所节制的无情","他准确地描绘了英国人在远东的生活状况,那是以前从来没有人写过的"。英国小说家莱·波·哈特利认为这是一部近乎完美的作品。英国当代著名作家安东尼·伯吉斯在谈到毛姆的东方故事时则说:"他(毛姆)观察的广度以及乐于探索禁忌的道德领域给英语小说注入了新鲜的血液。"时至今日,许多读者仍把毛姆与大英帝国后期统治下的马来联邦联系在一起。他们仍对毛姆的东方故事十分喜爱,充满浓厚的兴趣。正如人们将吉卜林与英国治理下的印度等同起来,人们也将毛姆与殖民时期的马来群岛相提并论。在不少人心目中,毛姆的这些以马来群岛为背景的故事集中起来,构成了一幅当时英国在远东地区的殖民世界的完整图画。正如西里尔·康诺利所说的那样:"即便一切都消亡了,仍然会有一个从新加坡到马克萨斯群岛的故事讲述者的世界留存下来,这个世界专属于,而且永远属于毛姆。我们步入这个游廊和马来帆船的世界,就像走进柯南道尔的贝克街一样,会有一种幸福而永恒的回家的感觉。"

这个译本是根据美国纽约乔治·H·多兰出版公司(George H. Doran Company, Murray Hill, New York)一九二六年的初版本译出的,同时也参考了牛津大学出版社一九八五年所出的纸皮本以及目前通行的企鹅版的《毛姆短篇小说全集》四卷本。

叶 尊

二〇一九年八月

图书在版编目(CIP)数据

马尾树：六篇小说/(英)威廉·萨默塞特·毛姆著；叶尊译.—杭州：浙江文艺出版社，2021.1
ISBN 978-7-5339-6149-7

Ⅰ.①马… Ⅱ.①威… ②叶… Ⅲ.①短篇小说-小说集-英国-现代 Ⅳ.①I561.45

中国版本图书馆CIP数据核字(2020)第116750号

策划统筹：曹元勇
责任编辑：王丽荣
封面设计：人马艺术设计·储平
责任印制：吴春娟

马尾树

[英]威廉·萨默塞特·毛姆 著
叶 尊 译

出版：浙江文艺出版社
地址：杭州市体育场路347号 邮编：310006
网址：www.zjwycbs.cn
经销：浙江省新华书店集团有限公司
印刷：上海盛通时代印刷有限公司
开本：889毫米×1230毫米 1/32
字数：140千字
印张：7.75
插页：6
版次：2021年1月第1版
印次：2021年1月第1次印刷
书号：ISBN 978-7-5339-6149-7
定价：56.00元(精装)

版权所有 侵权必究
(如有印、装质量问题，请寄承印单位调换)